앰 아이 블루?

AM I BLUE?

Coming Out from the Silence

by Marion Dane Bauer

Copyright ⓒ 1994 by Marion Dane Bauer

"Michael's little sister" copyright ⓒ 1994 by Carole S. Adler

"Dancing Backwards" copyright ⓒ 1994 by Marion Dane Bauer

"Winnie and Tommy" copyright ⓒ 1994 by Francesca Lia Block

"AM I BLUE?" copyright ⓒ 1994 by Bruce Coville

"Parent's Night" copyright ⓒ 1994 by Nancy Garden

"Three Mondays in July" copyright ⓒ 1994 by James Cross Giblin

"Running" copyright ⓒ 1994 by Ellen Howard

"We Might As Well All Be Strangers" copyright ⓒ 1994 by Marijane Meaker

"Hands" copyright ⓒ 1994 by Jonathan London

"Holding" copyright ⓒ 1994 by Lois Lowry

"The Honorary Shepherds" copyright ⓒ 1994 by Gregory Maguire

"Supper" copyright ⓒ 1994 by Lesléa Newman

"50% Chance of Lightning" copyright ⓒ 1994 by Cristina Salat

"In the Tunnels" copyright ⓒ 1994 by William Sleator

"Slipping Away" copyright ⓒ 1994 by Jacqueline Woodson

앰 아이 블루?

AM I BLUE?
Coming Out from the Silence

매리언 데인 바우어 외 14인 지음 | 조응주 옮김

곰곰

자신을 찾고 있는 모든 젊은이에게

한국의 독자들에게

《앰 아이 블루?》가 처음 출판된 1994년 미국의 레즈비언과 게이 청소년들은 오늘날 한국과 비슷한 상황에 처해 있었습니다. 자신의 정체성을 알아 가는 과정에서 가족이나 학교, 사회로부터 받을 수 있는 지원이 너무나 부족했습니다. 본받을만한 롤 모델은 더더욱 없었습니다.

저는 1940년대와 1950년대에 유년기를 보냈습니다. 그때는 아이들을 보호한다는 명목으로 아이들에게 거짓말을 일삼던, 아니면 적어도 곤란한 사안에 대해서는 아예 정보를 숨기던 시대였습니다. 그런 '보호'를 받으며 자란 결과, 저는 진실을 말해야 한다는 의지를 불태우는 어른이 되었습니다. 특히 자라나는 세대에게는 주제나 사안을 불문하고 반드시 진실을 전해야 한다고 믿게 되었습니다. 바로 그런 믿음으로 작가가 되어 진실을 알리는 소설을 쓰기 시작했습니다.

그런데 소설을 쓰면서도 여전히 말하지 않은 중요한 진실이 있었습니다. 저 자신에게조차 말하지 못했습니다. 저는 여성을 사랑하는 여성이라는 진실이었습니다. 아주 오랫동안 이 진실을 저 스스로에게도 숨기기 바빴습니다.

중년에 접어들어서야 저는 아프면서도 기쁜 현실에 마음을 열었습니다. 그리고 인생을 뒤집어 버렸습니다. 28년의 결혼 생활에 종지부를 찍고 사랑하는 여성을 만났습니다. 하지만 저는 이미 이름이 알려진 동화 작가였고, 당시 아동 문학계에서는 작가에게 가장 전통적인 의미의 롤 모델이 되기를 암묵적으로 요구하고 있었습니다. 그래서 사생활에서는 완전히 정체성을 드러낸 저였지만, 제가 속한 업계에서는 여전히 정체성을 숨기며 활동했습니다.

그러다 어느 날 문득 제가 얼마나 지독한 거짓말을 하고 있는지 깨달았습니다. 그것도 수많은 청소년이 진실에 목말라하고 있는 주제에 관해서 말입니다. 제가 어떤 사람인지 공개적으로 말하는 것만으로도 누군가에게는 지지와 격려가 되었을 텐데, 그 지지와 격려를 받지 못해 목숨마저 위태로운 청소년이 있는데도 말입니다.

저는 뭐라도 해야 했습니다. 처음 떠오른 생각은 다른 게이나 레즈비언 동화 작가에게 연락하는 것이었습니다. 그런 동료들이 그때도 꽤 많았고 지금은 더 많을 것입니다. 그들에게 연락

해서 "저와 함께 커밍아웃합시다!"라고 제안해 볼 생각이었습니다. 그러나 작가의 커리어가 하루 아침에 무너질 수 있다는 것을 너무 잘 알고 있었기에, 차마 그런 요청을 할 수 없었습니다.

그래서 차선책을 택했습니다. 이번에는 성적 지향과 상관없이 동료 동화 작가를 물색했습니다. 이 주제를 품격과 권위를 가지고 다룰 수 있으리라 믿는 작가들, 이들이 참여한 작품이라면 모든 도서관에서 소장하고 싶어 하는 유명 작가들을 찾아갔습니다. 그리고 이렇게 부탁했습니다. "제발 게이나 레즈비언이 등장하는 이야기 한 편만 써 주세요."

딱 그렇게만 부탁했습니다. 그리고 많은 동료가 그 부탁을 들어주었습니다. 그 결실로 얼마나 다양하고 정감 있고 멋있는 이야기들이 쏟아졌는지요. 얼마나 진실한 이야기들이!

그 훌륭한 작가들로부터 모은 이야기들은 표제작인 브루스 코빌의 〈앰 아이 블루?〉 속 유쾌한 유머, 그레고리 매과이어의 〈세상의 모든 양치기〉의 (종교가 아닌 문학적) 일탈, 프란체스카 리아 블록의 〈위니와 토미〉에 흐르는 서정미, 그리고 M. E. 커의 〈어쩌면 우리는〉에 담긴 조용한 진술함 등으로 빛이 납니다. 로이스 라우리는 게이 아버지의 세계뿐 아니라 두 십 대 소년의 여리고도 멋적은 '사내들의 유대감 쌓기'를 보여 줍니다. 윌리엄 슬리터는 또 다른 나라로, 제임스 크로스 기블린은 또 다른 시대로 독자를 안내합니다.

모든 작가가 청소년 문학의 거장다운 뛰어난 필력으로 자기 자아의 핵심이자 본성을 이야기에 녹여냈습니다. 모든 이야기가 제게 깊은 감동을 안겼습니다. 독자 여러분의 마음에도 큰 울림으로 다가가리라 믿습니다.

1994년 초판 발행 이후 20여 년이 흐르는 동안,《앰 아이 블루?》는 수많은 도서관의 서가와 가정의 책장과 사람들의 마음에 자리 잡게 되었습니다. 이 책 덕분에 생명을 살렸다는 이야기도 들려 왔습니다. 오랜 커리어에서 제 손으로 탄생시킨 모든 책 중, 저는 이 책이 가장 자랑스럽습니다.

그리고 제가 속한 문화의 변화도 무척 자랑스럽습니다. 오늘날 미국 어느 곳에서든 남성은 남성을 사랑할 자유가 있습니다. 심지어 결혼도 할 수 있습니다. 여성 또한 여성을 사랑하고 배우자로 삼을 수 있습니다. 젠더로 정체성에 꼬리표를 붙이는 관념에 대해 많은 이들이 과거에는 없었던 질문을 던지고 있습니다. 그리고 이 모든 변화 속에서 자아를 찾아가는 청소년은 다양한 경로로 지원받고 건강한 롤 모델도 찾을 수 있게 되었습니다.

세상 어디서든 사람은 성장하고 변화할 수 있음을 보여 주는 대목입니다. 나아가 옳다고 믿는 대의명분과 보다 깊은 이해와 공감을 향한 절실한 욕구가 있다면, 우리는 반드시 성장하고 변화한다는 진실을 웅변합니다.

　오늘 《앰 아이 블루?》를 만나는 모든 독자에게, 《앰 아이 블루?》가 꼭 필요한 모두에게, 새로 출간된 한국어판이 빛과 희망과 자신의 존재를 긍정하는 강한 신념을 선사하길 기원합니다.

2021년 11월

매리언 데인 바우어

차례

앰 아이 블루?

피트에게

이야기는 부치 캐리건이 내가 자기한테 추파를 던졌다고 오해한 날 시작되었다.

부치가 으르렁거리며 달려들었다.

"이 호모 자식! 나한테 수작 부리면 어떻게 되는지 가르쳐 줄까?"

말이 끝나기가 무섭게 나는 부치에게서 친절한 가르침을 받아야 했다.

부치의 수업은 나를 흙탕물 웅덩이에 처박는 것으로 마무리

되었다. 부치가 사라지고 나서도 나는 한참을 흙탕물에 엎어져 있었다. 바로 그때, 낭랑한 목소리가 들려왔다.

"어머! 자기, 된통 당했구나. 괜찮아, 빈스?"

고개를 돌리자 갈색 단화와 카키색 바지가 눈에 들어왔다. 길바닥이 온통 진흙탕이었는데도 바지와 신발은 둘 다 거짓말처럼 깨끗했다.

신발 주인은 키가 크고 호리호리한 남자였다. 그는 짙은 갈색 머리에 콧수염을 깔끔하게 길렀고, 어깨에는 스웨터를 걸치고 있었다. 그런대로 잘생긴 얼굴이었다. 아니, 예쁘장해 보이기까지 했다. 왼쪽 귀에는 금귀고리를 하고 있었고, 나이는 서른 살쯤 되어 보였다.

나는 의심에 찬 목소리로 물었다.

"누구세요? 누군데 제 이름을 아세요?"

"네 요정* 대부지. 이름은 멜빈. 자, 일어나 봐. 더러워진 옷 좀 수습해 볼까?"

"아저씨, 지금 나 놀리세요?"

부치한테 흠씬 두들겨 맞은 직후라 호모와 조금이라도 비슷한 말만 들어도 이제는 미쳐 버릴 지경이었다.

❋ '요정fairy'은 속어로 남성 동성애자를 뜻하기도 한다.

"어머머, 내가?"

남자는 눈썹을 치켜올리며 손은 가슴에 얹었다.

"자기, 내 가슴이 지금 얼마나 미어지는지 알아? 나도 그 나이 때 당할 만큼 당했거든. 얼마나 괴로운지는 내가 더 잘 알지. 난 자길 도우러 온 거야."

"도대체 무슨 말을 하는 거예요?"

"말했잖아. 난 네 요정 대부라고."

그는 내가 무슨 대꾸라도 하기를 기다리는 눈치였다. 하지만 난 계속 흙탕물에 앉은 채 그를 째려보기만 했다. 그렇게 앉아 있는 게 불편하긴 했지만, 어차피 속옷까지 다 젖어 버려서 일어나도 나아질 게 없기 때문이었다.

그는 신나서 덧붙였다.

"왜 있잖아, 신데렐라에 나오는 요정 대모."

"저 좀 가만 놔두고 가던 길이나 가시죠."

나는 흙탕물을 튀기며 투덜거렸다. 그는 움찔하면서 눈살을 찌푸렸지만, 그건 조건 반사에 따른 반응일 뿐이었다. 그의 바지에 튄 흙탕물은 감쪽같이 사라져 버리고 말았다.

잘못 본 게 아닐까 싶어 나는 다시 흙탕물을 튀겼다. 이번에는 두 손으로 퍼서 뿌려 보았다.

"너 그냥 화풀이하는 거니, 아니면 멋있어 보이려고 그러는 거니?"

나는 등골이 오싹해졌다. 잘 다려진 카키색 바지에는 작은 얼룩 하나도 묻지 않았다.

"어떻게 한 거예요?"

그는 그저 빙그레 웃었다.

"세 가지 소원 들어줄까, 말까?"

나는 웅덩이에서 기어 나오며 다시 물었다.

"도대체 어떻게 된 거냐고요!"

그는 쯧쯧 혀를 차더니 한심하다는 표정을 지었다.

"척 보면 몰라? 자, 우리 어디 가서 커피 한잔 마시면서 얘기 좀 하자. 질문엔 차근차근 대답해 줄게."

머릿속에 처음으로 떠오른 질문은 '이 사람이랑 같이 있다가 남들 눈에 띄면 또 얼마나 골치 아파질까?'였다. 이미 부치 패거리한테 '호모'로 찍혔는데 멜빈처럼 걷는 사람과 같이 다니다가는 상황이 더 나빠질 게 뻔했다.

하지만 막상 입 밖으로 나온 질문은 '꼭 그렇게 걸어야 해요?'였다.

"그렇게라니?"

"그러니까…… 꼭 여자 같잖아요."

멜빈은 갑자기 발걸음을 멈췄다.

"자기야, 난 이렇게 걷고 싶어서 목숨까지 버린 사람이야. 지금 와서 그만두라니!"

"자기라고 부르지 좀 말아요!"

내가 소리를 버럭 지르자 멜빈은 한숨을 내쉬며 하늘을 올려다보았다.

"네, 이렇게 될 거라고 경고하신 거 알아요."

분명히 나한테 한 말은 아니었다.

➤➤ ➤➤ ➤➤

우리는 모턴 거리에 있는 '피츠'라는 작은 카페로 갔다. 주로 대학생이 모이는 곳인데, 단골 중에는 고등학생도 몇 명 있었다. 특히 연극반 애들이 즐겨 찾는 곳이었다.

카페에 들어서며 멜빈이 말했다.

"분위기 괜찮은데? 옛날 생각 나는군."

마침 한가한 때였는지 둘이 조용히 얘기할 만한 구석 테이블이 비어 있었다. 나는 앉자마자 물었다.

"설명해 봐요. 어떻게 된 거죠?"

우리 대화의 앞부분은 건너뛰겠다. 누구나 다 아는 동화책 줄거리니까. 아무튼 나는 멜빈의 말을 도무지 믿을 수가 없었다.

그래서 이야기를 듣는 내내 속으로는 지금 상황을 이해할 만한 진짜 설명을 찾고 있었다. 몰래카메라? 날 골탕 먹이려고 꾸며 낸 일? 하지만 젖어 버린 내 바지를 멜빈이 눈 깜박할 사이에 말리는 것을 보고는 그의 말을 믿지 않을 수 없었다. 요정 대부인지 뭔지는 모르겠지만, 이 사람이 부린 마술이 진짜라는 것만은 확실했으니까.

나는 커피잔을 들며 말했다. (그런데 이상하게도 내가 마시던 플레인 커피가 스위스 더블 모카로 바뀌어 버렸다.)

"알았어요. 아저씨 말이 진짜라고 쳐요. 그래도 요정 대부라는 말은 들어 본 적이 없는데요?"

"내가 최초니까."

"좀 쉽게 설명해 줄 수 없어요?"

"그래, 알았어. 일단 저세상으로 가면 어느 정도 선택권이 생기거든. 선택 사항은 이승에서 얼마나 착하게 살았느냐, 뭐 그런 것에 달려 있지. 나야 일단 지옥이 아니라 천국에 갔는데, 다들 내가 천사가 되겠다고 할 줄 알았나 봐. 추적 장치처럼 인간을 따라다니며 보호해 주는 거 있잖아. 근데 난 수호천사는 하기 싫다고 했어. 요정 대부가 되고 싶다고 했지."

그는 커피를 한 모금 마시고는 어이없다는 듯이 말을 이었다.

"그것 때문에 얼마나 난리가 났는지 아니? 하지만 난 고집을 부렸지. 어차피 평생 '요정' 소리를 들으며 살았는데 죽어서 못할 것도 없지 않겠냐고 말이야. 그러면서 요정 대부를 안 시켜주면 성차별로 고소하겠다고 우겼어. 그러니까 결국은 시켜 주더라. 넌 내가 맡은 첫 번째 임무야."

난 초조하게 물었다.

"그게 무슨 뜻이에요?"

"뭘 묻는 거야?"

"제가 아저씨 첫 임무라는 거요. 제가 게이라는 뜻이에요?"

바로 이 질문에 대한 답을 구하느라 1년쯤 전부터 고민에 빠져 있다는 말은 하지 않았다. 멜빈은 또 우스갯소리를 내뱉으려는 눈치였다. 그러다 갑자기 표정이 진지해지더니 조용히 입을 열었다.

"그럴 수도 있고, 아닐 수도 있지. 문제는 사람들이 네가 게이라고 생각하기 때문에 널 괴롭힌다는 거야. 내가 널 도와주러 온 것도 그 때문이고. '게이 폭행'은 나한테 남다른 의미가 있거든."

"왜요?"

"날 저세상으로 보낸 게 게이 폭행이었으니까. 작년이었어. 아무한테도 시비 걸지 않고 조용히 길을 가고 있었지. 그런데 깡패 셋이 '이 변태 같은 호모 새끼! 맛 좀 봐라' 하고 소리를 지르면서 골목으로 끌고 가는 거야. 도대체 무슨 맛을 보라는 건지……. 얼굴로 스패너 같은 쇳덩이가 날아드는 순간이 이 세상에서의 마지막 기억이 되고 말았어. 그러고는 정신을 차려 보니 천국 문을 두드리고 있더라."

우리는 둘 다 잠시 숙연해졌다. 멜빈은 어깨를 한 번 으쓱하더니 커피를 한 모금 더 마셨다.

"어쩜 그렇게 태연하세요?"

방금 들은 끔찍한 이야기에 나는 아직도 속이 울렁거렸다.

"얘는? 맞을 때야 당연히 고래고래 악을 썼지. 저세상에 가서도 한참을 그랬어. 그럼 뭐해? 이미 죽은걸. 저세상에서 지내다 보니 그깟 일쯤에는 초연하게 되더라고."

"그 깡패들 혼내 주고 싶지 않으세요?"

그는 고개를 저었다.

"난 복수보다는 교정의 힘을 믿어. 게다가 복수는 규칙 위반이거든. 당분간은 네 문제에만 집중하는 게 어때?"

"알았어요. 근데 정말 세 가지 소원을 들어주는 거예요?"

"그럼! 아니다, 이젠 두 가지다."

"어째서요?"

"하나는 아까 커피 바꾸는 데 썼잖아."

"제가 언제 스위스 더블 모카로 바꿔 달라고 했어요?"

"꼭 말로 할 필요는 없어. 속으로 빌어도 돼."

"죽고 싶다고 빌지 않은 게 다행이네."

"오, 이젠 아픈 델 찌르시겠다? 이 상황에서 그런 말은 좀 눈치 없는 거 아냐?"

"날 도와주러 온 거예요, 돌아 버리게 하려고 온 거예요?"

"그렇게 말하면 내가 좀 섭섭하지. 아무튼 내가 해 줄 수 있는 게 세 가지 소원만은 아니야. 사람들은 항상 소원에만 관심이 쏠려 있지만. 내가 온 진짜 이유는 널 보호하고, 고민도 상담해 주고, 조언도 해 주기 위해서야. 상황이 나아질 때까지."

그는 의자에 등을 기대며 카페를 둘러보았다. 그러더니 다섯 테이블쯤 떨어진 곳에 앉아 있는 잘생긴 대학생한테 윙크했다. 나는 짜증이 나서 쏘아붙였다.

"그만 좀 할 수 없어요?"

"왜? 너도 게이로 몰릴까 봐 무서워서 그래?"

"저 형이 이리 와서 우릴 두들겨 팰까 봐 무서워서 그래요. 아저씨는 못 때리니까 나만 때릴 거 아녜요."

멜빈은 손을 내저었다.

"너 두들겨 맞을 일 없어. 내가 보장할게. 쟤도 우리 부류야."

"무슨 부류요?"

멜빈은 입을 꾹 다물고 눈썹을 치켜올렸다. 내가 그렇게 멍청한 줄 몰랐다는 표정이었다. 난 눈을 끔벅거렸다.

"사람 겉만 보고 그걸 어떻게 알아요?"

멜빈은 커피를 저으며 대답했다.

"게이더.✱ 같은 부류끼리는 서로 알아볼 수 있게 해 주는 자동 감지 시스템이지. 정도의 차이는 있어도 게이 대부분은 게이더를 사용할 줄 알거든. 이게 좀 더 정확했으면 우리 인생이 덜 피곤했을 텐데……."

여기서 난 멜빈의 말을 끊었다.

"나까지 그 부류에 끼워 넣지 말아요."

멜빈은 한숨을 쉬었다.

"내가 우리라고 한 건 널 끼워 넣는다는 말이 아니야. 게이들은 데이트 상대를 찾는 게 더 힘들다고 말하려는 거였어. 보통 남자가 여자한테 데이트 신청을 하면 최악의 결과라고 해 봤자 여자한테 비웃음을 사는 거지. 그런데 남자가 남자한테 데이트하자고 했다가는 뼈도 못 추리는 수가 있거든."

지난 1년 동안 내 성 정체성 때문에 혼란스러워하면서 나도 비슷한 생각을 한두 번 한 것이 아니었다. 꼭 데이트 상대를 찾고 싶어서만 그런 것이 아니었다. 이런 문제를 터놓고 말할 수 있는 사람이 있었다면 그것만으로도 행복했을 것이다.

~~~~~~~~~~~~~~~~~~~~~~~~~~~~~~~~~

✱ '게이gay'와 '레이더radar'가 합쳐진 말. 동성애자가 다른 동성애자를 식별하는 능력을 뜻한다.

"게이더는 배우면 생기는 거예요?"

멜빈은 잠시 이마를 찡그리며 생각하더니 대답했다.

"아닐걸?"

"그럼 정말 외로울 텐데……."

나는 혼잣말처럼 중얼거렸다.

"꼭 그렇지는 않아."

멜빈이 단호하게 말했다.

"만약 게이들이 그토록 오랫동안 숨기고 살지 않아도 됐다면, 그리고 서슴없이 게이임을 드러낼 수 있었다면 네가 아는 사람 중에도 네 고민을 들어 줄 사람이 많았을 거야. 게이를 한 명도 모르는 사람은 이 세상에 없어. 단지 모른다고 착각할 뿐이지."

"그게 무슨 뜻이에요?"

"자기야, 잘 들어. 세상에 널려 있는 게 호모야. 하지만 대부분 숨기고 살지. 한 시간 전의 너처럼 당할까 봐 두려워서 말이야."

난 헉하고 숨을 들이켰다. 충격받은 내 표정을 보았는지 멜빈은 잠깐 고개를 갸우뚱거렸다. 그러더니 웃으면서 물었다.

"호모라는 말이 듣기 거북했나 보지?"

"무례한 말이라고 배웠는데요."

"그건 맞아. 하지만 우릴 끊임없이 짓누르는 이 세상에서 살아남으려면 그런 말은 무시할 줄도 알아야지. 언어를 되찾는 것도 저항의 한 방법이야. 우리끼리 서로 '호모'나 '퀴어'라고 부르는 건 흑인들이 서로 '깜둥이'라고 부르는 이유랑 똑같아. 우리한테 상처 주려고 그런 말을 쓰는 사람들한테서 그 말을 빼앗아 오는 거지."

멜빈의 눈빛이 꿈을 꾸듯 아련해졌다. 마치 저 멀리 있거나 마음 깊은 곳에 있는 무언가를 바라보는 듯했다.

"내 말투나 걸음걸이는 남들이 만든 틀에 자신을 끼워 맞추지 않겠다는 의지의 표현이야. 내가 원할 때는 얼마든지 안 할 수도 있어."

멜빈은 자세를 고쳐 앉았다. 딱 꼬집어서 어떻게 변했는지는 말할 수 없지만, 갑자기 더 남자다워 보였다. 어딘지 모르게 덜 여성스러워졌다고나 할까?

"어떻게 한 거예요?"

멜빈이 웃으며 대답했다.

"말하자면 방어적 위장술이지. 세상과 타협하고 싶을 때 써먹으려고 배워 두는 기술이야. 그런데 난 세상이 만들어 준 틀에 갇혀 사는 게 지긋지긋해졌어. 날 가둬 놓기엔 너무 비좁았으니까. 그래서 틀을 좀 깼지."

"그러다 그 꼴 난 거 아니에요? 결국 죽었잖아요."

멜빈이 커피를 저으며 말했다.

"그러게 말이야. 게이들이 살기엔 너무 험한 세상이야."

멜빈은 갑자기 웃으면서 다시 아까의 모습으로 돌아갔다.

"게이들의 3대 판타지가 뭔지 알아?"

"모르는데요."

멜빈이 나를 쳐다보며 물었다.

"지금 몇 살이지?"

"열여섯인데요."

"그럼 첫 번째와 두 번째는 건너뛰어야겠네. 미성년자 관람 불가거든. 상관없어. 어차피 내가 얘기해 주려고 했던 건 세 번째였으니까. 우리 게이들은 이 세상 모든 게이가 딱 하루만이라도 다 파란색으로 보이면 어떨까 하는 상상을 하곤 했지."

내 눈은 휘둥그레졌다.

"왜요?"

"그럼 이성애자들이 자기가 아는 사람 중에는 게이가 없다고 착각하지 않을 거 아냐. 그동안 쭉 게이들에게 둘러싸여 살아왔으면서도 아무렇지 않게 잘 지냈다는 걸 깨닫게 되겠지. 세상에 게이 경찰, 게이 농부, 게이 교사, 게이 군인, 게이 부모, 게이 자식이 있다는 사실을 더는 외면하지 못하게 될 거야. 우리도 드디어 숨어 살 필요가 없게 되고."

멜빈이 다시 날 쳐다보았다.

"한번 볼래?"

"네?"

"잠깐 게이더를 써 보겠냐고. 재미있을걸?"

"이것도 소원으로 치는 거예요?"

"아니, 이건 교육이야. 소원이랑은 달라."

나는 약간 긴장하며 대답했다.

"좋아요."

"눈 좀 감아 봐."

시키는 대로 눈을 감았더니 멜빈이 양쪽 눈꺼풀에 가볍게 손을 얹었다. 우리를 쳐다보는 사람이 있으면 어떡하나 하는 생각에 얼굴이 화끈거렸다.

"됐어. 이제 눈 떠 봐. 진짜 세상이 어떤지 잘 보라고!"

눈을 뜨자마자 나는 탄성을 질렀다.

조금 전 멜빈이 윙크를 보냈던 남자를 포함해서 카페에 앉아 있는 사람들의 3분의 1이 파란색으로 물들어 있었다. 옅은 파란색도 있었고, 아주 짙은 파란색도 있었다. 파란빛이 살짝 도는 사람도 있었다.

나는 멜빈의 귀에 대고 조용히 물었다.

"이 많은 사람이 다 게이란 말이에요?"

"어느 정도는."

"이렇게나 많아요?"

"음, 여기는 조금 다를 거야. 네가 연극반 애들이 자주 오는 데라고 그랬잖아."

멜빈은 거드름을 피우듯 손을 내저었다.

"연극을 하는 사람 중에는 게이인 사람이 더 많지. 우리가 예술적인 끼는 타고났거든."

그는 눈살을 찌푸리며 말을 이었다.

"물론 이런 점을 부풀려서 연극 하는 사람은 무조건 게이라고 단정하는 인간들도 있지. 잘 봐, 여기 있는 사람들 가운데 3분의 2는 파란색이 아니잖아."

"농도가 다른 건 뭐예요?"

"정도를 나타내는 거야. 짙은 파랑은 완전한 퀴어라고 보면 돼. 옅은 파랑은 덜 확실한 사람. 아니면 너처럼 아직 갈피를 못 잡은 상황일지도 모르지. 네가 알아보기 쉽도록 단 한 번이라도 게이와 관련된 경험이 있는 사람은 아주 살짝이라도 파란빛을 띠게 했어. 자, 그럼 동네 한 바퀴 돌아 볼까?"

✦ ✦ ✦

마치 새로운 눈으로 세상을 보는 것 같았다. 물론 사람들 대부분은 평소 모습 그대로였다. 하지만 식품점을 하는 뚱뚱한 월웨인 아저씨는 거대한 블루베리 같았다. 참 의외였다. 애가 셋이나 있는 유부남이었으니까. 반면 레즈비언이라는 소문이 파다한 도서관 사서 손다이크 아줌마는 눈을 씻고 찾아봐도 파란빛이 보이지 않았다.

멜빈이 설명을 덧붙였다.

"이 마법 없이는 제대로 분별을 못 해. 특히 이성애자들의 분별력은 형편없지. 별 엉뚱한 이유를 다 갖다 붙여서 누구는 게이고 누구는 아니라면서 헛다리를 짚거든."

멜빈이 책을 보러 가자고 해서 우리는 도서관으로 갔다. 그는 세계사 책을 꺼내 들었다.

"이거 한번 훑어봐."

그림으로도 알아볼 수 있다니! 파란색을 볼 수 있는 마법은 그림에도 통했다.

"아니, 카이사르가?"

떡 벌어진 입이 다물어지지 않았다.

"만인의 남편이자 만인의 아내였던 셈이지. 저세상에서 파티에 갔다가 한 번 만났어. 사람 괜찮더라."

멜빈은 몇 장을 더 넘기더니 다른 그림을 가리키며 말했다.

"이거 봐."

나는 나도 모르게 소리를 질렀다.

"알렉산드로스 대왕이 호모였다니!"

멜빈이 다급하게 속삭였다.

"쉿! 여긴 도서관이야!"

음, 이쯤에서 여러분은 내가 어땠는지 궁금할 것이다. 그러니까…… 나도 파란색이었냐고?

정답은 '약간'.

설명해 달라고 하자 멜빈은 이렇게 말했다.

"별자리 운세로 따지면 '징조가 뒤섞였음'이라고나 할까? 말하자면 넌 지금 모호한 상태야. 근데 너 같은 경우도 가끔 있거든. 곧 알게 될 거야."

꒷ꔫ ꒷ꔫ ꒷ꔫ

그날 밤 뉴스는 끝내주게 재미있었다. 내가 좋아하는 앵커는 봄날의 하늘빛을 닮아 있었다. 엷은 파랑이었지만 확실히 파랑은 파랑이었다. 그뿐만 아니라 그가 인터뷰한 공화당 의원도 파란색이었다. 그는 동성애 혐오자로 악명 높은 의원이었다. 나는 화가 치밀어 한 마디 내뱉었다.

"위선자!"

아버지가 물었다.

"왜 그래?"

"아, 아무것도 아니에요."

아버지 얼굴에 파란 기운이 희미하게 감도는 것을 보며 나는 안심해야 할지 기겁해야 할지 어쩔 줄 몰랐다.

내가 본 사람들이 다 파랗지는 않았다. 실제 통계와 비슷하다고 보면 된다. 열에 한 명은 진한 파란색이었고, 서너 명 중 한 명꼴로 다양한 농도의 파란빛이 났다.

신문 스포츠면에 실린 슈퍼볼 우승 후보 팀의 사진에서 파란 선수 세 명을 발견했을 때는 나도 모르게 웃음이 터져 나왔다.

하지만 계속 내 머릿속을 맴돈 사람은 그 공화당 의원이었다. "극악무도한 동성애 범죄", "미국 청소년을 위협하는 게이 바람" 운운했던 위선적인 발언들이 자꾸 떠올랐다.

양치질하다가 빌고 싶은 소원이 생각났다.

"아니야, 그럼 안 돼."

나는 거울에 비친 내 푸르스름한 얼굴을 뚫어지게 쳐다보며 중얼거렸다. 그랬다가는 부치 캐리건한테 또 두들겨 맞을지도 모를 일이다. 하지만 만일 내 소원대로만 된다면 모든 것이 예전과 달라질 것이 틀림없었다. 나는 치약 거품을 헹궈 내고서 작은 소리로 멜빈을 불렀다.

"분부만 내리시옵소서."

멜빈이 내 뒤에 스르르 나타났다.

"어머, 욕실 너무 촌스럽다. 네 엄마 취향도 참 특이하시네."

"지금 우리 엄마 얘기할 때가 아니에요. 나 두 번째 소원 생각 났어요!"

"뭔데?"

"게이들의 세 번째 판타지. 그것도 전국적으로!"

멜빈은 잠시 나를 바라보더니 씩 웃었다.

"12시 땡 치면 시작할까?"

"24시간이면 충분하겠죠?"

멜빈은 손바닥을 비비며 키득키득 웃더니 곧 사라졌다.

>+ >+ >+

침대에 누웠지만 잘 생각은 없었다. 오늘 내가 본 파란빛들을 세상 모든 사람도 보게 되면 무슨 일이 벌어질지 생각해 봤다.

잠시 후 정각마다 하는 뉴스를 들으려고 라디오를 켰다. 새벽 1시 뉴스에 첫 보도가 나올 줄 알았는데 내 예상은 빗나갔다. 12시 반쯤부터 괴이한 현상을 알리는 뉴스 특보가 나오기 시작 했다. 그리고 1시쯤 되자 라디오 채널마다 특종 보도로 비상이 걸려 있었다. 파란 돌풍이 전국을 휩쓸고 있다는 소식은 현대 정보 통신 기술 덕분에 불과 몇 분 안에 온 국민에게 알려졌다.

사람들이 파란색의 의미를 알아차리는 데도 그리 오래 걸리지 않았다. 그리고 공포에 질린 사람부터 이성을 잃은 채 현실을 부인하는 사람, 거리로 쏟아져 나와 춤을 추는 사람에 이르기까지 반응도 천차만별이었다. 공영 라디오 방송국은 재빨리 전문가들을 불러 모아 다음 날 사람들이 출근하면 직장에서 어떤 일이 벌어질지 토론을 벌였다.

"학교는 또 어떻고?"

혼잣말하다가 또 다른 아이디어가 떠올랐다. 나는 다급하게 멜빈을 불렀다.

"멜빈!"

"부르셨사옵니까?"

멜빈이 다시 침대 발치에 나타났다.

"방금 세 번째 소원이 생각났어요."

나는 숨을 고르고서 말을 이었다.

"부치 캐리건을 파란색으로 바꿔 주세요!"

멜빈은 잠시 내 얼굴을 빤히 쳐다보더니 눈을 반짝거렸다.

"아주 맘에 들어, 빈스! 어쩜 그런 생각을……. 금방 다녀올게."

잠시 후 멜빈은 고양이처럼 씩 웃으며 나타났다. 그러고는 킬

킬거리며 말했다.

"꼬맹아, 너 아직 소원 하나 남았다. 부치 캐리건은 내가 안 건드려도 이미 푸르뎅뎅하던데? 딱 여름 하늘빛이더라고."

➤• ➤• ➤•

내 두 번째 소원으로 온종일 골치 아프셨던 분들께는 죄송하다. 그런데 그리 많이 죄송하지는 않다. 왜냐하면 세상은 이제 다시는 예전으로 돌아갈 수 없을 테니까. 절대로!

그럼 세 번째 소원은?

꼭 필요한 순간을 위해 아껴 두기로 했다. 꿈에 그리던 여자를 만났을 때 필요할지도 모르니까.

아니, 백마 탄 왕자를 만났을 때인가?

둘 중 하나겠지, 뭐.

브루스 코빌 Bruce Coville

나는 뉴욕주 시러큐스에서 태어나 피닉스라는 작은 도시에서 5킬로미터쯤 떨어진 할아버지의 목장 가까이에서 자랐습니다. 처음으로 작가가 되고 싶다고 생각한 것은 6학년 때였습니다. 선생님이 기간을 길게 잡고 장문의 글을 쓰라는 과제를 냈는데, 그때 내가 쓴 글이 아주 마음에 들었습니다. 그때부터 나의 첫 번째 장편을 준비하기 시작했지만 안타깝게도 아직 내지 못하고 있습니다.

그동안 《용의 알을 품은 제레미 대처Jeremy Thatcher, Dragon Hatcher》, 《선생님은 외계인My Teacher is an Alien》 등 주로 초등학생을 위한 작품을 썼지만, 더 나이 많은 독자들을 위한 소설을 쓰기도 했습니다. 1980년대에는 십 대 독자들을 위한 공포 소설 네 권을 냈고, 은퇴자들을 위한 잡지를 편찬한 적도 있습니다.

〈앰 아이 블루?〉는 자전적인 소설은 아니지만(나는 요정 대부를 만나는 행운을 누리진 못했습니다), 내가 살아오면서 십 대 시절뿐 아니라 어른이 되어서도 겪었던 많은 고민이 담겨 있는 단편입니다.

이 작품을 쓰면서 가장 걱정스러웠던 부분은 '멜빈'이라는 등장인물이었습니다. 멜빈의 행동이나 말투, 성격 등이 게이 남성에 대한 고정관념으로 읽힐지도 모른다는 염려 때문이었습니다. 여기 등장하는 멜빈도 어찌 보면 고정관념이 반영된 인물일 수 있습니다. 하지만 나는 내가 실제로 아는 남성들을 최대한 정확하게 그리고자 했습니다. 그리고 이 남성들은 내가 만난 사람 중에서 가장 재미있고 용감한 사람들이었습니다. 얼마 전 에이즈로 세상을 떠난 내 절친한 친구 피트 블레어도 그중 한 사람입니다.

거꾸로 추는 춤

애니에게

어쩌면 나는 네 살 때 이미 나 자신을 알고 있었는지도 모르겠다. 그러니까 내가 다른 여자아이들과 어떻게 달랐는지 말이다. 그해는 라인하르트 선생님의 어린이 발레 교실이 고향 마을 여성 회관에서 공연을 올린 해였다.

나는 햇살이었다. 아니, 우리는 모두 햇살이었다. 우리 발레 교실 아이들은 모두 열 명쯤 되었다. 그날 우리는 노란색 공단 드레스를 입었다. 그때 입었던 옷은 50년이 지난 지금까지도 또렷하게 기억한다. 자그맣게 부풀린 소맷부리와 짧은 주름치마, 같은 색으로 받쳐 입은 팬티까지.

나는 팬티를 드레스 색깔과 맞춰 입는 것을 무척 좋아했다. 그렇게 입은 날이면 팬티를 자랑하고 싶은 마음에 뱅글뱅글 돌거나 재주를 넘기도 했다. 아니면 그냥 치마를 들어 올리고 동네 남자애들의 놀란 표정을 구경하기도 했다. 그러다 오빠가 엄마한테 일러바치는 바람에 혼난 적도 있었다. 엄마는 화를 내며 나를 꾸짖었다. 드레스랑 팬티랑 색깔이 똑같다고 해도 사람들한테 보여 주면 안 된다고. 나는 이해할 수가 없었다. 감추고 다닐 거면 색깔을 맞춰서 입는 게 무슨 소용이람?

하지만 그날 학예회가 지금까지 기억에 남은 것은 의상 때문도, 팬티 때문도 아니었다. 그날 내 모습은 다른 햇살들과 전혀 다르지 않았을 것이다. 적어도 춤을 추기 전까지는.

우리는 샤세* 동작을 하면서 무대에 등장하기로 되어 있었다. 관객을 바라보면서 옆으로 미끄러지듯이 나오면 공연이 시작되는 것이었다. 그런데 우리가 대기하고 있던 작은 방과 공연장 사이에는 커튼이 쳐진 문이 있었다. 그래서 나는 관객이 어느 쪽에 앉아 있는지 알 수가 없었다. 어디를 보며 등장해야 하는지 감이 오지 않았던 것이다.

✽ 발을 끌면서 미끄러지듯이 나아가는 무용 동작의 이름.

나는 친구들과 한 줄로 서 있다 말고 몇 번이나 문 쪽으로 갔다. 그러고는 커튼을 들추며 공연장을 빠끔히 들여다보기까지 했다. 사람들 얼굴이 어디 있지? 아, 맞다. 저기 보인다. 하지만 다시 내 자리로 돌아오는 동안 금세 까먹고 말았다. 객석이 이쪽이었나, 저쪽이었나? 살다 보면 때로는 '이건 무조건 확실해' 하는 생각이 드는 순간들이 있다. 사실은 아무것도 모르면서 말이다. 하지만 그날은 그런 순간이 아니었다. 확실한 것은 내가 지금 헷갈리고 있다는 사실밖에 없었다. 마침내 나는 그냥 최선을 다하겠다고 결심했다. 눈 딱 감고 한 방향을 정한 뒤 제발 맞기를 빌면서 피아노 반주가 시작되기를 기다렸다. 설렘으로 온몸이 떨려 왔다.

음악이 들려오자 우리 어린 발레리나들은 다 같이 샤세 동작으로 무대에 등장했다. 선생님이 시킨 대로 객석을 향해 활짝 웃으면서. 나도 물론 샤세 동작을 하며 들어갔다. 활짝 웃는 것도 잊지 않았다. 그런데 나는 벽을 보고 웃고 있었다.

관객이 키득거리기 시작했다. 그러다가 웃음바다가 되었다. 여성회관을 찾은 아줌마들 모두가 지금 나를 비웃고 있다는 것을 나는 당연히 알고 있었다. 그중에는 우리 엄마도 끼어 있다는 것도. 그뿐만 아니라 아줌마들이 내 실수를 깜찍하게 여긴다는 것까지도 알고 있었다. 나는 그런 아줌마들이 굉장히 무례하다고 생각했다.

그러나 웃음소리를 들으면서도, 아니 어쩌면 웃음 때문에 나는 돌아설 수가 없었다. 이제부터는 춤 동작에만 집중해야 하는데 지금 와서 돌아서면 뒤죽박죽될 게 뻔했으니까. 그래서 나는 그냥 춤을 췄다. 다른 애들과 똑같은 동작을 다른 애들만큼 멋지게 보여 줬다. 끝까지 관객에게 등을 보인 채로 말이다.

나는 춤이 끝나고 인사를 할 때가 되어서야 객석을 향해 돌아섰다. 춤을 망치지 않고도 돌아설 틈이 생겨서 돌아선 것뿐인데, 아줌마들은 더 배꼽을 잡고 웃었다. 난 무릎을 굽혀 절을 하면서 얼굴을 잔뜩 찌푸렸다. 웃고 있는 아줌마들의 무례함을 일깨워 주려고 그런 것이었지만, 그것마저 아줌마들한테는 깜찍해 보였을지도 모르겠다.

나중에 집으로 돌아오는 길에 엄마는 신중하게 고민한 끝에 말을 꺼낸다는 듯이 한껏 낮춘 목소리로 물었다.

"테아야, 들어오기 전에 다른 애들을 한 번 쳐다보지 그랬니? 다른 애들이랑 똑같은 쪽을 봤으면 됐을 텐데."

난 정말이지 대꾸할 말이 떠오르지 않았다. 지금도 할 말이 없긴 마찬가지다. 내 방향 감각 외에 다른 것을 확인해 볼 생각은 전혀 못 했다는 말밖에는. 내 방향 감각이 엉망이라는 걸 알고 있었으면서도 나는 다른 걸 확인할 생각을 단 한 번도 하지 않았던 것이다.

신디랑 내가 성 마리아 여학교에서 쫓겨나던 날, 나는 십여 년 만에 처음으로 거꾸로 춤을 췄던 그때의 기억을 떠올렸다. 믿기지 않겠지만, 그러고는 난 웃어 버렸다. 난 그때서야 깨달았다. 내가 네 살 때 그랬듯이 열일곱 살인 지금도 나 자신에게 충실했다면, 내가 누구인지를 스테판 마리 수녀님한테 들을 필요가 없었다는 사실을.

하지만 그날 일을 이렇게 건방진 투로 말하는 것은 옳지 않을지도 모르겠다. 성 마리아 여학교에서 누군가를 내쫓는 일은 있을 수 없는 일이었다. 때는 1956년이었고, 수녀님들은 누구를 내쫓는 교양 없는 짓은 절대 하지 않았다. 수녀님들은 신디와 나에게 학교를 떠나 달라고 정중히 요구했을 뿐이다. 그분들 말씀에 따르면, 우리 같은 애들은 다른 학생들을 위험에 빠뜨린다는 것이다. 어쩌면 우리는 수녀님들과 나이 들어가는 노처녀 선생님들까지 위태롭게 만들었는지도 모른다.

문학 수업 도중에 교실에서 불려 나왔던 순간은 등골이 어찌나 오싹했던지 지금도 잊히지 않는다. 그날 우리는 희곡을 공부하고 있었다. 제목은 기억나지 않지만, 작가는 매력 넘치는 늙은 퀴어 오스카 와일드였다. 물론 아무도 그가 퀴어라는 말을 입 밖에 내지는 않았다. 그는 희곡 작가, 말하자면 명망 높은 예술가였으니까. 퀴어에 대한 입장과는 상관없이 성 마리아 여학교는 명망 높은 예술가라면 높이 쳐줬다.

스테판 마리 수녀님의 오른팔인 브라운 선생님이 교실로 들어섰다.

"테아 에번스와 신시아 오코넬은 스테판 마리 수녀님 방으로 나를 따라오도록. 지금 당장!"

반 아이들과 담임이었던 메리 루스 선생님까지 기겁했다. 크나큰 죄를 짓지 않고서는 스테판 마리 수녀님의 방에 불려 갈 일이 없기 때문이었다.

브라운 선생님은 안경테 너머로 우리 둘을 번갈아 쳐다보며 얇은 입술로 입맛을 다셨다. 우리가 얼마나 심각한 곤경에 빠졌는지를 확인시키고 싶은 모양이었다. 학생들이 교장 수녀님 앞에서 망신당하는 모습을 보는 게 이 여자의 일생에서 최고의 낙이라는 사실은 누구나 다 알았다.

우리는 말 한마디 못 하고 책을 챙길 틈도 없이 교실에서 나왔다. 그리고 브라운 선생님을 따라 복도를 걸어갔다. 우리는 이따금 어깨가 살짝살짝 부딪힐 정도로 바싹 붙어서 걸었다. 브라운 선생님은 바싹 마른 체격치고는 걸음걸이가 빠르고 힘이 넘쳤다. 우리는 감히 서로에게 눈길 한 번 주지 못한 채 허겁지겁 선생님의 뒤를 좇았다. 교장실로 불려 간다는 것이 어떤 의미인지는 우리 둘 다 알고 있었다. 하지만 정확히 무슨 일 때문인지는 알 수가 없었다.

"앉거라."

스테판 마리 수녀님이 교장실로 들어선 우리에게 말했다. 하지만 우리가 순진한 얼굴로 벽에 붙은 의자에 나란히 앉으려 하자 수녀님은 "아니!"라고 덧붙이더니 의자 하나를 가리키며 신디에게 말했다.

"넌…… 저쪽에."

그러고 나서는 나에게도 턱짓으로 다른 의자를 가리키며 무뚝뚝하게 말했다.

"그리고 넌 저쪽에."

신디는 수녀님이 가리킨 의자에 앉았고, 나는 멀리 떨어진 의자로 갔다. 나는 신디와 떨어진 것 때문에 벌써 가슴이 쓰라렸다. 신디는 내 룸메이트이자 가장 친한 친구였다. 신디의 커다랗고 짙푸른 눈망울은 슬픈 영화를 볼 때나 단지 너무 피곤할 때도 금세 눈물을 하염없이 쏟아내고는 했다. 나는 그런 신디를 세상에서 보호하는 것을 내 사명으로 여겼다.

브라운 선생님은 문 쪽에 자리를 잡고서 마치 교도관처럼 출구를 막고 서 있었다.

신디와 나는 정말 착한 아이였다. 그리고 착한 학생이기도 했다. 성 마리아 여학교의 다른 학생들 못지않은 모범생이었다. 교장실에 있는 네 사람 모두 그 사실을 알고 있었다. 그러나 내가 알고 있는, 그리고 신디도 분명히 알고 있는 또 다른 사실이 있었다. 아무리 착해도 이번 일은 무사히 넘기지 못하리라는 것이었다. 방 안의 공기 자체가 엷어질 것만 같은 오랜 침묵이 흘렀다. 마치 우리 모두 점점 산소를 빼앗기고 있는 것 같았다.

마침내 스테판 마리 수녀님이 입을 열었다. 수녀님의 부드럽고 둥그런 얼굴은 머리에 쓴 베일에 눌려 찌푸려져 있었다.

"너희들, 이게 뭔지 설명해 보거라."

수녀님이 밸런타인데이 카드 두 장을 들어 올렸다. 우리가 찾은 가장 촌스럽고 레이스가 많이 달린, 닭살 돋는 카드였다. 한 장은 내가 신디에게, 한 장은 신디가 나에게 쓴 것이었다.

나는 신디를 쳐다보았다. 신디의 뺨이 화끈거리며 빨개지는 것이 보였다. 안경 뒤의 눈에는 벌써 눈물이 고이고 있었다. 나는 재빨리 입을 열었다.

"장난이었어요."

우리 방의 메모판에 꽂아 두었던 카드가 어떻게 수녀님 손에 들어갔는지 궁금해할 겨를도 없었다. 나는 계속해서 변명했다.

"밸런타인데이 때 고향에서 카드를 받은 애들이 얼마나 많았다고요. 남자 친구한테서 말이에요. 아시잖아요?"

수녀님은 잠자코 있었다. 수녀님의 눈도 파란색이었지만 얼음처럼 창백했다. 마치 수십 년 동안 기도를 하느라, 아니면 잘못을 저지른 아이들을 노려보느라 색이 바랜 것 같았다.

"그래서 우리도 서로에게 카드를 쓴 거예요. 그냥……."

나는 숨이 차올랐다. 우리가 추궁당하고 있는 그 끔찍한 죄목이 무엇인지를 그때서야 깨닫기 시작한 것이다. 물론 레즈비언에 대해서는 들어서 알고 있었다. 목요일에 노란색이나 초록색 옷을 입으면 동성애자라는 말도 있었다. 열일곱 살이 되도록 내가 아는 건 그게 전부였다. (물론 나는 목요일에 노란색이나 초록색 옷을 절대로 입지 않았다. 그건 신디도 마찬가지였다.)

신디가 나를 거들었다.

"그냥 재미 삼아 그랬어요. 재미로 카드를 샀던 거예요."

"정말 촌스러웠거든요. 그래서 웃긴다고 생각했어요."

초조함 때문에 내 목소리는 점점 더 높아졌다.

"너희 둘 다 고향에서 카드 보내 줄 남자 친구가 없단 말이니?"

브라운 선생님이 뒤에서 물었다. 밸런타인데이에 카드 보내 주는 남자 친구 하나 없는 게 무슨 죄라도 된다는 듯한 말투였다.

"없어요."

내가 대답했다. '선생님은 있어요?'라고 덧붙이고 싶었다. 물론 그게 얼마나 어리석은 짓인지는 알고 있었다. 하지만 실제로 한 말도 어리석긴 마찬가지였다.

"남자 친구가 왜 필요하죠? 남자애들은 정말……."

"무식해요."

신디는 내가 찾던 단어를 말했다. 그건 우리 둘만의 버릇이었다. 상대방이 시작한 문장을 자기가 마무리하는 버릇.

수녀라면 그런 식으로 남자를 헐뜯는 말을 듣고 좋아해야 하는 거 아닌가? 적어도 1956년에 나는 수녀라면 그럴 줄 알았다. 그것이야말로 여자아이들을 성 마리아 여학교에 보내는 이유였으니까. 남자애들을 못 만나게 하려고 말이다. 그리고 이 방면에 대한 수녀님들의 책임감은 참으로 대단했다. 신디와 내가 모범생으로 인정받게 된 것도 몰래 시내로 나가 남자애들과 어울려 다니는 일에 관심이 없었던 점이 큰 몫을 했다. 그러나 스테판 마리 수녀님은 얼굴을 더 찌푸리기만 했다. 마치 누군가 입술을 실로 꿰매 팽팽하게 잡아당기고 있는 것 같았다.

브라운 선생님이 앞으로 나와 수녀님 책상 옆에 서더니 다그치듯 물었다.

"그럼 너희 침대는 어떻게 된 거지?"

"우리 침대요?"

신디와 내가 동시에 물었다. 오늘 아침에 침대 정리를 깜빡했나?

스테판 마리 수녀님은 넉넉한 소맷자락을 흔들어 손을 빼내 깍지를 끼더니 책상 위로 몸을 굽혔다. 우리 침대에 대한 비밀을 밝혀내는 것이 오늘 하루 중 가장 흥미진진한 사건이 될 거라는 표정이었다. 수녀님은 은밀한 이야기라도 하는 것처럼 나지막한 목소리로 설명하기 시작했다.

"오늘 아침 너희 방 바로 위층 세면대가 막혀서 물이 넘쳤단다. 그래서 일을 처리하던 브라운 선생님이 혹시 아래층으로 물이 새지는 않았는지 확인하려고 너희 방에 들어갔지."

나는 멍청한 표정으로 물었다.

"물이 새던가요?"

아직 이해되지 않았다. 우리 침대가 어떻단 말이지?

브라운 선생님의 벌어진 입술 사이로 이가 번들거렸다. 선생님은 또 다그쳤다.

"왜 침대를 붙여 놨지? 왜 침대가 원래 위치대로 각각 반대편 벽 쪽에 있지 않고 나란히 붙어 있지?"

왜라니? 나는 슬그머니 신디를 바라보았다. 신디는 바닥을 뚫어지게 내려다보고 있었다. 그 순간, 정말로 수녀님이 의심하는 그 짓을 하다가 들켰어도 이보다 더 죄인 같은 표정은 못 지었을 거라는 생각이 번쩍 들었다. 나는 기어드는 목소리로 말했다.

"우린 그냥…… 수다 떠는 게 좋아서……."

내가 듣기에도 설득력이 떨어지는 변명이었다.

"수다? 너희는 침대를 그렇게 바싹 붙여 놔야만 수다를 떨 수 있단 말이냐?"

수녀님이 다그쳤다. 바로 그때, 신디가 허리를 펴고 턱을 치켜들더니 심문을 끝내 버렸다.

"우린 바싹 붙어서 잠드는 걸 좋아하거든요."

별것 아닌 이야기를 하는 것처럼 태연한 말투였다. 우리 행동에 아무런 잘못도 없다는 듯이. 그리고 실제로 우린 아무런 잘못도 하지 않았다.

"숟가락을 포개어 놓은 것처럼요."

방 전체가 침묵에 휩싸였다. 사랑스러운 나의 신디! 겁쟁이인 줄만 알았던 나의 신디! 그 순간만큼 신디가 자랑스럽고 또 사랑스러웠던 적은 없었다. 그렇게 신디는 등을 꼿꼿하게 세우고 눈물 한 방울 흘리지 않은 채 우리가 성 마리아 여학교에서 보낸 시간에 종지부를 찍었다.

난 솔직히 짐작이 가지 않았다. 수녀님이 무엇 때문에 우리를 비난하는지를 신디가 이해하지 못한 건지, 아니면 이해하고도 아랑곳하지 않은 건지. 하지만 어느 쪽이든 나는 신디 편이었다. 신디는 진실을, 우리의 진실을 말한 것뿐이니까. 신디 말대로 우리는 낡은 기숙사의 습하고 서늘한 방에 나란히 누워 있는 것을 좋아했다. 튼튼한 양팔로 서로를 감싸 안은 채 목 뒤를 간질이는 서로의 숨결과 살갗에 달라붙은 플란넬 잠옷의 촉감을 느끼는 것, 그게 전부였다. 딱 한 번 우리는 서로를 마주 보고 누워 있다가…… 입을 맞췄다. 하지만 너무나도 깜짝 놀라서 그 후로 다시는 그러지 않았다.

"너희들……."

스테판 마리 수녀님의 말이 끝나기도 전에 나는 의자를 박차고 일어나 소리를 질렀다.

"아니요!"

"아니라고?"

수녀님이 받아쳤다. 수녀님의 엷은 눈썹이 쑥 올라가더니 베일 속으로 사라졌다. 수녀님이 조용하게 물었다. 하지만 수녀님의 질문에서는 내가 내지른 고함보다 더 강한 힘이 느껴졌다.

"내가 무슨 질문을 할지 어떻게 알았지, 테아?"

"어떻게 모르겠어요?"

내가 대꾸했다. 놀랍게도 울고 있는 건 나였다. 너무나 침착하게 자기 자리에 그대로 앉아 있는 신디 대신 내가 하염없이 눈물을 흘리고 있었다. 나는 '수녀님은 변태예요. 두 분 다 진짜 변태예요!'라고 소리치고 싶었다. 하지만 나는 그런 말을 입에 담기에는 가정교육을 지나치게 잘 받았다.

게다가 그 순간 나는 어떤 깨달음에 온 정신이 쏠려 있었다. 다른 모든 것은 눈에 들어오지 않을 만큼, 심지어 부모님이 고른 사립 대학교에 합격하려면 꼭 필요했던 성 마리아 여학교 졸업장까지도 뒷전으로 밀려날 만큼 엄청난 깨달음이었다.

지금 신디와 나는 우리가 감히 생각지도 못했던 짓을 했다고 비난을 받은 것이었다. 정말이지 그 순간까지 우리 둘 다 그런 일은 상상조차 해 본 적 없었다. 하지만 그런 비난을 받을 수 있다는 것은 다시 말해 그런 일이 얼마든지 가능하다는 뜻이기도 했다. 갑작스럽게 열린 가능성, 단 한 번도 생각해 보지 못한 가능성에 눈을 뜨는 순간, 나는 난생처음으로 한 여자에게 현실적인 사랑을 느낄 수도 있다는 것을 깨달았다. 그런 사랑이 수녀님과 부모님에게서 인정받는 것이나 대학에 들어가는 것보다 더 간절할 수도 있음을, 심지어 세상 모든 사람이 손가락질해도 상관없을 만큼 절실할 수도 있음을 깨달은 것이다. 나는 놀라움과 두려움, 말할 수 없는 기쁨을 느꼈다.

교장실에서의 나머지 시간은 빠르게 지나갔다. 수녀님은 우리 부모님에게 전화를 걸어 끔찍한 소식을 전했다. "따님이……

그래도 철저하게 감시하고 더는 못 만나게 하면 언젠가는 괜찮아질지도 모르겠습니다만…… 그때까진 저희 성 마리아 여학교가 그런 위험을…….”

일부러 기억에서 지운 것일지도 모르겠지만, 자세한 얘기는 대부분 잊어 버렸다. 생생하게 기억나는 순간은 신디와 내가 짐을 싸기 위해 방으로 돌아갔을 때부터다. 우리는 너무나 순수하게, 너무나 아깝게 보내 버린 세월이 깃들어 있는 방에 마지막으로 들어섰다.

신디도 나와 똑같은 사실을 똑같은 방식으로 깨달았던 게 분명했다. 고개를 돌려 마주 본 신디의 얼굴은 한 번도 본 적 없는 광채로 빛나고 있었다. 마치 학교 예배당의 스테인드글라스에 그려진 천사 같았다. 그 천사가 연주하는 하프의 현처럼 두려움과 황홀함이 우리 사이에서 떨리는 동안 우리는 아무 말도 하지 않았다. 하지만 영원처럼 느껴지는 순간이 흐른 뒤, 우리는 팔을 벌려 서로를 안고서 길고도 달콤한 입맞춤을 나눴다. 그 순간, 우리는 둘 다 성 마리아 여학교의 모든 방문은 잠기지 않는다는 사실을 잊고 있었다. 아니, 생각이 났어도 무시해 버렸을 것이다.

마침내 서로를 감싸 안은 팔을 내렸을 때 먼저 움직인 사람은 신디, 소중한 나의 신디였다. 나를 어루만지는 신디의 손은 떨리고 있었다. 그렇게 우리는 새로운 세상을 발견했다. 비단결처럼 곱고 따스한 살갗을 맞댄 채, 우리의 깊디깊은 교감이 시작되었다.

매리언 데인 바우어 Marion Dane Bauer

나는 1987년에 뉴베리 아너상을 수상한 《맹세할 수 있어On My Honor》와 1993년에 미국도서관협회(ALA)에서 '좋은 책'으로 선정된 《네 이야기는 뭐니? 청소년을 위한 창작 지침서What's Your Story? A Young Person's Guide to Writing Fiction》, 가장 최근작인 《믿음의 문제A Question of Trust》 등 열세 권의 책을 청소년을 위해 썼습니다.

〈거꾸로 추는 춤〉은 실제 있었던 일이기도 하면서 꾸며 낸 이야기이기도 합니다. 네 살 때 거꾸로 춤을 춰서 관객을 웃긴 부분은 실제 있었던 내 경험담입니다. 최근에야 나는 그날 다른 아이들을 보기만 했어도 내 위치가 이른바 정상인지 확인할 수 있었다는 것을 깨달았습니다. 하지만 내가 그러지 않았다는 것은 나 자신에 관해 아주 중요한 사실을 말해 줍니다.

나는 여학교를 다닌 적은 없지만, 성당에서 운영하던 여름 수련회에서 교사로 봉사한 경험은 있습니다. 나와 내가 사랑했던 소녀는 수녀님들도 인정한 최고의 교사였습니다. 하지만 그 여름이 지나고 우리는 수련회에 참가할 수 없었습니다. 당시 우리는 너무도 순수해서 성당에서 우리를 거절한 이유를 차마 입에 담지도 못했습니다. 결국 우리는 둘 사이에 꽃피울 수 있었던 달콤한 가능성을 충분히 맛보지 못했습니다.

1년 뒤, 내가 사랑했던 그녀는 열여덟의 나이에 결혼했습니다. 나도 곧 같은 길로 들어섰습니다. 그로부터 30년이 흐른 뒤에야 나는 그동안 내가 어느 방향을 바라보고 있었는지를 비로소 깨달았습니다.

그토록 오랜 세월을 보내고 나서야 얻은 깨달음은 네 살 때 이미 알고 있던 것이었습니다. 관객의 시선이나 박수가 중요한 게 아니라는 것을 말입니다. 중요한 건 춤입니다.

M.
E.
키

어쩌면 우리는

할머니께서 말씀하셨다.

"크리스마스였지. 스위스에서 학교 다닐 때였는데, 나는 기숙사 룸메이트였던 잉게를 따라 독일에 있는 잉게의 고향 집에 갔단다. 그 친구는 내가 자기 집에서 즐겁게 지내지 못할까 봐 걱정했어. 우리 집이 뉴욕에 있으니까 나한테 자기 집이 초라해 보일지도 모른다고 여겼는지 자꾸 이러는 거야.

'우리 집은 아주 검소해. 내 학비를 내주시는 카를 삼촌 말고는 부자가 없어.'

나는 아니라고, 정말 설렌다고 그랬지. 진심이기도 했고 말이야. 가는 곳마다 온통 크리스마스 분위기였단다. 우리가 지나갔던 작은 마을에는 크리스마스 장식들이 걸려 있었고, 그때까지도 크리스마스 장이 열려 있었어. 집마다 꼭대기에 별이 달린 커다란 크리스마스트리가 있었지.

그때 난 독실한 유대인은 아니었어. 우리 집은 내가 어렸을 때부터 종교를 믿지 않았거든. 그래서 난 그런 분위기가 부럽기도 하고 신나기도 했단다. 마치 크리스마스카드에 그려진 풍경 같았어. 눈이 내리고, 굴뚝에선 연기가 피어오르고, 마을 사람들은 예쁘게 포장한 선물을 들고서 총총걸음으로 지나다니고, 크리스마스 캐럴이 울려 퍼지고…….

그러다가 친구가 사는 마을 밖에 붙은 표지판을 봤지.

'유대인 사절'

더 작은 표지판들도 있었는데, '곱슬머리와 매부리코 출입 금지' 같은 말이 독일어로 씌어 있었어. 그중에는 너한테 말해 주지 못할 만큼 심한 욕도 있었단다. 잉게가 그러더구나.

'우리랑 상관없어. 그냥 정치적인 거야. 새 총리 히틀러 때문에 그러는 거니까 신경 쓰지 마, 루스.'

난 내가 유대인이라는 걸 따로 의식해 본 적이 없었어. 그래서 놀라긴 했지만 난 미국인이니까 날 두고 하는 말은 아니라고 생각했지. 게다가 내가 아주 어렸을 땐 우리 집에도 크리스마스트리가 있었거든. 그때는 내가 열여섯 살, 그러니까 앨리슨 너랑 같은 나이였단다.

잉게네 부모님께서는 문밖까지 뛰어나와서 우리를 맞아 주셨어. 우린 먼 길을 오느라 배가 고팠고, 촛불과 크리스마스 장식으로 꾸며진 집 안에는 맛있는 냄새가 가득했지. 어른, 아이 할 것 없이 잘 차려입은 친척들로 북적댔고, 분위기는 화기애애했어.

다들 커다란 식탁에 둘러앉았단다. 어른들은 포도주를 마셨는데 잉게 어머니께서 우리 둘한테도 반 잔씩은 마셔도 된다고 하시더구나. 어른이 다 된 기분이 들었지. 포도주를 홀짝거리며 라디오에서 흘러나오는 캐럴을 듣고 있는데 얼마나 시끌벅적했는지 음악 소리가 잘 안 들릴 정도로 흥겨운 분위기였어. 그리고 식탁은 또 얼마나 멋지게 차려져 있던지. 예쁜 식탁보에 최고급 도자기 접시에 크리스털 잔까지! 난 속으로 그랬단다. '도대체 뭐가 검소하다는 거야? 하인도 있는데.' 집은 밖에서만 작아 보였지, 안은 아주 넓고 활기가 넘쳤어. 크리스마스트리 밑에는 나중에 풀어 보려고 쌓아 둔 선물이 한 아름 있었고 말이야. 나는 분위기에 취한 나머지 내가 그곳에 있다는 것만으로도 가슴이 벅찼단다.

그런데 갑자기 어떤 하녀가 나타나서는 앙칼진 목소리로 그러는 거야.

'칸토어 부인, 드릴 말씀이 있는데요.'

잉게 어머니께서는 귀찮다는 듯이 대꾸하셨지.

'뭔데 그래요?'

그랬더니 빳빳하게 다림질한 하얀 옷에 까만 앞치마를 두른 그 비쩍 마른 하녀가 그러더라.

'저 시중 못 들겠어요. 남자든 여자든 어린애든…….'

그러면서 갑자기 날 쳐다보더니 이러는 거야.

'유대인 피가 조금이라도 섞인 것들한테는 두 번 다시 시중 못 들어요.'

그래서…….”

할머니께서는 잠시 말씀을 멈추더니 고개를 절레절레 흔드셨다.

“그래서 어떻게 됐어요?”

“우린 모두 접시를 들고 부엌으로 가서 직접 음식을 덜어 먹었지. 카를 삼촌만 빼고 말이야. 그분은 그때까지 조카가 데려온 학교 친구가 유대인이라는 걸 모르셨다고 하더구나.”

“독일에서 그런 일이 있었을 때 할머니가 거기 계셨단 얘기는 처음 들어요.”

"내가 독일에 갔던 건 그때가 처음이자 마지막이었어. 그러니까 아웃사이더가 된 기분이 어떤 건지 말하지 않아도 안단다. 편견이 어떤 건지도 말이야. 앨리슨, 너 자신에 관해서 이 할미한테 말해 줘서 고맙다. 나한테 맨 먼저 얘기해 줘서 얼마나 뿌듯한지 모르겠구나."

➤• ➤• ➤•

일주일 후 엄마는 이렇게 말했다.

"꼭 그렇게 광고를 해야겠니?"

"엄마, 나한테 해 줄 말이 그것밖에 없어?"

"아니, 할 말 많아. 꼭 그렇게 광고하지 않아도 된다는 말부터 해 두려고. 너랑 로라가 어떤 사이인지 내가 모를 줄 알았니? 뒤통수에 눈이 안 달렸어도 그 정도는 알아챌 수 있어."

"그럼 알고는 있었지만 나한테 직접 듣는 게 거북하다 이거야?"

"도대체 나보고 어쩌라는 건데? 집에 로라 데리고 올 때마다 빤히 보이는데. 나도 그냥 저러다 말겠거니 하고 싶어. 그런데 책이나 텔레비전 보니까 그런 게 아니라며?"

"응, 아니야."

"그럼 난 손자 볼 생각은 꿈도 꾸지 말아야겠네? 네가 그 선택을 끝까지 고집하면?"

"엄마, 이건 선택이 아니야. 엄마는 아빠를 사랑한 게 선택이었어?"

"당연하지. 엄마는 아빠를 선택한 거야!"

"내 말은, 여자랑 아빠 중에서 아빠를 선택한 건 아니었잖아."

"앨리슨, 엄만 여자를 선택하진 않아! 절대로! 가족은 인생의 전부야. 내 생각은 그래. 아니, 그랬어. 네가 이렇게 나오기 전까진 말이야!"

"그러니까 엄마는 남자한테만 끌렸다는 거잖아."

"그걸 말이라고 하니? 너 이렇게 된 거, 엄마 닮아서 그런 거 절대 아니다."

"만약에 세상이 뒤집혀서 남자는 남자를 사랑하고 여자는 여자를 사랑하는데 엄마만 지금 이대로라면? 그럼 엄만 어떡했을 것 같아?"

엄마가 어깨를 으쓱하며 대답했다.

"다른 세상을 찾았겠지, 뭐."

"바로 그거야. 난 다른 세상을 찾은 거라고!"

"그래 너 좋겠다! 넌 네 세상에서 살고, 난 내 세상에서 살면 되겠네. 내 세상이 진짜 세상이지만. 아니다, 그런 말은 해서 뭐

하니. 넌 항상 네 멋대로 살았는데."

엄마는 한숨을 내쉬었다.

"아빠가 살아계시지 않은 게 차라리 다행이다. 가장 좋아하는 딸이 동성애자라는 걸 모르고 눈 감으셨으니."

"엄마, 딸은 나 하나잖아."

"그러니까 더 천만다행이지. 우리가 손자 안아 볼 날을 얼마나 기다렸는지 아니?"

"손자를 왜 못 안아 봐? 내가 나중에 예쁜 손자 안겨 줄 수도 있어."

"하지 마."

"하지 마?"

"시험관 아기니 인공 수정이니 그런 거면 하지 말라고. 난 진짜 아기를 말하는 거야. 내 핏줄 이어받고 엄마 아빠 둘 다 있는 진짜 아기! 무슨 토크쇼에 나와서 '난 실험실 주사기로 만들어졌대요'라고 지껄이는 그따위 애들 말고! 엘리슨, 이건 엄마가 '너 레즈비언이라고? 그래, 알았어' 하면 끝나는 문제가 아니야. 정말 심각한 문제라고!"

"그래서 이렇게 엄마한테 얘기하는 거잖아."

"그래서 얘기하는 게 아니잖아!"

"그럼 내가 왜 얘기하는 건데?"

"내가 괜찮다고 말하길 바라는 거잖아! 너희 동성애자들은 세상 모든 사람이 괜찮다고 말해 주길 바라지?"

"그럼 안 괜찮아?"

"안 괜찮아! 이제 됐어? 엄마 생각 말했으니까 됐지? 너 레즈비언이라는 거 알겠어. 알긴 알겠는데, 안 괜찮다고!"

"그럼 이제 우리 어떡하지?"

"어떡하면 안 되는지 가르쳐 줄까? 동네 사람들한테 말하면 안 되고, 엄마 친구들한테도 말하면 안 돼. 그리고 할머니께 말씀드리는 건 절대 안 돼!"

"할머니가 어떻게 나오실 것 같은데?"

"대성통곡부터 하시겠지."

"할머니가 우실 거라고?"

"그 자리에서 쓰러져 돌아가실 거야."

"할머니가 이해 못 하실 것 같아?"

"이해 못 하실 것 같은 게 아니라 이해 못 하셔! 뭘 이해하시라는 건데? 당신 손녀딸이 영원히 증손자를 안겨 드리지 않겠다는 걸?"

"토크쇼에 나온 애 하나 데리고 오면 되지."

"넌 지금 농담이 나오니? 앨리슨, 너 커밍아웃한 거 잘한 거 아냐. 나한테 커밍아웃한 건 그렇다고 쳐. 네 엄마니까 꼭 말해야 한다고 생각했는지도 모르지. 하지만 할머니는 안 돼. 입도 뻥긋하지 마."

"할머니가 그걸 바라실 것 같아?"

"바라긴 뭘 바라셔? 그런 생각은 꿈에도 못 하실 텐데! 할머니는 너무 고달프게 사셨어. 유대인 대학살 때 죽은 친척분들도 계셨으니까. 그 정도면 고생할 만큼 하신 거 아니니?"

"그래서 더 이해심이 많을지도 모르잖아."

"어디 레즈비언이랑 유대인을 비교해? 비교할 걸 해야지."

"난 둘 다잖아. 둘 다 편견의 피해자라고. 둘 다 내가 선택해서 된 게 아니고."

"할머니 일찍 돌아가시는 게 그렇게 보고 싶으면 말씀드려라."

"엄마는 할머니에 대해서 잘못 생각하는 것 같아."

"그래? 엄마가 잘못 생각하는 거면 엄마는 할머니를 모르고, 넌 엄마를 모르고, 어쩌면 우리는 다 서로 모르는 사이, 그러니까 남남인 거네."

➤→ ➤→ ➤→

그날 밤, 나는 일기장에 이렇게 썼다.

'다음에 계속……'

할머니도 아시고, 엄마도 안다. 그리고 언젠가는 할머니께서 아신다는 걸 엄마도 알게 될 것이다.

모든 커밍아웃 이야기는 현재진행형이다.

남남이 서로를 이해하려면 시간이 걸린다. 특히 그 남남이 가족이라면.

M. E. 커 M. E. Kerr

〈어쩌면 우리는〉은 한 유대인 정신분석학자의 이야기에서 영감을 얻어 쓴 것입니다. 그는 십 대 소녀 시절에 히틀러 집권 직후의 독일을 여행하던 중 겪은 일을 내게 들려주었습니다.

나는 그 이야기를 할머니에게 '커밍아웃'한 친구한테 들려주었습니다. 그 친구는 할머니가 견디지 못할 것이라는 어머니의 만류를 무릅쓰고 자기가 레즈비언이라고 말씀드렸습니다. 그런데 놀랍게도 가족 중에서 친구를 이해해 준 사람은 할머니밖에 없었다고 합니다. 할머니는 생전에 편견이라면 치가 떨리도록 겪었다면서 손녀에게 "여자 친구 한번 데리고 오너라"라고 하셨답니다.

이 두 이야기를 바탕으로 〈어쩌면 우리는〉이 탄생한 것입니다.

1983년에 쓴 《밤하늘의 연Night Kites》은 에이즈를 다룬 최초의 청소년 책이었습니다. 이 작품의 주인공은 병든 몸을 이끌고 시골로 돌아온 젊은 남자입니다. 그는 자신을 우상처럼 떠받드는 동생과 나머지 식구들에게 자신이 게이이며 죽을병에 걸렸다고 고백합니다.

1993년에는 미국도서관협회에서 소설가의 문학적 업적을 기리고자 주는 '마거릿 에드워즈'상을 받았습니다. 이때 특별히 언급된 작품은 《딩키 호커는 욕쟁이!Dinky Hocker Shoots Smack!》, 《부드러운 손Gentlehands》, 《나, 나, 나, 나, 나Me Me Me Me Me: Not a Novel》, 《밤하늘의 연Night kites》이었습니다.

최신작 《여운Linger》은 걸프전에 관한 소설입니다.

행복해질 확률 50퍼센트

버스를 기다리다 지친 로빈이 비에 젖은 보도블록을 운동화 신은 발로 차며 말했다.

"나도 언젠간 여자 친구가 생기긴 할까?"

말리아가 웃으며 대꾸했다.

"넌 머릿속에 온통 그 생각뿐이지?"

"아무도 못 사귈 거면 게이인 게 무슨 의미가 있냐고?"

로빈은 말리아와 함께 쓰고 있는 우산을 다른 손에 바꿔 들면서, 버스가 단 한 번이라도 제때 오면 좋겠다고 생각했다. 통통한 은빛 빗방울이 우산 위로 떨어졌다.

말리아가 또 대꾸했다.

"우리 독립적인 여성이 되기로 맹세했잖아. 기억 안 나? 남자한테 목매달지 않는다!"

로빈이 말리아를 쏘아보자, 말리아가 재빨리 덧붙였다.

"여자한테도."

로빈은 자기 머리카락이 한 올씩 부스스해지는 것을 의식하지 않으려고 애쓰며 말했다.

"넌 그렇게 말하면 안 되지. 사귀는 사람 있잖아."

말리아가 웃으며 대답했다.

"그건 그래."

로빈은 우산의 투명 비닐 밖에 펼쳐진 축축한 회색 풍경을 바라봤다. 모자가 필요한 날씨다. 검정 야구모자와 헤어 젤. 로빈은 둘 다 쓰지만, 오늘 같은 날씨에는 뭘 해도 소용이 없다.

"바보같이 외모 걱정을 왜 해? 생각만 바꾸면 비의 생명력이 내 것이 되는데!"

로빈의 엄마가 늘 하던 말이다. 로빈이 궂은 날씨를 싫어하는 마음과 거의 비슷하게 엄마는 폭풍우를 좋아했다.

말리아가 물었다.

"오늘 금요일이잖아! 근데 너 왜 이렇게 조용해? 설마 또 폭탄 머리 될까 봐 신경 쓰는 거야? 너 머리 멀쩡해! 너랑 나랑 머리 바꾸자고 하면 난 1초 만에 오케이야. 그러니까 필리핀 머릿결은 완벽하다느니 그딴 소리 하기만 해 봐!"

자기 마음을 훤히 들여다보는 친구의 너스레에 로빈은 저도 모르게 웃었다. 말리아와 친하게 지낸 세월이 새삼 길게 느껴졌다.

말리아가 화제를 바꿨다.

"맞다! 너 그거 알아? 내일이면 나 앤드루랑 사귄 지 200일 된다. 나 이렇게 길게 연애한 거 처음이야."

로빈이 한숨을 쉬며 말했다.

"너희 둘은 같이 늙어 갈 것 같아."

'난 지구상에서 제일 늙은 싱글이 될 거고'라는 우울한 생각은 속으로만 했다.

말리아가 이마를 살짝 찌푸리며 말했다.

"아니, 난 떠날 거야. 여길 벗어나고 말 거야."

커다란 전기 버스가 정류장 앞에 쉭 소리를 내며 멈춰 섰다. 말리아는 버스에 올라타며 말을 이었다.

"나 어제 대학 원서 다 부쳤어. 뉴욕, 브린마워, 햄프셔, 로체스터. 딱 그 순서로."

버스 안은 덥고, 겉옷에서 김이 모락모락 나는 승객들로 꽉 차 있었다. 둘은 그 틈을 비집으며 버스 뒤쪽으로 갔다. 버스가 출렁거리며 다시 출발했다.

말리아가 버스 뒤쪽에 있는 봉을 잡으며 물었다.

"넌 어디 어디 지원할 거야?"

로빈이 어깨를 으쓱하자 말리아가 한쪽 눈썹을 올렸다.

"좀 있으면 추수 감사절이야. 너 그래도 나랑 같이 뉴욕이랑 햄프셔는 원서 넣을 거지?"

"아마도. 아직 마음 정할 시간이 없었어."

고민을 안 하고 있는 건 아니다. 지금도 방바닥에는 대학 홍보물이 깔려 있다. 앞으로 인생의 4년을 어디에서 보내고 싶은지 마음만 먹으면 된다. 뉴욕? 매사추세츠? 짐바브웨? 선택지는 끝이 없다.

말리아가 대화를 이어 갔다.

"시간이 없으면 냈어야지. 접수 마감일이 닥칠 때까지 미루면 안 돼."

"잔소리 좀 그만하지?"

로빈은 앉아 있는 사람들의 머리 너머 창밖 풍경을 멍하니 바라봤다.

말리아가 그런 로빈의 옆구리를 팔꿈치로 찔렀다.

"까칠하긴."

창가에 앉아 있던 사람이 김 서린 창문을 손으로 닦고 밖을 내다보더니 벨을 누르고 일어났다. 말리아와 로빈은 그 옆에 앉은 사람의 무릎과 앞좌석 사이의 좁은 틈을 비집고 들어가 빈자리를 차지했다. 로빈은 말리아를 무릎에 앉히고 창 쪽으로 고개를 돌려 스쳐 가는 도시의 풍경을 바라봤다. 올가을 짐을 다 싸고 떠날 생각에 설레고 있을 자신의 모습을 그리려고 애를 써 봤다. 열여덟 번째 생일이 코앞인데. 떠나고 싶어야 정상인데. 새로운 방, 새로운 도시, 새로운 친구들…….

아직은 떠날 수 없어! 버스 안 공기는 숨을 들이쉬기 힘들 만큼 후덥지근했다. 차창 밖으로 날카롭게 솟은 빌딩과 간판 들이 획획 지나갔다. 로빈은 머리가 어지럽고 아득해지는 기분이었다. 차가운 창유리에 뺨을 댔다. 멀리 안 떠나도 된다. 샌프란시스코주립대나 시내에 있는 샌프란시스코대학에 지원해도 된다. 아니면 아예 대학에 진학하지 않아도 된다. 말리아 엄마도 대학을 안 나왔다. 로빈 아빠도 마찬가지다. 그런데 아빠는 로빈이 대학에 가길 바란다.

"넌 엄마 닮아 똑똑하잖아."

아빠는 입버릇처럼 말한다. 하지만 내가 가고 싶지 않다면?

로빈은 속으로 되뇌었다. 괜찮아. 아무도 나한테 대학 가라고 강요할 수 없어.

차창 너머로 작은 잡종 테리어 한 마리가 눈에 들어왔다. 강아지는 땅바닥에 코를 대고 냄새를 맡으며 점점 더 차도 쪽으로 나오고 있었다. 젖은 털이 몸에 찰싹 달라붙었고 듬성듬성 뭉쳐서 쭈뼛 선 데도 있었다. 신호등 불빛이 바뀌길 기다리며 멈춘 차들 사이로 강아지가 뛰어들려고 했다. 로빈은 강아지 주인이 가까이 있나 싶어 인도를 살폈다. 강아지 혼자 차도로 뛰어들게 내버려 두면 위험한 걸 모르나?

로빈은 창밖을 뚫어지게 쳐다보며 마음이 급해졌다. 길 잃은 강아지면 어떡하지? 내가 도와줄 수 있는데. 당장 버스에서 내려서……. 갑자기 경적이 요란하게 울렸다. 로빈의 속이 덩달아 쪼그라들었다. 말리아의 체중이 무릎을 짓눌렀다. 강아지는 고개를 들더니 잽싸게 인도로 물러났다. 다른 차들과 함께 버스도 다시 움직이기 시작했다. 로빈은 강아지를 계속 보려고 목을 길게 뺐다. 더 늦기 전에 내려야 하는데, 그럴 수가 없었다.

로빈이 움직이는 것을 느낀 말리아가 물었다.

"왜 그래?"

로빈은 억지로 좌석 등받이에 몸을 기대며 숨을 골랐다. 바보같이 굴지 말자. 강아지가 설마 차에 치이겠어? 주인이 금방 뒤따라왔겠지.

➤• ➤• ➤•

둘은 말리아의 작고 깔끔한 방에서 겉옷을 의자에 걸쳤다. 야구모자를 벗어 책상에 놓는 로빈에게 말리아가 말했다.

"내 목표 리스트 보여 줄까? 〈신여성〉에서 읽은 건데, 하고 싶은 게 뭔지 정확하게 알고 있으면 이룰 확률이 더 크대."

말리아는 펼쳐진 스프링 노트를 로빈에게 건네고는 침대에 엎드려 있는 로빈 옆에 털썩 앉았다.

말리아 마난살라

☆ 지금 당장 목표

좋은 대학 가기 (최대한 멀리 있는)

컴퓨터 공학이나 경영학 전공하기

아르바이트 자리 하나 더 구하기 (옷, 화장품 살 돈 필요)

재밌게 살기!

☆ 언 훗날 목표

연봉 높고 존경받는 근사한 직장

고급스러운 아파트

구형 BMW 또는 체로키 지프차 (어디 사느냐에 따라)

멋진 친구들

나밖에 모르고 섹시하고 능력 있는 남편

로빈은 고개를 저으며 중얼거렸다.

"돈이 문제야. 장학금 받는다 해도 평생 학자금 대출 갚느라 바쁠걸."

말리아가 고개를 끄덕였다.

"그래서 난 성공한 커리어 우먼이 돼야 해. 돈 때문에 남자한테 아부 떨지 않으려고. 너도 목표 리스트 만들어 봐. 난 먹을 것 좀 가져올게."

말리아가 건넨 펜을 받아 든 로빈은 모로 누웠다. 그래 볼까? 새 페이지의 맨 윗줄에 천천히 또박또박 써 내려갔다.

목표

내가 누군지 알아내기

나 자신을 자랑스러워하기

사랑에 빠지기

좋은 일 하기

로빈은 인상을 쓰며 자신의 리스트를 내려다봤다. 도대체 말리아는 자기가 하고 싶은 게 뭔지 어떻게 저리 정확하게 아는 거야?

말리아가 따뜻한 코코아와 전자레인지에 돌린 만두를 쟁반에 받쳐 들고 돌아왔다.

"이리 줘 봐."

"알았어. 근데 네 거랑은 좀 달라."

말리아가 오만상을 찌푸리며 입을 뗐다.

"좋은 일 하기? 좀 모호하지 않니?"

"야! 난 네 거 보고 꼬투리 안 잡았잖아!"

"이해가 안 돼서 그래. 넌 뭐든 마음만 먹으면 행동부터 하는 애잖아. 올해는 동네방네 '나 레즈비언이야. 받아들이든가 말든가'라고 말하고 다녔으면서, 대학 결정은 뭐가 그렇게 어려운 건데?"

"그건 달라."

로빈은 짧게 대꾸하고는 생각에 잠겼다. 모두에게 말한 건 아니다. 엄마한테는 영원히 말할 수 없다. 엄마는 빨간색 혼다 CRX를 몰았다. 백미러에 아프리카 펜던트를 주렁주렁 매달고. 도심 교통 체증을 피하려고 고속도로를 자주 탔다. 101번 남부 도로. 로빈은 생각의 흐름을 확 끊어 냈다.

말리아의 잔소리가 계속됐다.

"인생 목표가 레즈비언 되는 것밖에 없는 건 아니지?"

로빈은 몸을 일으켜 발목에 축축하게 달라붙은 청바지 밑단을 털었다.

"마른 옷 좀 빌려줄래?"

"그러지 말고 좀 진지하게 말해 봐. 장래 희망 같은 거 없어?"

지금 말리아의 말투는 로빈 엄마 아빠가 쓰던 말투와 비슷했다. 엄마 아빠는 늘 계획 짜는 걸 좋아했다.

로빈이 옷장을 뒤적이며 대답했다.

"모르겠어. 사람들 돕는 일?"

"평화 봉사단? 변호사? 사회 복지사?"

"아니."

빛바랜 추억 하나가 로빈의 머릿속으로 스며들었다. 어릴 적 로빈은 주술사가 되어 꽃잎과 풀잎을 갈아 만든 약으로 토끼 봉제 인형과 아프리카 플라스틱 인형을 치료하며 놀았다.

로빈은 말을 이어 갔다.

"개성 있는 사무실에서 일하는 내 모습이 그려지긴 해. 몸이 아픈 사람들이나 동물들이 찾아오는."

말리아가 신이 나서 외쳤다.

"의사가 되고 싶은 거네!"

로빈은 고개를 저었다. 주술사 놀이는 어릴 적 소꿉장난이었다.

"나 피랑 상처 공포증 있는 거 알잖아."

다시 옷장으로 시선을 돌린 로빈은 검정 레이스가 달린 티와 검정 레깅스를 꺼내 들었다.

"그럼 심리 치료사는 어때? 사람들 마음을 고치는 일이잖아."

로빈이 옷을 갈아입으며 대꾸했다.

"온종일 불평만 늘어놓는 사람들 상대하라고?"

말리아가 한숨을 내쉬며 노트를 덮었다.

"그럼 오늘 저녁에는 뭐 할래? 앤드루한테 4시까지 전화한다고 그랬거든. 아! 까먹을 뻔했다! 엄마랑 머저리랑 퇴근하고 외식한댔다! 밤늦게 들어온대. 우리 파티 할까?"

"그러자! 넌 나가서 비디오 빌려 와. 내가 피자 주문하고 애들한테 전화 돌릴게."

❥‧ ❥‧ ❥‧

눅눅해진 슈퍼마켓 봉지에 담긴 음료수를 항공 재킷 속에 품고 제일 먼저 도착한 사람은 앤드루였다.

"안녕, 로빈!"

인사를 건넨 앤드루는 거실 탁자에 콜라와 사이다를 꺼내 놓기 시작했다.

초인종이 또 울렸다. 로빈이 뛰어가서 현관문을 열어 주자 말리아의 친구 댄과 같은 학교 1년 후배이자 여동생인 시벨, 그리고 모르는 여자아이가 들어왔다. 말리아는 친구가 많다. 대부분 필리핀계 혈통이 조금은 섞여 있다.

자신도 (아프리카와 폴란드) 혼혈인 로빈은 친구들의 인종에 관심이 없다. 어차피 아는 사람은 많지만 친구는 별로 없다. 2년 전 로빈이 엄마를 잃었을 때도 다들 무슨 말을 해 줘야 할지 몰라서 아무 일도 없던 척했던 애들이다. 로빈은 지금도 같은 무리와 어울리지만, 좋아서라기보다는 달리 할 일이 없어서다.

말리아가 비디오 가게에서 돌아왔을 때, 거실에는 무려 열다섯 명의 친구가 소파와 바닥에 널브러져 종이 접시에 담긴 머시룸 갈릭 피자를 먹고 있었다.

앤드루가 허리를 굽혀 말리아와 입을 맞추며 인사했다.

"파티의 여왕 왔어? 다 젖었네."

"아까는 가랑비였거든. 너무 오래 기다리게 해서 미안. 비디오 고르느라 힘들었어!"

말리아는 비닐봉지에서 비디오테이프 두 개를 꺼내며 말을 이었다.

"뱀파이어 영화랑 코미디 영화 빌렸어."

시벨이 왼쪽 귀에 피어싱한 모조 다이아몬드 다섯 개를 만지작거리며 외쳤다.

"나 뱀파이어 엄청 좋아하는데! 무서운 거 먼저 보자."

앤드루가 말리아를 방이 있는 쪽으로 살짝 밀며 말했다.

"가서 옷부터 갈아입어. 영화는 내가 틀게."

로빈은 둘을 지켜보며 생각했다. 나한테도 저렇게 챙겨 주는 애인이 생길까? 낮에 버스에서 본 강아지가 문득 떠올랐다. 그 강아지도 챙겨 줄 사람이 없어서 위험하게 혼자 돌아다녔는데.

찢어진 청바지에 '지구를 구하라' 로고가 그려진 후드 티 차림의 백인 여자아이가 소파로 다가와 로빈 옆자리에 앉았다.

"안녕? 언니가 로빈 치셰크 맞지? 학교 신문에 언니가 쓴 기사 봤어! 난 시벨 친구 에이프릴. 언니 글 읽기 전까진 게이로 사는 게 어떤 느낌인지 생각해 본 적이 없었어. 근데 언니 게이 친구 많이 알아? 아니면 자기 얘기를 주로 쓴 거야?"

에이프릴의 청회색 눈동자가 호기심으로 반짝였다.

로빈은 피자를 크게 한 입 베어 물었다. 게이로 사는 게 어떤지에 관한 글을 써서 학교 신문에 기고했다는 게 아직도 믿어지지 않는다. 아무래도 잠깐 미쳤던 것 같다.

에이프릴이 급하게 덧붙였다.

"기분 나빴다면 미안. 그냥 관심이 있어서 묻는 거야."

로빈이 대답했다.

"내 얘기를 쓴 거야. 게이 친구 별로 없어."

"내년이면 많이 만나겠지. 우리 언니가 버클리 다니는데, 캠퍼스에 게이 동아리가 세 개나 있대."

로빈은 어깨 근육이 뻣뻣해졌다. 요즘은 대학 말고는 할 얘기가 없나? 물론 고등학교를 벗어날 수 있는 것만으로도 좋을 것 같긴 하다. 요즘 로빈은 학교에서 사물함에 붙은 쪽지를 떼느라 바쁘다. '진짜 남자랑 안 해 봐서 그래', '보지 짝꿍 로빈과 말리아' 따위의 쪽지들이다.

에이프릴이 대화를 이어 갔다.

"난 솔직히 대학에 가려면 1년 더 남은 게 얼마나 다행인지 몰라."

로빈이 놀라서 물었다.

"진짜? 왜?"

에이프릴이 창피하다는 표정으로 고개를 돌렸다.

"바보 같은 이유긴 한데, 고양이를 키우거든. 우리 고양이랑 헤어지기 싫어서."

앤드루가 거실 조명을 어둡게 하자 시벨이 또 외쳤다.

"내가 뭐 가져왔게?"

시벨이 토트백에서 반쯤 찬 브랜디 병을 꺼내 든 순간, 복슬

복슬한 하얀 스웨터와 멜빵바지로 갈아입은 말리아가 거실로 돌아왔다.

"나 그거 좀 마시자. 몸 좀 녹이게."

텔레비전 화면에 영화 제목이 시뻘겋게 뜨자, 안락의자를 차지한 게리가 소리쳤다.

"다들 조용! 영화 시작한다!"

태라가 키득거리며 소파로 다가왔다.

"나도 소파에 앉을래. 대니, 옆으로 좀 가."

에이프릴이 한 사람 더 끼어 앉을 수 있게 로빈 쪽으로 더 붙어 앉았다. 에이프릴과 로빈의 허벅지가 밀착됐다. 소파 팔걸이가 로빈의 반대쪽 옆구리를 파고들었다.

영화 음악이 어두워진 거실에 울려 퍼지자 시벨이 말리아를 놀렸다.

"어머, 앤드루, 나 좀 안아 줘!"

말리아는 웃었다.

로빈과 다리를 맞댄 에이프릴은 편안해 보였다. 로빈은 곁눈질로 에이프릴을 슬쩍 봤다. 에이프릴의 시선은 텔레비전 화면을 향해 있었다. 로빈은 허벅지에 불이 붙은 것 같았다.

로빈은 무심한 표정으로 다리와 팔이 에이프릴과 맞닿을 때까지 조금씩 몸을 틀었다. 희미한 향수 냄새가 코끝을 간질였다. 에이프릴은 가만히 있었다. 로빈은 이제 몸 왼쪽이 다 화끈거렸다. 숨까지 참아 가며 소파에 더 깊숙이 몸을 기댔다. 얼마나 좋을까? 혹시…….

혹시 뭐? 내 기사 재미있게 읽었다고 나를 마음에 들어 하는 건 아니잖아? 자신에게 화가 치민 로빈은 에이프릴과 맞닿았던 다리를 뗐다. 화면에서 그림자에 가려져 있던 누군가가 휙 돌아서서 사악한 미소를 지었다. 에이프릴이 로빈에게 살짝 몸을 기댔다.

로빈의 옆구리에 땀방울이 맺혀 흐르기 시작했다. 어두운 거실에 붉은빛이 감도는 것 같았다. 로빈은 팔을 뻗어 에이프릴의 손을 잡고 손 마디마디와 주근깨가 뿌려진 하얀 손등을 쓰다듬는 상상에 빠져들었다…….

꒳ ꒳ ꒳

뱀파이어 영화의 중간쯤부터 로빈은 화장실이 급해졌다. 소파에서 일어나면서 에이프릴의 다리에 손을 얹고 싶은 유혹을 참았다.

화장실에 들어선 로빈은 혼자 싱글벙글하며 찬물로 세수를 했다. 에이프릴이 진짜 나한테 관심 있는 걸까? 거실로 돌아가 다른 데 앉으면 혹시 내 옆으로 오는지 한번 볼까?

자신의 과감함에 들뜬 로빈은 화장실 문을 열었다. 그런데 문이 꼼짝도 하지 않았다. 몸을 뒤로 젖히며 더 힘껏 잡아당기자 문이 한 뼘만큼만 열렸다.

열린 틈으로 시벨이 웃는 얼굴을 들이밀었다.

"안녕, 로빈?"

"너 뭐야? 문에서 떨어져."

"알았어."

시벨이 고슴도치처럼 뻗친 자신의 짧고 까만 머리카락을 한 손으로 쓰다듬더니 로빈을 잡아끌고 말리아의 방으로 갔다.

"이리 좀 와 봐. 물어볼 게 있어."

방에 들어선 시벨은 문을 닫고 불은 켜지 않았다. 그리고 로빈에게 바짝 다가왔다.

"내 입 냄새 좀 맡아 봐."

브랜디향이 섞인 뜨거운 숨결이 로빈의 얼굴에 닿았다.

"술 취한 상태로 집에 갈 순 없잖아. 나 입에서 피자 냄새 나, 술 냄새 나?"

시벨의 입술이 로빈의 입가에 닿았다.

"무슨 짓이야?"

시벨은 계속 로빈의 얼굴에 입술을 비비며 말했다.

"내가 싫어? 언니도 나한테 키스해야지."

로빈의 심장이 방망이질하기 시작했다. 이거 현실 맞아? 시벨이 로빈의 긴 머리카락 밑으로 손을 넣어 목덜미를 잡고 더 거칠게 키스했다.

로빈은 오랫동안 꿈꿔 온 순간이 왔다는 생각에 서툴게 시벨의 어깨를 팔로 감쌌다. 그런데 아무것도 안 보이니까 기분이 이상했다. 시벨의 얇은 터틀넥 밑으로 앙상한 어깨뼈가 느껴졌다.

아까 그 강아지를 도와줬어야 했는데. 난데없이 로빈의 머릿속을 비집고 들어온 생각이었다. 왜 하필 지금 이런 생각이 떠오르는 거야?

시벨이 로빈의 아랫입술을 깨물었다. 버스에서 내려서 도와 줬어야 했어. 동물 보호소에 데려갔어야 했어. 아니면 일단 집으로라도. 난 왜 아무것도 못 했지?

시벨의 혀가 로빈의 혀에 닿았다. 나 지금 왜 이러고 있는 거야? 학교에서 시벨을 봤을 때는 이러고 싶다는 상상은 전혀 안 했는데. 얘 남자 친구도 있잖아? "나 말리아 언니네서 그 레즈랑 했다"고 여기저기 떠벌리고 다니는 거 아냐?

로빈이 옆으로 몸을 틀었다.

"나갈래."

"뭐?"

"거실로 돌아가겠다고."

로빈은 벽을 더듬어 스위치를 찾아 불을 켰다.

시벨이 눈을 깜빡거렸다.

"왜 그래? 괜찮아. 아무도 우리 없어진지 몰라."

시벨이 웃으며 로빈의 팔을 잡아당겼지만, 로빈은 팔을 뒤로 뺐다.

"영화 마저 보고 싶어서 그래."

구차하게 들려도 어쩔 수 없다. "정말 좋아하는 사람이랑 하고 싶은데 넌 아니야"라고 말할 수는 없으니까.

시벨은 웃음기가 싹 가신 얼굴로 로빈의 팔을 툭 놓으며 비웃기 시작했다.

"영화 좋아하시네. 지금 무서운 거지? 그런 글을 써 놓고 여자랑 어떻게 하는지도 모르지? 꼴좋다."

시벨은 로빈이 대꾸하기도 전에 방문을 거칠게 열고 나가 버렸다.

뒤따라 나간 로빈은 시벨이 소파로 가서 에이프릴 옆에 끼어 앉는 것을 바라봤다. 삐쭉삐쭉한 시벨의 뒤통수를 노려봤다. 지가 뭔데? 내가 하기 싫으면 안 하는 거지!

로빈은 획 돌아 다시 말리아의 방으로 가서 운동화에 발을 쑤셔 넣었다.

말리아가 따라 들어왔다.

"괜찮아?"

로빈은 말리아를 쳐다보지도 않고 대답했다.

"어."

"가려고? 무슨 일이야?"

로빈은 재킷 지퍼를 올리며 말했다.

"지금은 말하고 싶지 않아."

둘은 현관 쪽으로 걸어갔다. 로빈이 거칠게 문을 열었다. 바깥 공기가 간절했다.

"그럼 내일 전화해, 알았지? 야!"

말리아가 로빈의 재킷을 잡았다.

"왜?"

로빈이 뒤를 돌아보며 대꾸했다.

"우린 영원한 절친 맞지?"

말리아는 뉴욕으로 가고 로빈은 여기에 남으면…… 영원한 건 없다.

"어."

로빈은 대답하며 고개를 돌렸다.

말리아가 웃으며 로빈을 껴안았다.

"오늘 파티 별로였다니 아쉽네. 내일은 쇼핑하자. 우리끼리.

알았지?"

로빈은 말리아의 집에서 두어 걸음 떼자마자 야구모자를 두고 나온 게 생각났다. 신경질적으로 우산을 폈다. 상관없다. 모퉁이만 돌면 정류장이고 어차피 집에 가는 거니까.

우산 위로 빗방울이 후드득후드득 떨어지고, 차도 위로 차들이 젖은 아스팔트에 빗물을 흩뿌리며 쌩쌩 달렸다. 로빈은 자동차가 지나갈 때마다 노려봤다. 난 절대 차 안 몰 거야. 그 강아지 차에 치였으면 어떡하지? 내가 도와줬어야 했는데. 번개가 번쩍하면서 밤하늘을 밝혔다. 로빈은 불안한 눈으로 텅 빈 버스 차선을 쳐다봤다. 어두워진 후에는 밖에 혼자 다니는 게 너무 싫었다. 늦은 밤이 아니어도.

누군가 걱정을 하면, 로빈의 아빠는 "좋은 일이 일어날 확률도 50퍼센트지"라고 말하곤 했다. 로빈의 엄마는 그 말을 정말 좋아했다. 요즘 아빠는 그 말을 별로 하지 않는다. 나머지 50퍼센트의 불행이 닥쳤을 때도 좋은 일이 일어날 거라 믿기는 힘들다. 그래도 시벨을 자기 의지로 거부한 건 잘한 일이었다. 경험을 쌓고 싶지만 아무한테나 목매달고 싶진 않았다.

천둥소리가 점점 커지면서 밤공기를 가득 메웠다. 로빈은 목을 빼고 버스가 오는지 살펴봤다. 버스는 나타나지 않았다. 역시 50 대 50이다. 이상한 사람이 지나가다 시비 거는 일이 없기를 기도하며 계속 버스를 기다리느냐? 아니면 이 거지 같은 날씨에 집까지 걸어가느냐? 로빈의 엄마 아빠는 일부러 비 오는 날 산책을 나가곤 했다. 정신 나간 사람들 같았지만, 둘은 행복했다.

로빈은 걷기 시작했다. 갑자기 불어온 강풍에 우산이 뒤집힐 뻔했다. 에라 모르겠다. 밑져야 본전이다. 로빈은 우산을 접었다. 차가운 빗방울이 얼굴에 떨어지고 숱 많은 머리카락에도 내려앉았다. 머리카락이 부풀어 오르기 시작했다. 로빈은 우산의 나무 손잡이를 몸 앞으로 들고 가로등 가까이 붙어 잰걸음으로 계속 걸었다. 얼굴에서 흘러내린 빗물이 옷 속으로 스며들었다. 로빈은 입술을 핥았다. 이상하게 빗물 맛이 괜찮았다.

낮에 강아지를 봤던 곳에 다다르자 로빈은 걸음을 멈추고 컴컴한 차도를 살폈다. 찢어진 종이봉투 몇 장만 뒹굴고 있을 뿐, 피 묻은 털은 없었다. 다른 데 가서 죽었는지도 모른다. 아니면 쓰레기통을 뒤지고 있거나 덤불 속에서 자고 있거나.

도움이 필요한지 버스에서 내려 확인하지 못해서 미안해. 다음엔 꼭 그렇게 할게. 지금 안전한 곳에 있으면 좋겠어. 로빈은 그렇게 마음속으로 강아지한테 말을 걸다가, 어쩌면 녀석이 도움이 필요한 게 아니었을지도 모른다는 생각이 들었다. 어쩌면 누구의 도움이 필요하긴커녕 혼자서 자유롭게 쏘다니며 아주 신났던 것일지도 모른다. 로빈은 그렇게 강아지의 모습을 떠올리기로 마음먹었다.

저 앞에서 버스가 다가왔다. 요란한 소리를 내며 몇 미터 앞에 있는 정류장에 멈춰 섰다. 로빈은 정류장으로 뛰어갔다. 버스 문이 끼익 소리를 내며 열리는 동안, 로빈은 컴컴하고 텅 빈 거리를 돌아봤다. 무섭지만, 무서워하기 싫었다. 로빈은 천천히 몸을 돌렸다.

번개가 번뜩이는 광활한 밤하늘 아래, 로빈은 집을 향해 한참을 걸었다.

➤ ➤ ➤

게레로가의 따뜻한 아파트에 들어서자, 거실 소파에서 잠든 아빠가 제일 먼저 눈에 들어왔다. 가슴에는 소설책이 펼쳐져 있고 안경은 이마에 걸쳐져 있었다. 로빈은 옷에서 물이 뚝뚝 떨어져 갈색 카펫을 적시는데도 우두커니 서서 아빠를 내려다봤다. 뭉클하기도 하고 어른이 된 기분이 들기도 했다. 로빈은 아빠의 안경을 벗기고 아빠가 읽던 페이지가 잘 보이게 책을 펼쳐서 협탁으로 옮겨 놓았다.

방으로 들어온 로빈은 젖은 옷을 벗어서 그대로 바닥에 던져

놓고 낡은 플란넬 잠옷으로 갈아입었다. 그러고는 책상 앞에 앉았다. 영원한 건 없다. 원래 그런 거다. 로빈은 대학 원서를 한쪽으로 치우고 바닥에 있던 두꺼운 샌프란시스코 전화번호부 1, 2부를 책상에 올려놓았다.

A부터 L까지 나와 있는 1부의 얇은 페이지를 천천히 넘겼다. 내가 할 수 있는 일이 있을 거야. 나한테 딱 맞는.

Attorney, Automobile…… Baker, Beauty…… Carpet, Collectibles…… Dentists, Divers…… Environment…… Florist……를 지나 H에 다다랐다. Health 아래 헬스클럽, 건강과 다이어트, 건강 관리, 의료 서비스 등을 훑어 내려가는데, 박스 광고가 눈에 띄었다.

전인적 건강 센터

심신의 안녕을 위해 정성을 다합니다.
자격증 보유한 영양사, 안마사, 침술사
허브 요법, 요가, 아로마 요법, 태극권 수강생 모집

피랑 상처를 안 봐도 되는 의학. 로빈은 웃으며 낱장 종이 몇 장과 펜을 꺼냈다. 새로운 삶이 어디선가 나를 기다리고 있을 거야. 찾기만 하면 돼. A부터 L을 옆으로 치우고 M부터 Z가 나온 2부를 펼쳤다. 밤 10시가 되자 낱장 종이 세 장이 연락처와 주소로 빼곡히 찼다. 로빈은 첫 장의 맨 위에 '연락해서 문의하기'라고 적었다.

로빈은 기지개를 켜고는 새로 쓴 리스트를 가지고 침대에 누웠다. 차가워진 침대 시트에 맨발을 문질렀다. 어쩌면 인생은 비와 같다. 마음먹기에 따라 생명력이 넘치기도 하고, 거지 같고 우울하기도 하다. 이번에는 엎드려 누웠다. 지압 교육원, 동양 의학 대학, 안마 치료 학원의 연락처가 적힌 곳 밑에 이렇게 적었다.

'말리아한테 부탁해서 댄 통해 에이프릴 번호 알아내기. 에이프릴한테 전화하기!?!?!'

크리스티나 살랏 Cristina Salat

짐 상자 27개를 택배로 부치고 꿈을 한가득 담은 더플 백을 멘 채, 나는 1987년 뉴욕에서 캘리포니아로 이사했습니다. 출판업계 사무직을 뒤로하고 작가가 되기 위한 새 출발이었습니다.

금방이라도 무너질 것 같은 집의 싼 월셋방과 신문사 아르바이트 자리를 구했습니다. 샌프란시스코 사람들은 친절했고, 깨끗한 거리에는 야자수가 늘어서 있었습니다. 내 첫 청소년 소설을 쓰기에는 안성맞춤인 곳이었습니다.

당시 하우스메이트 세 명, 개 다섯 마리, 고양이 한 마리, 아기 한 명과 같이 살았기 때문에 데뷔작 《다른 아이로 살기Living in Secret》의 초고는 집보다는 덜 시끄러운 패스트푸드 음식점과 골든게이트 공원에서 손으로 썼습니다. 《다른 아이로 살기》는 어밀리아라는 아이의 부모가 이혼하면서 양육권을 아빠에게 뺏긴 레즈비언 엄마가 어밀리아를 데려오면서 시작되는 모험기입니다. 데뷔작이기 때문에 내 인생에서 각별한 의미를 지닌 책입니다.

그 후로 여러 파트타임 직업을 전전하다가 지금은 전업 작가 겸 편집자로 전원주택에서 행복하게 살고 있습니다. 집에서 나는 소리는 컴퓨터 프린터 작동하는 소리와 우리 고양이들이 술래잡기하는 소리뿐입니다. 이곳에서 《필명 다이아몬드 존스Alias Diamond Jones》 (PBS 드라마 〈고스트라이터〉의 작가 팀이 등장하는 인종을 초월한 우정에 관한 이야기), 〈행복해질 확률 50퍼센트〉를 비롯한 단편 소설 여러 편이 탄생했습니다.

1994년은 차기작 《미녀와 드림캐처Knockouts and Dreamcatchers》를 위해 나의 혼혈 배경을 시작으로 연기, 노숙, 호신술, 북미 원주민 주술사 등을 취재하며 보내고 있습니다.

일이 없을 때는 여자 친구와 야외로 나가 자연을 즐기거나 오랜 친구들과 전화로 수다 떠는 걸 좋아합니다.

위니와 토미

바싹 구워져 타기 직전인 머핀 냄새가 바람을 타고 풍겨 왔
다. 라디오에서는 달콤하면서도 허스키한 목소리의 노래가 흘
러나왔다. 토미의 노란 폴크스바겐 자동차는 다리를 건너 샌프
란시스코로 향하고 있었다.

위니는 열일곱 인생에서 지금이 최고로 행복한 순간이라고
생각했다. 다시 고등학교로 돌아가지 않아도 되었고, 라디오에
서는 마이클 스타이프*가 〈내가 사랑하는 사람〉을 부르고 있었
다. 게다가 위니는 산타크루스에서 스케이트보드를 가장 멋지

게 타는 남자와 사랑에 빠져 있었고, 둘은 지금 주말여행으로 샌프란시스코에 가는 길이었다.

이 세상에 토미 같은 사람은 없었다. 토미는 스케이트보드를 타고 허공을 날아다녔다. 짙은 쌍꺼풀에 파란 눈동자, 부드러운 입술은 르네상스 시대 그림에 나오는 천사를 닮았다. 토미는 천사에서 자동차, 초상화에 이르기까지 못 그리는 게 없었고, 이탈리아에서 미술을 공부하는 게 꿈이었다. 까무잡잡한 피부에 다부진 체격의 토미는 꽃 이름도 줄줄 외웠고, 춤도 잘 췄다. 동물들도 항상 토미한테 먼저 와서 안겼다. 그리고 멋을 부린답시고 코가 뾰족한 신발을 신는 다른 애들과 달리 토미는 귀엽고 뭉툭한 단화를 신었다.

위니와 토미는 사귄 지 1년쯤 되었다. 둘은 작년 늦여름에 있었던 어느 파티에서 처음 만났다. 곧 시작될 새 학기를 예고하는 듯 밤공기가 점점 서늘해지던 때였다. 짧은 검정 드레스에 군화 같은 신발을 신고 있던 위니는 맥주에 취해 있었다. 토미가 눈에 띄자 위니는 가까이 다가가 원반처럼 뱅글뱅글 돌며 혼자서 춤추기 시작했다. 위니는 춤을 출 때면 왠지 안심되었

✳ 미국의 록 밴드 R. E. M.의 보컬리스트. 〈내가 사랑하는 사람The One I Love〉은 1987년에 발표된 앨범 〈도큐멘트Document〉에 실려 있다.

다. 누구도 상처 주지 못할 것 같은 기분이 들어서였다. 토미도 춤추고 있었다. 토미는 바닥에 등을 대고 돌거나 하는 화려한 동작도 할 줄 알았다. 토미와 위니는 새벽까지 잼, 슬램, 힙합 가릴 것 없이 신나게 춤췄다. 해가 뜨기 전에 둘은 바닷가로 나갔다. 토미가 서핑을 하는 동안 위니는 멕시코풍의 담요를 두르고 앉아 있었다. 해가 뜨자 둘은 자연식품 가게에서 통밀 팬케이크를 먹었다. 토미는 자기보다 몸집이 작은데도 자기만큼 많이 먹는 위니를 보며 웃었다. 위니는 토미와 함께 있는 시간이 끝나지 않기를 바랐다. 집으로 돌아가야 할 때가 되자 다시 찾아드는 외로움에 위니의 마음은 바위처럼 무거워졌다. 토미와 춤출 때는 잊고 있던 외로움이었다.

위니와 토미는 새 학기가 시작된 후로 1년 내내 걸핏하면 수업을 빼먹고서 놀러 다녔다. 스케이트보드를 타고, 부둣가에서 핀볼 게임을 하고, 미술 책을 보고, 차를 타고서 끝없이 달리며 음악을 들었다. 얼마 지나지 않아 둘은 자신이 무엇으로부터 도망치고 싶은지를 서로에게 털어놓았다. 위니가 말했다.

"우리 집은 완전히 무덤이야. 아빠가 죽었을 때 엄마도 따라 죽은 것 같아."

위니의 아빠는 위니가 열두 살 때 세상을 떠났다. 건축가였던 아빠는 해변에 세 식구가 살 집을 지었다. 또 위니를 "인어 공주님"이라 부르며 커다란 탑이 있는 모래성도 지어 주었다. 조개껍질을 물에 담그면 원래 색깔이 선명하게 되살아난다는 것을 가르쳐 준 사람도 아빠였다. 위니가 울 때면 아빠는 위니의 귀에 마술 소라를 갖다 대었다. 그러고는 숨을 세 번 크게 들이마시면 금방 잠이 들면서 깊은 바닷속을 헤엄치는 예쁜 꿈을 꿀 거라고 말했다. 아빠의 마술 소라는 한 번도 실패한 적이 없었다.

하지만 이제 집에는 엄마와 위니, 자주 바뀌는 엄마의 남자 친구밖에 없었다. 토미가 말했다.

"아빠는 아직 네 곁에 있을 거야. 어떤 식으로든. 난 그런 거 믿어. 어쩌면 너의 수호천사가 된 건지도 모르지."

위니는 토미가 무슨 말을 하려는 건지 알고 있었다. 한번은 파티가 끝나고 나서 취한 상태로 엄마 차를 몰고 집으로 가다가 차가 뱅그르르 돌아 차도를 가로지른 적이 있었다. 그런데 위니는 조금도 다치지 않았고, 차도 살짝 긁히기만 했다. 그날은 아빠가 위니를 지켜 준 게 틀림없었다. 위니는 그 후로 다시는 음주운전을 하지 않았다.

'아빠가 오토바이를 타고 가다 사고가 났던 날, 아빠에게도 수호천사가 있었다면 얼마나 좋았을까?' 하고 위니는 생각했다.

"그래도 네겐 널 진짜로 사랑하는 아빠가 있었잖아."

토미가 말했다.

"너도 아빠 얘기해 줘."

"개자식이었어."

위니는 토미의 찌푸린 이마를 손가락으로 쓰다듬었다.

"한 번은 차 뒷자리에 나를 태우고 벼랑 끝으로 후진했어. 그때 난 세 살이었지. 내가 비명을 지르니까 막 낄낄대더라."

"맙소사!"

"또 언젠가는 유럽에 데리고 간다는 거야. 가방도 싸 주고 준비도 다 하고. 내가 다섯 살 때였을 거야. 난 미술 책에서 본 그림을 유럽에 가서 진짜로 보는 게 소원이었거든. 그래서 가장 좋은 옷으로 차려입고 따라나섰어. 공항으로 데리고 가더라. 비행기 탑승구 바로 앞까지. 그러고는 막 웃으면서 장난이었다는 거야."

"정신병자다. 엄마는 뭘 했어?"

"엄만 몰라. 내가 말 안 했어."

"왜?"

"모르겠어. 엄마 마음을 아프게 하고 싶지 않았나 봐. 나 맞기도 많이 맞았다. 두들겨 맞다가 팔이 부러진 적도 있었는데, 엄마한테는 스케이트보드 타다가 넘어졌다고 했어. 그다음부턴 스케이트보드 타고 무슨 묘기를 부려도 안 무섭더라."

"토미."

위니의 눈앞에 오토바이를 탄 아빠의 모습이 순간적으로 떠올랐다. 선글라스에 가려진 눈, 네모난 턱, 핸들을 꽉 잡은 손. 위니는 거기서 생각을 멈췄다.

"그러고는 아주 떠나 버렸어. 얼마나 좋던지. 내가 잠시도 가만있질 못하는 건 다 그 인간 때문일 거야. 어디서 읽은 건데, 좋은 아버지 밑에서 자라지 못한 남자는 평생을 빙빙 겉도는 느낌으로 산대."

위니는 토미의 머리카락에 얼굴을 묻고 속삭였다.

"내가 네 아빠라면 좋겠다."

"우리 서로 아빠가 되어 주면 되지."

둘은 서로에게 엄마이기도 했다. 늘 서로 밥은 먹었는지, 옷은 따뜻하게 입었는지 챙겨 주었다. 한번은 토미가 위니에게 스케이트보드 기술을 가르쳐 주다가 말했다.

"넌 내가 한 번도 가져 보지 못한 아들이야."

위니는 그 말이 너무 좋았다. '사랑해'라는 말보다 더 좋았다.

위니와 토미는 학교 졸업 앨범에서 가장 멋진 커플로 뽑혔다. 졸업 파티에는 헐렁한 검정 턱시도를 똑같이 입고 갔다. 토미는 꽃바구니만큼 커다란 꽃다발을 위니의 손목에 달아 주었다. 스케이트보드 가게에서 받는 일주일 치 아르바이트비를 털었을

게 분명했다. 그날 토미가 말했다.

"이번 학기 끝나는 날 우리 샌프란시스코에 가자."

➤• ➤• ➤•

샌프란시스코에 도착해서 가장 먼저 간 곳은 간판도 없는 작은 일식집이었다. 식당 밖에서는 자리가 나기를 기다리는 사람들이 줄을 선 채로 누런 종이봉투에 든 맥주를 마시고 있었다. 토미는 아주 부드러워 보이는 스웨터를 입은 잘생긴 두 남자에게 다가가 자기와 위니 대신 맥주를 사달라고 부탁했다. 가짜 신분증이 있긴 했지만, 가끔 들킬 때도 있기 때문이었다. 두 사람은 빙긋 웃더니 그중 한 남자가 토미가 내민 돈을 받아 들었다. 그러고는 모퉁이에 있는 가게에서 삿포로 맥주를 큰 병으로 두 개 사다 주었다. 토미가 남자에게서 종이봉투에 담긴 맥주를 건네받았다. 차가운 맥주병에는 이슬이 맺혀 있었고, 병뚜껑은 땄다가 다시 반쯤 닫아 놓은 상태였다. 남자는 토미에게 거스름돈을 줬다.

"큰 병은 제가 드린 돈보다 비쌀 텐데요."

"괜찮아."

남자가 토미의 눈을 보며 말했다.

"고맙습니다."

위니는 병뚜껑을 따다가 손가락을 긁혔다. 차갑고 검은 맥주를 입에 털어 넣자 위니는 몸이 잠시 떨리는 것 같았다. 그리고 곧 온몸이 부드러워지는 기분을 느꼈다.

식당 안은 얼마나 비좁고 붐비던지 발 디딜 틈이 없을 정도였다. 벽에는 얼굴을 가린 부채 뒤에서 수줍게 고개를 내밀거나 아기를 안고 있는 일본 여인들이 그려져 있었다. 찻잔에서는 현미밥 같은 구수한 냄새가 났다. 위니와 토미는 뜨거운 미소된장국, 참기름에 무친 시금치와 커다란 캘리포니아 롤을 시켰다. 캘리포니아 롤 위에 뿌린 김과 얇게 저민 회, 꽃처럼 화사한 채소가 알록달록하게 어우러져 있었다.

둘은 저녁을 먹고 나서 시장 거리를 따라 걸었다. 어딜 가나 남자들이 무리를 지어 다녔다. 위니는 남자들을 보며 도시로 들어오는 다리 위에서 본 풍경을 떠올렸다. 남자들의 자신감 넘치면서도 무심한 듯한 표정이 도시를 닮아 있었다. 위니는 도시의 분위기에 젖어 씩씩하고도 가벼운 토미의 걸음걸이를 흉내 냈다. 토미가 말했다.

"여기 들어가 보자."

가죽옷을 파는 가게였다. 그곳에는 온갖 종류의 까만 가죽옷이 있었다. 레이스 달린 꽉 끼는 바지, 카우보이 바지, 배꼽티에 지퍼와 쇠로 된 장식이 달린 모터사이클 재킷도 있었다. 까만 가죽 반바지를 입어 보려던 위니는 지퍼가 고장 나는 바람에 토미에게 도움을 청했다. 토미가 탈의실로 들어왔다.

"눈 감아야 해."

위니가 말했다.

"이걸 어떻게 눈 감고 하냐?"

위니와 토미는 하도 웃어서 눈썹에 피어싱을 한 호리호리한 점원 아저씨한테 쫓겨나는 줄 알았다. 하지만 아저씨는 토미에게 싱긋 웃으며 말했다.

"지하에도 물건이 많으니까 내려가 봐."

지하 매장에는 위니가 난생처음 보는 물건들이 가득했다. 스파이크가 달린 것도 있고, 고무나 가죽으로 된 것도 많았다. 토미는 눈이 휘둥그레진 위니를 놀리다가 위니의 손을 붙잡고 다시 위층으로 올라갔다. 그러고는 까만 가죽 장미를 사서 위니의 재킷에 달아 주었다.

둘은 차를 몰고 헤이트 애시베리*로 갔다. 골목에 늘어선 가게들은 리바이스 청바지부터 호피 코트, 통굽 신발, 엔지니어 부츠, CD, 카푸치노까지 안 파는 물건이 없었다. 전봇대와 가로

✱ 미국 샌프란시스코의 한 지구. 1960년대에는 히피 문화의 중심지였다.

등마다 밴드를 선전하는 광고지가 덕지덕지 붙어 있었고, 어딜 가나 꼬마들이 놀고 있었다. 위니와 토미는 눈이 새끼 고양이를 닮은 깡마른 여자아이에게 동전을 줬다. 위니는 먼 훗날 토미와 큰 집에 살면서 거리에 버려진 아이들을 데려와 밥을 해 먹이고 싶다고 생각했다. 그 집에서는 사랑이 넘쳐흘러서 아무도 소외되지 않으면 좋겠다고 생각했다.

토미가 커피와 달달한 것을 먹자고 했다. 둘은 카페에 앉아 커피와 양귀비씨 케이크를 먹었다. 누군가 양귀비씨를 먹으면 마약 검사에서 양성 반응이 나온다고 얘기해 준 적이 있었다. 둘은 양귀비씨 케이크를 먹으면서 마약에 취한 척하며 즐거워했다.

카페를 나서는데 거리에서 음악이 들려왔다. 위니가 집시 음악 같다고 말했다. 둘은 음악을 들으려고 멈춰 섰다. 어떤 사람이 신들린 듯 바이올린을 연주하고 있었다. 카페오레 빛깔의 피부와 길고 검은 곱슬머리, 아름다운 얼굴과 중성적인 몸매를 지닌 사람이었다. 소매가 부푼 짧은 셔츠와 꽉 끼는 바지, 길쭉한 해적 부츠가 잘 어울렸다.

"세상에서 가장 아름다운 사람들은 인종도 성별도 뚜렷하게 보이지 않는 사람들인 것 같아."

위니는 토미의 말을 곱씹어 보았다. 짧은 갈색 머리와 각진

턱, 굴곡 하나 없는 몸매에 헐렁한 청바지를 입고 큼직한 신발을 신은 자신이 조금은 사내아이 같아 보인다는 것을 위니도 알고 있었다. 반면에 토미는 예쁘장한 눈과 입술 때문에 위니보다 더 여자 같았다. 언젠가 위니는 장난삼아 토미의 속눈썹에 마스카라를 칠했다가 토미가 너무 예뻐 보여 놀란 적도 있었다.

위니는 토미의 팔을 잡아당겼다. 그러고는 토미의 얼굴을 쳐다보았다. 토미의 눈빛은 마치 위니와는 다른 곳을 보고 있는 것처럼 멀게 느껴졌다.

둘은 돌아서서 계속 길을 걸었다. 등 뒤에서는 흑인도 백인도 아닌, 남자도 여자도 아닌 집시 바이올리니스트의 음악이 요란하게 울려 퍼졌다.

위니는 호텔로 바로 가고 싶었다. 그런데 작은 술집을 지나다가 안에서 흘러나오는 블루스 음악을 듣는 순간, 둘은 춤추고 싶다는 생각에 사로잡혔다. 술집 안은 바비큐와 맥주 냄새로 진동했다. 위니와 토미는 가짜 신분증을 보여 주고 들어가서 무대 앞에 몰려 있는 사람들 틈에 끼어 춤을 췄다. 토미한테 찰싹 달라붙어 춤추던 위니는 둘의 몸이 녹아서 하나가 될 것 같다는 생각이 들었다. 그 생각은 레드빅 호텔로 가는 길 내내 위니의 머릿속을 떠나지 않았다.

레드빅 호텔은 이름 그대로 빨간 페인트로 칠한 낡은 빅토리아풍 건물이었다. 1층에는 극장이 있고, 2층부터 호텔이었다. 호텔은 객실마다 색다른 주제로 꾸며져 있었다. 위니와 토미는 히피족을 위해 꾸며진 방을 골랐다. 그 방은 온통 커다랗고 환상적인 꽃무늬로 뒤덮여 있었다.

창문 너머로 여전히 잠들지 않은 밤거리가 보였다. 거리는 거스름돈을 주고받는 사람들과 빵빵거리는 차들로 가득했지만, 방 안에 있는 위니는 전혀 다른 세상에 온 기분이었다. 노란 데이지와 보랏빛 평화 기호, 사랑에 취한 히피족, 지미 헨드릭스와 재니스 조플린의 세상.

위니는 욕실로 들어가 목욕을 했다. 바닐라 아몬드 오일 향을 풍기며 남성용 실크 잠옷 차림으로 다시 방으로 들어섰을 때, 토미는 옷을 입은 채로 침대 위에 잠들어 있었다. 위니는 토미의 뺨에 입을 맞췄다. 그래도 토미는 깨어나지 않았다. 위니는 토미의 부츠를 벗기고 이불을 덮어 줬다.

"토미."

위니가 속삭였다. 토미는 움직이지 않았다. 위니는 토미를 끌어안았다. 토미의 몸은 항상 강아지처럼 따뜻했다. 가벼운 몸이었지만 잠이 들었을 때는 축 늘어져서 무겁게 느껴졌다. 위니는 히피족 방에서 둥지를 틀듯 토미의 품으로 파고들었다.

다음 날 아침, 토미가 잠에서 깨자마자 말했다.

"아, 카페인이 필요해."

토미는 르네상스 그림의 천사처럼 보드랍고 도톰한 입술로 위니에게 살며시 입을 맞추고는 욕실로 들어갔다.

위니와 토미는 푹신푹신한 소파들로 가득한 빅토리아풍 호텔 식당에 앉아 크루아상과 카푸치노로 아침을 먹었다. 위니의 입맛에 크루아상은 너무 느끼했고 커피도 너무 진했다. 위니는 속이 느글거렸다. 게다가 아직 졸음이 가시지 않아 머리까지 지끈거렸다. 토미가 말했다.

"햇볕 쐬러 가자."

위니와 토미는 팬핸들 거리를 따라 공원으로 갔다. 공원에는 풀밭과 나무와 덤불과 꽃이 바다로 흘러가는 강물처럼 출렁였다. 지도에서 본 초록색 표시처럼 공원은 온통 푸른빛으로 물들어 있었다. 토미는 장미 정원을 가장 마음에 들어 했다. 토미는 엄마가 장미의 이름들을 종류별로 가르쳐 줬다며 옛 기억을 더듬었다. 꽃향기에 취해 장미밭을 거닐다가 위니는 토미가 장미 이름을 몇 개나 맞추는지 시험해 봤다. 스노파이어, 스털링 실버, 스모키, 시셸, 이브닝 스타, 선파이어, 앤젤 페이스……

둘은 돌로 된 벤치에 앉았다. 토미가 J. D. 샐린저의 《프래니와 주이》를 큰 소리로 읽어 주었다. 위니는 토미에게 "사랑해"라고 말하고 싶었다. 그러나 토미가 이름을 알아맞힌 하얀 장미처럼 향기로운 그 말은 입속에서만 맴돌았다.

위니와 토미가 차이나타운에 다다랐을 때는 가게들이 막 문을 닫으려는 시간이었다. 정육점 유리창 안으로 주렁주렁 매달린 오리고기와 눈알 대신 체리가 박힌 통돼지가 보였다. 노점 진열대에는 비닐봉지에 담긴 생선들이 놓여 있었다. 돼지고기로 만든 소가 터질 듯이 꽉 찬 통통한 만두와 쫄깃해 보이는 떡, 물기가 번들거리는 하얀 국수를 파는 가게도 있었다. 얇은 종이 그릇에 담긴 국수 위에는 빨갛고 파란 색종이 조각 같은 고명이 뿌려져 있었다. 바쁜 걸음으로 가게에서 나오는 사람들 손에는 벌써 기름으로 얼룩지기 시작한 분홍색 상자가 들려 있었다. 가게 주인들은 가게마다 내걸린 채 딸랑딸랑 소리를 내던 풍경과 초롱을 거두어서 안으로 들이고 있었다. 머리를 땋은 꼬마와 작약이 그려진 자기 그릇도, 술이 달린 머리 장식도, 허브로 만든 비누도, 버드나무 상자에 담긴 재스민 찻잎도 모두 가게 안으로 들여졌다. 차이나타운의 모든 것은 향기가 나고, 윤기가흐르며, 붉은빛이 돌고, 기름기로 미끈거렸다. 이곳은 굽고, 태우고, 시럽을 바르고, 기름을 끼얹고, 찌고, 설탕을 뿌린 음식들로 넘쳐났다.

2층에 있는 식당으로 들어간 위니와 토미는 탕과 쌀밥, 자두 소스에 버무린 채소를 시켜서 먹었다. 식사를 끝내고는 담배 연기 자욱한 술집에 들어섰다. 그곳은 불룩한 뱃살에 꼭 달라붙은 티셔츠를 입고서 당구를 치는 남자들로 득실거렸다. 깃털과 반짝이는 장식들이 달린 옷으로 여장한 남자들도 있었다. 하얀 비단옷을 입은 아리따운 금발의 흑인이 토미에게 윙크했다. 위니는 눈이 휘둥그레져서 무엇부터 봐야 할지 몰랐다.

"아마 천사들이 저런 모습일 거야."

위니가 반짝이는 초록색 끈 팬티를 입은 빨강 머리 여인을 쳐다보며 말했다.

"저 사람은 자기가 천사라고 생각하지 않을걸?"

"무슨 말인지 알면서. 정말 아름답잖아. 남자보다도, 여자보다도. 꼭 딴 세상에서 온 사람 같아."

"그건 그래."

"어떻게 남자가 여자보다 더 각선미가 좋을까?"

위니가 반짝이는 허벅지와 종아리에 감탄하며 말했다.

아리따운 남자, 다리, 입술, 은색 통굽 구두……. 토미는 더 견딜 수가 없었다. 토미는 위니의 손을 잡고 술집을 뛰쳐나와 호텔을 향해 달렸다. 엉겁결에 따라나선 위니는 토미가 이 도시에서 도망치려는 사람처럼 느껴졌다. 입에 장미를 물고 여자로 분장한 남자의 얼굴이 보기 싫어 안간힘을 다해 도망치는 것 같았다.

호텔 방에 들어선 둘은 숨을 헐떡이며 침대 위로 몸을 던졌다. 위니는 토미를 끌어안았다. 그리고 키스했다. 하지만 토미의 몸은 차갑고 뻣뻣하게 굳어 있었다. 위니는 토미가 전혀 다른 사람처럼 낯설게 느껴졌다. 위니가 토미의 허벅지를 쓰다듬으려 하자 토미는 위니의 손길을 피했다.

"왜 그래?"

토미가 일어나 앉았다.

"나도 정말 애쓰고 있단 말이야!"

토미가 침대를 주먹으로 내리쳤다. 충격으로 출렁이는 매트리스처럼 위니의 마음도 철렁 내려앉았다.

"무슨 뜻이야?"

"난 남자가 좋아. 지금까지 쭉 남자한테 끌렸다고. 이런 느낌이 사라지길 기다려 왔어. 아니면 너랑 있을 때처럼 차라리 어떤 남자와 사랑에라도 빠지거나. 그럼 뭔가 확실해지기라도 할 거 아냐? 근데 그냥 느낌만 있어. 아무리 노력해도 없어지질 않아."

위니는 두 손으로 얼굴을 감싸고 있는 토미를 뚫어지게 쳐다보았다. 엄마가 방바닥을 기어 다니며 아빠 이름을 울부짖던 모습이 떠올랐다. 그때부터 위니는 이 세상에 자기 혼자뿐인 것 같은 외로움을 느꼈다. 비로소 그 외로움이 사라진 것은 5년 뒤 토미와 처음 춤춘 날부터였다.

"어떻게 나한테 그런 말을 할 수 있어?"

위니가 소리를 질렀다. 위니는 자기 목소리에 놀라 겁에 질렸다.

"난 네 여자 친구야!"

"너한테 말 안 하면 누구한테 할까? 우리 엄마? 스케이트보드 같이 타는 애들? 이런 말 털어놓을 만한 사람은 너밖에 없어. 그럼 어쩌라고? 아버지한테 전화라도 할까?"

토미가 일어났다. 허리둘레가 세 사이즈나 큰 헐렁한 청바지와 야구 모자를 거꾸로 쓴 모습이 너무나 앳되어 보였다. 토미가 말했다.

"그래, 알았어. 너한테 말 안 할게. 네가 이렇게 나올 줄 짐작했어야 하는데."

토미가 문 쪽으로 걸어갔다.

"어디 가는 거야?"

"나 도저히 여기 못 있겠어."

위니는 달려가 어린아이를 달래듯이 토미를 끌어안고서 괜찮다고 말하고 싶었다. 하지만 위니와 토미 둘 다 어린아이일 뿐이었다. 결국 위니는 아무 말도 하지 못했다.

위니는 창가로 가서 토미가 나타나길 기다렸다. 저만치에서 헤이트 애시베리 거리를 걸어가는 토미가 가냘픈 어린아이 같아 보였다. 위니는 토미에게 돌아오라고 소리치고 싶었지만 하지 못했다.

위니는 침대에 쪼그려 앉아 밤을 지새웠다. 위니는 꼼짝도 하지 않으려고 애썼다. 조금이라도 움직이면 심장이 떨어져 나와 공기 빠진 풍선처럼 몸속을 떠다닐 것만 같았다. 위니는 손거울을 들고 자기 얼굴을 들여다보았다. 정말 남자아이 같았다. 지금은 얼굴이 통통 부은 남자아이의 모습이었다. '토미는 나를 남자라고 여기며 키스했던 걸까? 내 작은 가슴이 역겨웠을까?' 위니는 자기 자신이 싫었다. 아빠가 너무 보고 싶었다.

어디선가 아빠의 목소리가 들려왔다. '하지만 토미 말이 맞잖아. 너 아니면 누구한테 그런 말을 할 수 있겠니? 토미한테는 네가 가장 친한 친구잖아. 어쩌면 친구라고는 너밖에 없을지도 몰라. 그리고 토미는 널 사랑해.'

위니가 아빠에게 물었다. '토미처럼 춤추는 사람이 또 있을까? 내 손목에 그토록 커다란 꽃을 달아 줄 사람이 또 있을까? 우리한테 어울리는 신발을 척척 고를 줄 아는 사람이 또 있을까? 그림도 잘 그리고 천사처럼 스케이트보드 탈 줄도 알고 소

리 내서 책을 읽어 주는 사람이 또 있을까?'

아빠가 말했다. '없지. 토미밖에 없지. 그리고…… 토미는 네 곁에 있을 거야. 남자 친구 해 줄 사람은 또 찾으면 돼. 우리 인어 공주님 사랑해 줄 남자가 얼마나 많은데.'

'그건 아빠 해 줄 사람 또 찾으면 된다는 말이랑 똑같잖아.'

'그렇게 느낄 수도 있지. 어쩌면 아빠 같은 사람을 또 만날 수도 있겠지. 그렇다고 내가 네 곁에서 없어지는 건 아니잖아.'

위니는 침대에 누웠다. 데이지로 뒤덮인 바닷가에 누워 마술 소라의 노래를 듣고 있다고 상상했다. 그러고는 숨을 세 번 크게 들이마시자 곧 잠이 들었다.

새벽이 찾아올 무렵, 위니는 문이 열리는 소리에 눈을 떴다. 어두운 방으로 들어서는 토미가 보였다. 토미는 구석에 우두커니 서 있었다.

"어디 있다 왔어?"

위니가 속삭였다.

"바에 가서 남자들이랑 춤췄어."

"좋았어?"

"응. 근데 네가 걱정됐어."

위니는 토미 쪽으로 몸을 돌렸다. 베개는 아직도 위니의 눈물로 젖어 있었다.

"네가 우리 아빠처럼 날 떠나는 거 싫어."

"나 절대 안 떠나. 그냥 우리 사이가 조금 달라진 것뿐이야."

토미가 위니에게 다가갔다. 위니의 눈에 비친 토미의 얼굴은 토미가 좋아하는 그림 속의 눈부신 천사를 닮아 있었다. 창문으로 들어온 빛을 받아서 그런 것인지, 아니면 토미의 마음속 무언가가 활짝 열려서 그런 것인지는 알 수 없었다.

"옆에서 자도 돼?"

토미가 지친 목소리로 속삭였다. 토미가 침대 위로 올라오자 담배 냄새가 풍겨 왔다. 위니의 맨다리에 토미의 뻣뻣한 청바지가 스쳤다.

위니와 토미는 서로를 껴안았다. 그리고 어린아이들처럼 서로의 몸에 팔을 두른 채 잠이 들었다.

프란체스카 리아 블록 Francesca Lia Block

처음 〈위니와 토미〉를 구상한 것은 10년 전이었는데, 이제야 다듬어서 《앰 아이 블루?》에 실게 되었습니다. 이렇게 의미 있는 소설집에 참여하게 되어 영광입니다.

첫 소설 《위치 박쥐Weetzie Bat》는 캘리포니아 버클리대학교에서 문학을 전공하던 시절에 쓴 것입니다. 이 책은 미국도서관협회에서 '최고의 청소년 도서'로 선정되었고, '편집자 선정 도서'와 '책 읽기 싫어하는 청소년을 위한 추천 도서' 목록에도 올랐습니다. 속편 《아기 마녀Witch Baby》는 〈스쿨 라이브러리 저널〉에서 '최고의 책'으로, 미국도서관협회에서 '책 읽기 싫어하는 청소년을 위한 추천 도서'로 선정되었습니다. 같은 시리즈의 세 번째 작품인 《체로키 박쥐와 염소 친구들 Cherokee Bat and the Goat Guys》은 〈뉴욕타임스〉의 '좋은 도서', 〈퍼블리셔스 위클리〉의 1992년 '베스트 50', 미국도서관협회의 '최고의 청소년 도서'와 '책 읽기 싫어하는 청소년을 위한 추천 도서'로 선정되었습니다. 어른을 위한 소설 《엑스타시아 Ecstasia》도 출간되었고, 곧 두 번째 소설도 나올 예정입니다. 그리고 최근에는 '위치' 시리즈 4탄인 《그리운 앤젤 후안Missing Angel Juan》을 완성했습니다.

그 밖에도 〈뉴욕타임스〉, 〈LA타임스〉, 잡지 〈스핀〉에 글을 기고하고 있습니다.

제클린 우드슨

조금씩 멀어지는

엄마는 지금 이곳 여름 별장의 부엌에서 잘 익은 멜론을 썰고 있어. 나는 창가에 앉아서 유리에 비치는 엄마의 손놀림을 바라보다가 별장의 낡은 회색 의자에 덧댈 천 색깔을 생각해 보다가 또 엄마를 바라보기를 되풀이하고 있지. 나는 지금 마리아를 기다리는 중이야. 부엌은 도마에 칼날이 부딪히는 소리 말고는 조용해. 햇볕에 그을린 엄마 피부가 백발과 금발이 섞인 짧은 머리에는 어울리지 않는 것 같아. 엄마가 입고 있는 리넨 바지는 발목 바로 위까지 내려오는데 얼룩도 좀 묻어 있고 꼬깃꼬깃 구겨져 있어. 가죽 단화는 늘어나서 발꿈치에 닿는 부분이 바깥으로 말려 있고. 위에는 비키니 톱 위에 아빠의 티셔츠를 걸쳐 입었는데, 엄마의 호리호리한 몸이 칼질하는 리듬에 맞춰 움직이는 걸 보면서 내 몸은 서른여덟 살에 어떨지 상상해 봤어. 그러고는 창밖을 내다보면서 말했지.

"나 있잖아, 키가 죽을 때까지 계속 자랄 것 같아!"

엄마는 나를 돌아보더니 고개를 흔들며 큰 소리로 웃었어. 나는 유리에 비친 엄마의 모습을 쳐다봤지. 엄마가 다시 멜론을 썰면서 말했어.

"우리 재시나 또 연극 한다. 드라마의 여왕 재시나 씨!"

하지만 난 열두 살밖에 안 됐는데 벌써 키가 170센티미터야. 엄마랑 10센티미터밖에 차이가 안 난다고. 엄마는 내 몸매가 금방 키를 따라잡을 거라고 장담하지만, 아직도 내 가슴은 씹다 만 껌딱지 같아. 다리는 빼빼 말라서 길쭉하기만 하고.

엄마는 다 깎은 멜론 조각들을 유리그릇에 담아 식탁에 올려 놨어.

"올여름은 무지 덥겠다."

엄마는 내 머리에 잠시 턱을 괴고 창밖을 바라보더니 금세 싱크대로 가서 손을 씻었어. 나는 엄마 턱이 닿았던 부분이 다시 따뜻해졌으면 해서 괜히 엄마를 불렀지.

"엄마."

"왜?"

"아니야."

"뭔데, 재시나."

"아무것도 아니야."

"그럼 다시 생각나면 말해."

엄마가 왠지 알쏭달쏭하게 말했어. 내가 쳐다보니까 엄마가 웃었어. 나는 잠시 엄마의 파란 눈을 들여다봤지만 따라 웃진 않았어.

엄마는 세상에서 나랑 가장 가까운 사람이야. 그다음은 아빠고. 늘 그랬어. 우리 세 식구는 그렇게 우리끼리만 친하게 지내왔지. 여름을 빼고는 시간의 대부분을 보내는 뉴로셸에도 같이 어울려 다니는 여자애들이 있긴 하지만 친하진 않아. 학교가 끝나고 집으로 가면서 손을 잡고 걷는 여자애들을 보면, 때로는 나도 저렇게 손잡고 걸을 친구가 있으면 좋겠다는 생각이 들곤 했어. 내 모든 생각을 털어놓을 수 있는 친한 친구 말이야. 하지만 엄마는 내가 너무 조용한 데다 사람들이랑 거리를 두고 지내서 친한 친구가 없는 거래. 그리고 사람들은 말이 없는 걸 좋아하지 않는대. 하지만 여름에는 마리아가 있어. 마리아는 우리 가족 말고는 나랑 가장 가까운 사람이야. 겨울이면 가끔 마리아한테 전화를 걸어 "이리 와서 나랑 같이 살자"고 말하고 싶어. 하지만 우린 여름 친구야. 여름 친구는 겨울에 만나면 안 된다는 법이라도 있나 봐. 그런데 마리아 생각을 하다 보니 문득 깨달은 게 있어. 마리아가 겨울 코트를 입은 모습을 한 번도 본 적이 없다는 걸 말이야. 그 사실이 왠지 모르게 세상 무엇보다도 슬프게 느껴졌어.

멀리서 차 문이 닫히는 소리가 났어. 나는 가만히 귀를 기울였지. 잠시 후 거실 창문을 톡톡 두드리는 소리가 들렸어.

"왔어, 엄마! 마리아가 왔어!"

나는 소리치며 부엌 의자에서 뛰어내렸어. 그러고는 허둥지둥 거실로 들어가다가 마리아와 부딪혔지. 우리는 괜히 소리 내서 웃었어. 마리아는 가방을 소파에 던지더니 나를 확 밀었어. 나도 마리아를 밀쳤고 우린 또 웃었지. 마리아도 이제 키가 나랑 거의 비슷해졌어. 한숨 돌리고 나서야 난 인사를 했어.

"안녕."

마리아는 작년 8월에 같이 샀던 하얀 원피스를 입고 있었어. 나는 아직 잘 맞는데 마리아는 가슴 부분이 꽉 끼어 보였어. 길게 풀어헤친 머리는 헝클어진 검은 물결처럼 마리아의 등을 타고 넘실거렸고. 마리아는 얼굴을 가린 머리카락을 뒤로 젖히며 웃었어. 그러다 우리는 잠시 멋쩍은 눈으로 서로를 쳐다봤지.

나는 뭘 어떻게 해야 할지 몰라서 마리아를 껴안았어. 빨리, 힘껏, 조금은 어색하게 말이야. 마리아도 나를 안아 주려고 팔을 뻗었는데 난 이미 뒤로 물러나 있었어. 그래서 마리아의 팔은 잠깐 허공에 멈췄다가 툭 떨어졌지. 우리는 또 웃었어.

"언제 왔어? 방금 온 거야?"

마리아를 부엌으로 데려가며 물었어. 아까는 왜 그렇게 쑥스러웠는지 모르겠어. 마리아가 대답했어.

"나 아직 집에도 못 들렀어!"

엄마는 멜론 옆에 복숭아를 담아 놓고는 치즈를 넣은 달걀 요리를 하고 있었어. 엄마가 마리아의 이마에 입을 맞춰 주자 마리아는 엄마의 허리를 끌어안았어.

"여전히 아름다우시네요, 매기. 바지가 몸매에 참 잘 어울려요."

마리아가 이렇게 말하니까 엄마도 좀 놀라는 눈치였어.

"몸매?!"

내가 웃음을 터뜨리며 큰 소리로 말하니까 둘 다 나를 쳐다봤어. 나는 의자에 앉은 채 몸을 웅크렸어. 나 혼자 바보 같은 어린애가 된 기분이 들었어. 지금 당장 의자 속으로 꺼져 버리면 좋겠다는 생각도. 몸매…… 나에게도 과연 몸매가 생길까? 엄마처럼 예쁜 몸매가, 마리아도 생기기 시작한 예쁜 몸매가.

나는 엄마 허리를 잡은 마리아의 손을 눈이 흐릿해질 때까지 쳐다봤어. 엄마는 정말 별것도 아닌 일에 갑자기 슬퍼지는 게 자연스러운 거라고, 호르몬 때문이라고 말하지만, 난 이게 꼭 호르몬 때문만은 아니라는 걸 알아. 요즘은 전보다도 더 자주 이런 기분을 느껴. 내 영혼이 나도 모르게 어디론가 빠져나가서 둥둥 떠다니는 기분 말이야. 주인 잃은 풍선처럼.

"우리 엄만 이번 겨울에만 10킬로그램쯤 찐 것 같아."

마리아가 넌더리가 난다는 듯이 말했어.

"네가 우리 엄마를 한 번 봐야 해. 아니다…… 보지 마라. 보면 안 되겠다."

"네 엄마 예쁘시잖아. 살 좀 찌시면 어때?"

내가 이렇게 말한 건 그냥 하는 말이 아니라 진심이었어.

마리아가 애들은 모르는 비밀이 있다는 표정으로 '매기'를 쳐다봤어. 하지만 다행히도 엄마는 맞장구쳐 주지 않았지. 그게 얼마나 안심이 되던지……. 엄마는 맞장구 대신 프라이팬을 조리대로 옮겨 놓고 달걀을 내려다봤어. 마리아는 식탁으로 다가와 내 맞은편에 앉으면서 원피스 치마를 무릎 위에 가지런히 펼쳤어. 그러고는 멜론 한 조각을 베어 물고 말했어.

"올겨울 맨해튼은 난리도 아니었어. 사람들이 얼마나 많아졌는지 몰라."

나는 아무 말 없이 마리아를 쳐다봤어. 마리아가 낯설게 느껴지는 게 목소리가 달라져서 그런 줄 알았는데, 지금 보니 말투가 달라진 거야. 사투리가 없어졌어.

"너도나도 동북부로 이사 오려고 난리야. 우리 아파트에도 새로 이사 온 애들이 얼마나 많은지 몰라."

마리아네 아빠는 서턴 55번가의 아파트 관리인이야. 봄에 마리아 집에 놀러 간 적이 있는데, 아파트에 사는 할머니들이 우리한테 말라비틀어진 박하사탕을 주면서 귀엽다고 볼을 꼬집었지. 할머니들은 나보고 푸에르토리코에서 친척 보러 왔냐고 물었어. 나는 푸에르토리코 사람이 아니라 엄마가 백인이고 아빠가 흑인이라고 대답했어. 그 말을 듣고 할머니들은 눈살을 찌푸리더니 마리아에게 하수구랑 변기 막힌 거 아빠에게 꼭 말하라고 했지.

"마리아, 너 말투가 달라졌어."

"우리 엄마도 자꾸 그러던데. 내 말투 원래 이랬어."

"아니야. 예전에는 사투리 썼잖아."

"나 사투리 쓴 적 없거든?"

마리아가 화를 내면서 말했는데, 방금 말할 땐 사투리가 좀 섞여 나왔어. 내가 피식 웃으니까 마리아는 얼른 다른 이야기를 꺼냈어.

"항상 너희 집이 맨 먼저 도착하더라. 좋겠다."

"아빠가 우리를 쫓아내고 싶어 안달이 나서 그래. 엄마랑 나를 두 달씩이나 여기에 보내 놓고 뭘 하는지는 모르겠지만 말이야."

그 순간 뭔가 딱딱한 게 내 머리를 때렸어. 올려다보니 엄마가 내 머리 위에 나무 주걱을 들고 서 있는 거야.

"말버릇하고는."

엄마가 때린 데 뽀뽀를 하려고 해서 내가 피해 버렸지. 엄마는 고개를 저으며 다시 조리대 쪽으로 갔어. 손으로 머리를 털어 보니 조그만 치즈 조각이 묻어 나왔어.

"매기, 아저씨 보고 싶지 않으세요?"

엄마가 조용히 웃으며 대답했어.

"니컬러스랑 난 한두 달 떨어져 지내도 괜찮을 만큼 오래 살았단다."

"난 결혼하면 남편이랑 뭐든지 같이할 거야. 뭐든지!"

마리아가 주먹으로 식탁을 치며 말했어.

"늙고 지친 남편이 계속 옆에 붙어 다니면 아무것도 못 할걸? 아마 새로운 사람들도 못 만날 거야. 엄마, 그렇지?"

엄마가 또 웃었어.

"올여름엔 여기에 사람들이 너무 많이 온 것 같아. 차가 얼마나 많이 들어오던지."

마리아가 콧등을 찡그리며 대꾸했어.

"그러게 말이야. 근데 대부분 레즈비언이야. 오는 길에도 차 한 대에 가득 타고 지나가는 걸 봤어."

엄마가 타이르듯이 말했어.

"여긴 좋은 동네야. 레즈비언들 걱정할 거 없어. 그 사람들은 너희 둘한테 신경 안 쓸걸?"

엄마의 말투는 어른들이 아이들한테 무언가를 꾸짖기보다는 가르쳐 주려고 할 때 쓰는 말투였어. 마리아가 나한테 물었어.

"너 '마서스비니어드'라는 데 알아?"

나는 고개를 흔들고는 엄마를 쳐다봤어.

"엄만 알아?"

엄마는 고개를 끄덕였어.

"이 집 얻기 전에 아빠랑 거기에 집을 살까 생각했는데 맘을 바꿨어."

마리아가 캐물었어.

"왜요?"

"별로 호의적인 곳이 아니어서."

나는 마리아를 보며 어깨를 으쓱했고 엄마가 말을 이었어.

"그에 비하면 여기 오리엔트포인트가 훨씬 친절하고 너그럽지. 그래서 이리로 온 거야. 여긴 누구나 와서 살 수 있고 떠돌이처럼 소외감 느낄 일도 없거든."

"아, 네."

마리아가 공손히 대답하긴 했지만, 엄마가 한 말을 제대로 이해하지 못했다는 걸 나는 알고 있었어.

༒ ༒ ༒

마리아가 자기네 집에 짐을 갖다 놓고 나서 우리는 바닷가로 산책을 하러 나갔어. 말없이 걷기만 하다가 한 번씩 악을 쓰며 노래를 불렀지. 마리아는 목소리가 참 예쁜데 난 음치야.

바닷가에 도착해 보니 날씨도 으슬으슬 춥고 사람도 거의 없었어. 마리아와 나는 바위 위로 기어올라 주위를 둘러봤어. 여자 둘이 손을 잡고 한가로이 거니는 모습이 보여서 손을 흔들어 줬지. 그 여자들도 나한테 손을 흔들어 주고 갔어. 백 미터쯤 떨어진 곳에는 소풍을 온 여자들이 보였어. 모래 위에 펼쳐 놓은 담요가 바람 때문에 자꾸 펄럭이면서 음식을 덮으니까 결국 담요의 네 귀퉁이를 한 사람씩 깔고 앉더니 음식을 가운데 놓고 팔을 뻗어서 먹는 거야. 마리아랑 나는 그 여자들을 보면서 웃다가 바위에 앉았어. 바다 쪽에서 서늘한 바람이 불어왔어.

나는 마리아처럼 스웨터를 입고 올 걸 하며 덜덜 떨었지. 우리는 시시한 얘기만 주고받다가 한참을 말없이 앉아 있었어.

긴 침묵을 깨고 마리아가 말을 꺼냈어.

"재시나."

"응?"

"넌 다른 데 가고 싶지 않아?"

"다른 데 어디?"

"레즈비언들만 쫙 깔린 이런 데 말고 남자애들도 좀 있는 데 말이야."

"아니, 별로 가고 싶지 않은데?"

올여름에 내가 바라는 건 가고 싶은 곳 어디든지 엄마랑 같이 놀러 다니는 것뿐이야. 아무도 날 뚫어지게 쳐다보지 않고, 나한테 흑인인지 백인인지 묻지 않는 곳이라면 어디든지 좋아. 그리고 이 동네 여자들을 가까이서 지켜보면서 엄마가 말한 것처럼 정말 다른 부부나 연인들이랑 똑같은지 보고 싶거든.

"난 가고 싶어."

마리아가 말했어.

"여기 레즈비언만 있는 거 아니야. 네 아빠도 자주 오시고, 스트레이트인 사람도 많고. 또…… 잘 모르겠다. 여긴 우리가 여름을 지내는 곳이잖아. 난 여기가 좋아. 정말로."

마리아는 내 대답이 맘에 안 드는 것 같았어. 콧등을 찡그리는 걸 보면 알 수 있거든. 마리아는 딴생각을 하는지 바위에 난 구멍을 손가락으로 쑤시느라 바빴어. 그러더니 내게 물었어.

"근데 왜 이렇게 레즈비언이 많은 곳에 우릴 데리고 오는 걸까?"

"그걸 몰라서 물어? 사람들이 친절하니까. 다들 아주 오래 전부터 여기 살았대. 네 아빠도 그렇게 말씀하셨잖아. 기억 안 나? 우리가 왜 다이트 때문에 여기서 쫓겨나야 하느냐고 그러셨잖아."

"다이크!"

"아무튼."

나도 바위에 난 구멍을 쑤셨어. 다이트면 어떻고 다이크면 어때?

"난 모르겠어. 그냥 바보 같아. 엄마 아빠는 꼭 우리가 커서 저렇게 되길 바라는 것 같다니까."

"저렇게라니?"

"저 여자들처럼 말이야, 이 바보야."

"다이트?"

마리아는 짜증이 좀 난 것 같았어.

"어, 다이크."

"농담하는 거지? 네 아빠가 그 사람들 때문에 우리를 그렇게 귀찮게 하시는데? 우리끼리만 붙어 다니지 말고 남자 친구 좀 사귀라고 그렇게 잔소리를 하시는데? 네 아빠는 너 그렇게 되느니 차라리 수녀가 되든지 죽어 버리라고 하실걸?"

"그럼 너희 엄마는? 너희 엄만 네가 레즈비언 되길 바라는 거 같지 않아? 늘 그 사람들 편드시잖아."

나는 한참 동안 마리아를 쳐다봤어. 마리아도 나를 뚫어지게 쳐다봤고. 내가 먼저 눈길을 돌렸어. 한 번도 느껴 보지 못한 엄청난 두려움이 뼛속까지 전해져 왔어. 마리아. 내 여름 친구. 기억도 나지 않을 만큼 오래전부터 여름만 되면 붙어 다니던 내 친구. 나는 이렇게 소리를 지르고 싶었어. '마리아, 기억해 봐! 우리 할머니가 될 때까지 함께하기로 약속했잖아! 우리 사이가 영원하게 해달라고 기도했잖아! 제발 기억해 봐, 마리아. 우리가 한 약속들을……' 하지만 난 아무 말도 하지 않았어. 마리아가 곁에 없는 겨울처럼 난 다시 말 없는 아이가 되어 버렸지. 그리고 마리아는 뒷걸음질로 빠져나가 내게서 조금씩 멀어지는 것 같았어. 바로 내 곁에 앉아 있지만 조금씩 멀어지고 있었어. 하지만 마리아를 붙잡을 길은 없었어. 내 곁에 머물게 할 방법은 없었어.

나는 바다를 바라보며 말했어.

"우리 엄마가 그 사람들 편을 드는 건 그 사람들도 권리가 있어서래. 너도 들었잖아. 우리 아빠랑 결혼했기 때문에 그 사람들 편을 드는 거야."

"네 아빠랑 결혼한 거랑 무슨 상관인데?"

이번에는 내가 짜증이 났어.

"우리 아빠 흑인인 거 까먹었냐?"

나는 한심하다는 듯이 마리아를 바라보고는 다시 바다로 고개를 돌렸어. 작은 파도들이 우리가 앉아 있는 바위 쪽으로 살며시 다가오고 있었어. 마리아가 말했어.

"아, 그런 거였구나."

"우리 엄만 상관 안 할 거야."

난 작은 소리로 말했어. 나도 처음 해 보는 생각이었으니까.

"내가 커서 다이트가 돼도 엄만 상관없다고 할 거야. 지금처럼 날 사랑해 줄 거야."

마리아가 나한테서 아주 조금 떨어져 앉았어. 아니, 그건 내 상상일지도 모르겠어. 마리아에게 물었어.

"넌?"

마리아는 팔짱을 끼고 바다를 바라보며 거의 속삭이다시피 말했어.

"내가 뭘?"

"넌 날 사랑할 거냐고. 그래도 날 사랑할 거냐고."

안개처럼 차갑고 축축한 침묵이 흘렀어. 나는 다시 한번 묻고 싶었지만, 마리아가 내 말을 알아들었다는 걸 알기 때문에 더 묻지 않았어. 내가 마리아의 팔을 만지려고 손을 뻗었더니 마리아는 내 손을 피했어. 그러고는 저 멀리 소풍 나온 여자들을 바라봤어. 여자들은 이제 다 먹고 나서 짝끼리 서로 바싹 붙어서 앉아 있었지. 담요 옆에는 와인 병과 과자 봉지가 놓여 있었고.

"모르겠어."

마리아가 대답했어. 마리아는 한참 동안 그 여자들을 바라봤어. 그러고는 아무 말도 하지 않고 바위에서 내려가 그 여자들과 반대 방향으로 걸어가 버렸지. 나는 마리아가 돌아오기를 기다렸어. 비구름이 바다에서 몰려오더니 우리가 앉아 있던 바위 위에서 망설이고 있었어. 안개에 젖어서 아빠처럼 끝이 꼬불꼬불해진 머리카락이 바람에 날려 자꾸만 내 얼굴에 달라붙었어. 나는 무릎을 세워서 턱을 괴고 다리를 감싸 안았어. 물새들이 모래 위를 통통 뛰어다니고 있었지. 나는 물새들을 바라보며 기다렸어.

소풍 나왔던 여자들이 일어나 짐을 챙기더니 해변을 따라 걸어갔어. 점점 더 멀어지더니 곧 네 개의 점이 되어 버렸어.

엄마가 그랬지. 모든 것은 어떻게든 제자리를 찾게 되고, 아무리 이상한 일도 언젠가는 이해할 수 있게 될 거라고. 우리가 할 일은 힘과 용기와 참을성을 기르는 거라고…….

여자 둘이 까만 강아지를 데리고 지나갔어. 나한테 손을 흔들었지만, 나는 손을 흔들어 주지 않았어.

난 기다리느라 너무 바빴거든.

재클린 우드슨 Jacqueline Woodson

나는 글로 자기를 소개해 달라는 요청을 받을 때마다 어떻게 해야 좋을지 모르겠습니다. 무슨 말을 해야 할까요? 내 친구들은 내가 어떤 사람인지 압니다. 친구들은 내가 잘 웃고, 삶을 사랑하며, 일에 너무 매달려서 좀 쉬어야 한다고 말할 것입니다. 나는 잘 모르겠습니다. 아무래도 친구들 말이 맞겠지요. 또 뭐가 있을까요? 때로는 걸을 때 마치 발을 어디에 디뎌야 할지 모르는 사람처럼 걷기도 하고, 처음 만난 사람 앞에서는 낯을 가리는 편입니다. 어느 때는 내 키가 너무 크다거나, 머리 모양이 이상하다거나 코가 너무 크다고 생각하기도 하지요. 또 어느 때는 사람들이 나보고 예쁘다고 하면 그 말을 믿어 버립니다. 재미없는 영화에 돈 쓰는 걸 싫어하고 늘 음악을 듣지요. 그리고 언제나 글을 씁니다. 글을 쓰지 않는 시간에는 글에 대해서 고민합니다.

내가 쓴 책 중에서 가장 좋아하는 것은 《이 말은 하지 않으려 했는데I Hadn't Meant to Tell You This》와 《소중한 사람The Dear One》입니다. 나는 글을 쓰지 못한다면 살 수 없을 것 같습니다. 언젠가 도러시 앨리슨이라는 작가가 "당신의 이야기를 들려주세요"라고 말한 적이 있습니다. 내게는 그 말이 다른 어떤 말보다 중요한 말이 되었습니다. 모든 이야기는 나름의 진실을 담고 있습니다. 나는 다른 사람들의 이야기를 듣고 싶습니다. 우리의 삶은 모두 다릅니다. 어떤 사람인지, 어떤 사람이 되어 가고 있는지는 저마다 다릅니다. 나는 모든 사람이 글을 쓸 용기를 가지길 바랍니다. 세상에서 미움과 두려움이 없어지면 좋겠습니다. 그리고 내가 쓰는 글이 사람들의 생각을 조금이라도 바꿀 수 있기를 바랍니다. 그리하여 어떤 방식으로든 세상을 조금씩 바꿀 수 있기를 희망합니다.

로
이
스
라
우
리

홀딩[*]

"윌리, 와서 같이 좀 있어 줄래? 며칠만이라도……."

아빠는 내가 네 살쯤 되었을 때부터 '윌리'라는 애칭을 쓰지 않았다. 수화기 너머로 아빠는 공포에 질린 듯 가쁜 숨을 몰아쉬고 있었다. 마치 뉴욕 아파트의 공기가 갑자기 사라져 버리기라도 한 것 같았다. 아빠의 목소리는 119에 전화를 걸어 불이

---

[*] 축구, 농구, 배구, 권투 등에서 손이나 몸으로 상대 선수의 행동을 방해하거나 공을 오래 붙잡고 있는 반칙을 홀딩이라고 한다. 영어로 'holding'에는 무언가를 손에 든다는 뜻 외에도 잠깐 하던 일을 멈추기, 누구를 껴안기, 무언가를 감추거나 비밀로 하기 등 다양한 의미가 있다.

자기 방까지 번졌다면서 숨을 헐떡이거나, 칼을 든 괴한이 창문으로 들어오고 있다면서 살려달라고 울부짖는 사람의 목소리였다.

"갈게, 아빠. 내일 오후면 도착할 수 있을 거야. 그리고 마중 나오지 마. 공항에서 택시 타고 갈게."

"너 수업도 있어서 여기 오기 힘들……."

"괜찮아, 아빠. 나도 가고 싶고, 엄마도 가 보래. 나 도착할 때까지 괜찮을 거지? 옆에 누구 있어?"

"응."

아빠의 목소리가 조금 진정되었다.

"괜찮아질 거야. 지금도 괜찮고. 여기 친구들 많아. 스튜어트랑 어맨다도 있어. 스튜어트랑 어맨다 기억나? 지난여름에 봤지?"

"응. 기억나. 머리숱 무지 많은 아줌마가 어맨다지?"

아빠가 희미하게 웃는 소리가 들렸다.

"맞아. 머리숱 많은 아줌마."

"그 아줌마, 배우라고 그랬지?"

"응, 잘나가질 못해서 그렇지."

아빠가 목소리를 낮췄다.

"어맨다가 듣기 전에 입 다물어야겠다. 아무튼 어맨다랑 스튜어트도 여기 있어. 어젯밤에 도착했거든. 다른 사람들도 다녀 갔고, 지금은 트리샤도 와 있어. 트리샤도 본 적 있지? 잡지 편집하는 사람. 옆 동에 살잖아. 지금 부엌에 있는데, 너한테 안부 전해 달래."

"내 안부도 전해 줘."

"아무튼 사람들이 많이 왔다 갔어. 나 참, 동맥류라니…… 크리스도 웃었을 거야. 자기가 별 희한한 병으로 죽었다고."

아빠는 웃었다. 짧고도 쓴 웃음이었다. 그러다 또 큰 소리로 숨을 들이쉬더니 헐떡이기 시작했다. 나는 아빠가 눈물을 참는 동안 말없이 기다렸다. 마침내 아빠가 숨을 크게 내쉬고는 말했다.

"다들 크리스를 얼마나 좋아했는데."

"나도 좋아했어, 아빠."

나는 전화를 끊고서 바로 짐을 꾸렸다.

➤+ ➤+ ➤+

존에게 전화를 걸었다. 존은 장난감 블록으로 서로의 머리를 후려치며 놀던 유치원 시절부터 가장 친한 친구였다.

"나 며칠 학교 못 가. 모너핸 선생님한테 역사 시험 못 본다고 전해 줄래? 갔다 와서 재시험을 보든지 한다고."

"알았어. 어디 아프냐?"

"아니. 내일 아침에 아빠 보러 뉴욕에 가야 해. 어제 크리스가 죽었어."

"세상에! 네 아빠 부인이? 이런……."

"결혼한 사이는 아니었다고 말했잖아."

오래전부터 해 온 거짓말이라 이젠 자연스럽게 나왔다.

"동거만 했다니까."

"동거한 지 백 년쯤 되지 않았냐?"

"아니, 8년. 거의 9년 됐지."

"그게 그거지, 뭐. 야, 아빠께 안부 전해 줘라. 날 기억 못 하시겠지만, 어쨌든 나도 애도의 뜻을 전한다고 말씀드려."

"아빠가 너 기억할걸? 인사 전할게. 아빠가 고마워할 거야."

"아, 난 누구 죽는 거 진짜 싫다. 누구 부인 죽는 것도. 한 번도 만난 적 없는 사람이라도. 암튼 누가 죽었다는 말 들으면 진짜 싫다."

존이 우울한 목소리로 말하고는 전화를 끊었다.

나는 엄마가 붙박이장에서 꺼내 준 여행 가방에 옷가지를 더 챙겨 넣었다. 운동할 기회가 생기거나 아빠 옆에 계속 있지 않아도 될 상황에 대비해 반바지와 운동화도 챙겼고, 작년 크리스마스 때 먼 친척한테 선물로 받아 놓고 아직 한 번도 입지 못한 회색 브이넥 스웨터도 넣어 두었다. 그리고 내 여자 친구를 궁금해하는 아빠를 위해 로라의 사진도 넣었다. 그다음에는 서랍을 뒤져 초록색과 파란색이 섞인 페이즐리 무늬의 넥타이를 골랐다. 넥타이는 눌려서 퍼지도록 펼쳐서 가방에 넣었다. 장례식에 가려면 넥타이가 필요할 것 같았다.

>→ >→ >→

막상 와 보니 넥타이는 별로 신경 쓸 필요가 없었다. 장례식에 온 사람들의 옷차림은 청바지에서 줄무늬 양복까지 각양각색이었다. 머리숱 많은 배우 어맨다(그리고 주식 중개인 남편 스튜어트)는 낙하산 부대원이 입는 제복 같은 옷을 입고 있었다. 물론 천 달러쯤 주고 산 것이겠지만. 티셔츠에 멜빵을 한 남자도 있었다.

그래도 나는 넥타이를 맸다. 괜찮아 보이기도 했고, 아빠가 마음에 든다고 했기 때문이다. 아빠는 크리스도 좋아했을 거라고, 크리스가 파란색과 초록색 배합을 유난히 좋아했다고 말했다.

"크리스는 파란색이랑 초록색이 섞인 유니폼을 입는 축구팀이 있어야 한다고 그랬어. 손님 방 욕실에 있는 벽지 보이지?

파란색이랑 초록색. 그것도 크리스가 고른 거야."

크리스가 이런 말을 했었지, 크리스가 저런 말도 했었지, 크리스는 이랬지, 크리스는 저랬지……. 장례식이 끝난 후 아파트에 꽉 들어찬 사람들은 그렇게 크리스에 관한 이야기를 주고받으며 크리스를 몇 시간이라도 더 이 세상에 붙잡아 두려는 것만 같았다. 그러다 마침내 대화가 잦아들기 시작했다. 사람들이 더는 아빠의 어깨를 두드리지 않았고, 커피를 마시지 않았고, 설거지도 하지 않았다. 그리고 크리스에 관한 이야기가 바닥나자 사람들은 집으로 돌아갔다. 이제 크리스는 정말 저세상 사람이 되었다. 아파트에는 아빠랑 나만 남겨졌다.

나는 파란색과 초록색 벽지가 붙은 손님 방의 욕실 거울 앞에 서서 파란색과 초록색 무늬가 그려진 넥타이를 풀었다. 아빠는 욕실 문간에 서서 나를 지켜보았다.

"참 다행이야. 네가 엄마 닮아 금발이어서."

그러면서 아빠는 한 손으로 얼마 남지 않은 자신의 머리카락을 빗어 넘겼다. 아빠의 짙은 갈색 머리는 얼마 전부터 벗겨지기 시작했다. 나는 내가 어떻게 생겼느니 하는 말을 들을 때마다 짓는 멋쩍은 표정으로 우물거렸다.

"아니야. 너 진짜 잘생겼어, 윌. 여자 친구…… 이름이 뭐랬지? 그래, 로라! 로라가 그런 말 안 해?"

"글쎄, 뭐…… 에이 무슨…… 어, 그런 말 하긴 해."

난 어깨를 으쓱했다가 얼굴을 붉혔다가 괜히 발을 바닥에 끌었다가 겨우 대답했다. 아빠가 씩 웃었다.

"하긴 나야 항상 금발을 밝혔으니까."

크리스도 금발이었다. 엄마처럼. 나는 넥타이를 풀어 잡아뺐다.

"아빠가 금발 밝히는 거 나도 알지."

장난스러운 분위기를 유지하고 싶었던 나는 가볍게 웃으며 말했다.

"크리스도 그렇게 생각해. 너 잘생겼다고."

아빠가 말했다. 나 같으면 그냥 넘어갔을 텐데 아빠는 기어코 말을 고쳤다.

"아니, 크리스도 그렇게 생각했어. 생각했다고 말하려고 한 건데 현재형으로 나와 버렸네. 아직 적응이 안 돼서. 아, 제기랄 …… 윌리, 나 도저히 못……."

아빠는 표정이 일그러지면서 문간에 쓰러지듯 기댔다. 낭떠러지에서 떨어지기 일보 직전에 허우적대다가 필사적으로 바위에 매달린 산악 대원처럼 한 손으로 문을 부여잡은 채, 아빠는 숨을 헐떡이며 꺽꺽 이상한 울음소리를 냈다.

나는 한참 동안 아빠를 안아 주었다. 이제 내 키는 아빠랑 같아졌다. 내가 어렸을 때 아빠는 차고 벽에 나를 세워 놓고 내 키를 표시해 두고는 했다. 지금도 차고 벽에는 두 살 때부터 해마다 아빠가 건축가답게 또박또박한 글씨로 표시해 둔 내 키의 흔적이 남아 있다. 엄마는 아빠의 깔끔한 글씨체에 웃음을 터뜨리곤 했다.

다섯 살 이후로는 아무 표시도 없다. 아빠는 내가 다섯 살 때 우리를 떠났다.

나는 열네 살 때 엄마랑 키가 같아졌다. 그게 3년 전이다. 아빠 키를 따라잡는 데 3년이 더 걸린 셈이다.

나는 아빠를 거실로 데리고 갔다. 친절하게도 누군가 정리해 놓은 쿠션을 한쪽으로 치우고 아빠를 소파에 앉혔다. 그리고 우리는 서로를 끌어안고 한참을 있었다. 나는 흐느끼는 아빠를 안고서 우는 아이를 달래듯 몸을 천천히 흔들거렸다. 아빠의 울음이 차차 잦아들었다. 이따금 몸을 떨며 딸꾹질하듯 숨을 들이마시던 아빠의 숨소리가 마침내 정상으로 돌아왔다. 갑자기 기억 하나가 머릿속을 스쳤다. 엄마가 나를 똑같이 안아 준 기억이었다. 엄마는 악을 쓰며 울어대는 나를 지금 내가 아빠를 안고 있는 것처럼 끌어안고서 내 눈물이 바닥날 때까지 등을 쓰다듬어 주었다. 그때 나는 지금 아빠가 느끼는 것과 똑같은 분노와 슬픔과 공포에 치를 떨고 있었다. 그렇게 엄마는 다섯 살 때 세상에서 가장 사랑하는 사람을 잃고서 통곡하는 나를 안아 주었다. 그 덕분에 지금 내가 아빠를 위로해 줄 수 있는지도 모른다.

아빠와 나는 옷을 갈아입고 달리기를 하러 나갔다. 우리는 빠르게 8킬로미터쯤 뛰고 나서 피자 한 판을 나눠 먹었다. 아빠가 좋아하는 안초비만 빼고 다 들어간 피자였다. 아빠는 나를 위해 딱 한 번만 희생하겠다면서 웃었다.

"싫다, 싫어. 겨우 안초비 갖고 목숨이라도 내놓은 것처럼 생색내는 사람들 진짜 싫다."

내가 이렇게 투정하자 아빠가 받아쳤다.

"싫다, 싫어. 윗입술에 맥주 거품 묻히고 말하는 사람들 진짜 싫다."

아빠와 나는 나흘을 함께 보냈다. 우린 별로 하는 일 없이 빈둥거렸다. 매일 아침 몇 킬로미터씩 뛰고, 매일 밤 비디오를 빌려다 보았다. 그리고 많은 얘기를 나눴다. 저녁때에는 아빠 친구들이 찾아왔다. 나는 아빠에게 크리스의 짐을 치우는 걸 도와주겠다고 했다. 크리스가 입던 옷들을 정리해서 버릴 건 버리는 게 좋지 않겠냐고 물었지만, 아빠는 아직 마음의 준비가 안 됐다고 대답했다. 대신 우린 낡은 사진을 정리했다. 내가 갓난아이였던 시절에 찍은 사진도 있었다. 옛날 사진에는 엄마도 있었다. 나를 무릎에 올려놓고서 찍은 사진, 내가 걸음마를 뗀 후

내 손을 잡고 찍은 사진도 있었다. 하지만 그 후로 엄마는 사진에 등장하지 않았다. 사진 속의 아빠 곁에는 크리스밖에 없었다. 내 모습도 여름 방학 때만 잠깐 등장했다. 성냥개비 같은 다리에 헐렁한 반바지를 입고 반창고를 덕지덕지 붙인 채 커다란 귀에 촌스러운 머리를 한 모습이었다. 크리스는 내가 놀러 올 때마다 촌티를 벗겨 주려고 무던히도 애썼지만 늘 헛수고였다. 새로 사 준 신발은 금세 흠집이 났고, 새로 사 준 바지는 꼭 찢어지고 말았다. 그 모든 추억이 사진 속에 담겨 있었다. 나랑 크리스가 찍힌 사진에는 카메라를 들고 있는 아빠의 그림자가 드리워져 있었고, 아빠랑 내가 눈부신 햇살 아래 웃고 있는 사진에는 크리스의 그림자가 슬그머니 기어들어 와 있었다. 그리고 아빠와 크리스가 어깨동무하고 나를 향해 웃긴 표정을 짓고 있는 사진에서는 내 빼빼 마른 그림자가 두 사람의 발치에 닿아 있었다.

사흘째가 되자 아빠는 이제 사진을 보다가 울지도 않았고, 럼주에 절인 건포도가 들어간 아이스크림 같은 크리스가 특별히 좋아하던 음식을 먹다가 울컥하지도 않았다.

그래서 나는 집으로 돌아왔다. 엄마에게는 아빠가 괜찮을 거라고, 다음 주면 회사에 나갈 거라고, 일요일 밤마다 전화하기로 약속했다고 말했다. 엄마는 아직도 아빠를 좋아한다.

엄마는 크리스도 많이 좋아했다. 나는 어렸을 때도 그 사실에 놀랐었고, 지금도 문득 놀라곤 한다.

>· >· >·

금요일에는 학교로 돌아가서 며칠 동안 결석했을 때 으레 해야 하는 일들을 처리했다. 시험을 대체할 과제를 받았고, 진도 나간 데까지 책을 읽어 오겠다고 선생님들과 약속했고, 재시험을 치를 날짜도 잡았다. 체육관 사물함에 깜박하고 처박아 뒀던 양말도 꺼냈다.

나는 돌돌 말린 채 썩은 냄새를 풍기는 양말을 코에서 최대한 멀리 들고서 존에게 말했다.

"이거 시위대한테 던지면 다 쓰러지겠다. 최루 가스보다 더 독한 것 같지 않냐?"

존은 주저앉아 몸을 움츠리면서 공포에 질린 척 연기했다.

"제발 양말 고문만은 하지 말아 주세요! 양말 고문 빼곤 다 참을 수 있어요. 네?"

나는 탈의실 구석에 있는 쓰레기통에 양말을 던져 넣었다. 빨래하다 말고 쇼크로 쓰러질지도 모를 엄마를 위해서. 그때 누군가 문간에 서서 나를 불렀다.

"월, 너 이번 주에 어디 갔었냐? 수영 경기 때 안 보이더라?"

"뉴욕에 갔었어."

내가 대답했다.

"아버지 부인이 돌아가셨대."

존이 나 대신 설명했다. 하지만 그 친구는 이미 나가고 없었다. 탈의실 문이 쾅 하고 닫혔다.

"그렇게 관심을 가져 주시니 고마울 따름입니다."

존이 과장된 공손함으로 문에 대고 말했다. 그러고는 한마디 더 덧붙였다.

"친절이 넘쳐흐른다, 저 새끼."

나는 계속되는 거짓말을 더는 견딜 수 없었다. 그건 크리스를 두 번 죽이는 일이었다. 동맥류라는 희한한 병명은 크리스를 잠시 웃게라도 만들었겠지만, 내 거짓말은 크리스를 비참하게 만들기만 했을 것이다.

"크리스…… 우리 아빠 부인 아니었어."

나는 구겨진 체육복을 가방에 넣으며 말했다. 존이 어깨를 으쓱하며 대꾸했다.

"알았어. 그럼 인생의 반쪽이라고 해 두지."

나는 거짓말을 끝내 버리겠다고 결심했다. 그렇게 해서 크리스가 두 번 죽는 것을 막고 싶었다.

"크리스⋯⋯ 남자였어."

"농담하냐?"

"정말이야."

나는 화가 나서 딱딱하게 굳은 목소리로 대꾸했다.

"너도 친절이 넘쳐흐른다, 새끼야."

존이 수건을 접다 말고 고개를 들며 말했다.

"정말이라니?"

"크리스, 남자였다고."

존이 혼란스러운 표정으로 말했다.

"아니, 그러니까, 네 아빠의⋯⋯."

"네 말대로 우리 아빠 인생의 반쪽이 남자였다고."

나는 존을 똑바로 바라보며 또박또박 말했다.

"그동안 쭉? 그러니까 몇 년이야? 8년? 9년? 우리가 어렸을 때부터? 그때부터 남자랑 사셨단 말이야? 그럼 그동안 네가 나한테 한 말은⋯⋯."

나는 일부러 약간의 경멸과 냉소를 담은 눈빛으로 존을 바라보았다. 그러고는 추리 영화에 등장하는 탐정 흉내를 내며 말했다.

"난 아무 말도 안 했다네, 친구. 자네가 넘겨짚은 거지. 나는 그런 자넬 내버려 둔 것이고. 나에게는 그게 유리했으니까."

존도 우리가 늘 하던 대로 자기 배역을 연기하기 시작했다. 우리는 거리에서 마주친 두 영국 신사가 턱을 치켜들고 입술을 모로 비틀며 서로를 경멸의 눈초리로 노려보는 장면을 연출했다.

"그랬군. 난 남들이 잘못 넘겨짚게 내버려 두는 사람들을 혐오한다네."

"이해하네. 내가 실례가 많았군."

"당연한 말씀."

우리는 연기를 그만두었다. 얘기도 이쯤에서 관둘 수 있었을 것이다.

그런데 내가 울음을 터뜨렸다. 아빠와 있는 동안에도 전혀 울지 않았던 나다. 장례식에서도, 장례식에서 돌아와 다들 크리스 얘기를 하던 아파트에서도 난 울지 않았다. 사람들은 크리스가 얼마나 괴짜였는지를 회상했다. 한 번은 크리스가 항공 마일리지로 보너스 표 두 장을 구해 깜짝 선물로 아빠와 주말여행을 떠났다. 그런데 간 곳이 하필이면 오마하였다. 남들 같았으면 샌프란시스코나 라스베이거스나 뉴올리언스를 골랐을 텐데, 크리스는 그냥 지도를 펼쳐 놓고 오마하를 찍었다. 그러고는 아빠와 둘이서 신나게 놀다 왔다.

크리스는 탭댄스를 배우러 다닌 적도 있었다. 점잖은 변호사 양반이 글쎄 코가 뾰족한 촌스러운 신발을 사 들고서 탭댄스

교습까지 받으러 다녔다. 크리스는 장난삼아 뮤지컬 배우 토미 튠처럼 아파트를 휘젓고 다니며 탭댄스를 추기도 했다. 아빠는 그런 크리스의 모습을 너무나 재미있어했다. 나도 그랬다.

"정말 좋은 사람이었는데……."

나는 흐느끼며 말했다. 땀 냄새와 쉰내가 진동하는 탈의실의 낡아 빠진 나무 벤치에 앉은 채, 나는 그렇게 슬픔을 토해 냈다. 탈의실 구석에서는 라디에이터가 쉭 소리를 냈다.

존은 1분쯤 우두커니 서서 나를 내려다보았다. 그러다가 가방을 내려놓고 사물함 문을 닫더니 내 옆에 앉았다. 그러고는 잠시 후 양팔로 나를 꼭 끌어안았다.

"맘껏 울어, 괜찮아."

우리는 한참을 그렇게 앉아 있었다. 내가 아빠의 눈물이 마를 때까지 아빠를 안아 줬을 때처럼.

마침내 다시 말을 할 수 있을 만큼 진정이 되자 나는 존한테서 떨어져 앉았다. 그리고 슈퍼볼 경기 도중 마이크에 대고 반칙을 알리는 심판 흉내를 냈다.

"홀딩 반칙!"

말끝에 능글맞은 웃음을 붙이는 것도 잊지 않았다.

"말 안 한 거 반칙."

존이 말했다. 나는 어깨를 으쓱하며 대꾸했다.

"껴안는 것도 반칙. 야, 너 땀내 없애는 약을 한 통 다 처발랐냐?"

존이 일어나며 말했다.

"싫다, 싫어. 뭐 좀 해 보려고 하는데 갑자기 겨드랑이 냄새 검사하겠다는 사람들 진짜 싫다."

나는 웃으면서 존에게 가벼운 펀치를 날리고는 짐을 챙겼다. 그리고 집으로, 조금은 달라진 나의 일상으로 돌아갔다. 그렇게 내 인생은 계속되었다. 내다볼 수 없는 앞을 향해 아주 조금씩 움직이는 모든 인생처럼.

로이스 라우리 Lois Lowry

나는 1937년에 하와이주 호놀룰루에서 태어나 제2차 세계대전 때는 뉴욕과 펜실베이니아에서 살았고, 중학교는 도쿄, 고등학교는 뉴욕, 대학교는 로드아일랜드에서 다녔습니다. 결혼하면서 캘리포니아, 플로리다, 코네티컷, 사우스캐롤라이나, 매사추세츠, 메인을 돌아다니며 생활하다가 1979년에 이혼하고 난 뒤로는 보스턴에서 살고 있습니다.

나의 일상은 아주 평온합니다. 주중에는 도시에서 살고, 주말은 시골에서 보냅니다. 나는 책과 꽃, 개, 영화, 음악을 좋아합니다. 같이 사는 남자는 유머 감각이 넘치며 해리 트루먼을 영웅으로 아는 사람입니다.

내게는 아들과 딸이 둘씩 있는데, 이제는 모두 다 컸습니다. 넷 다 눈이 파랗고 혈액형이 Rh 음성입니다. 그리고 모두 유머 감각이 뛰어납니다. 하지만 닮은 점은 그게 전부입니다. 둘은 곱슬머리이고, 둘은 아닙니다(한 아이는 한때 머리를 빡빡 밀고 다녔습니다). 이 글을 쓰고 있는 지금, 셋은 기혼인데 그중 하나는 두 번째 결혼입니다. 한 아이는 아직 한 번도 결혼한 적이 없습니다. 그리고 이 글을 쓰고 있는 지금 하나는 공화당원이고 하나는 마르크스주의자입니다. 둘은 아이가 있고, 하나는 앞으로 부모가 되고 싶어 하며, 하나는 절대 부모가 되지 않겠다고 합니다. 하나는 장애인이고, 둘은 운동을 좋아하며, 하나는 몸을 움직이기 싫어하는 게으름뱅이입니다.

나는 사람들 저마다의 차이를 존중합니다. 1994년 뉴베리상 수상작인 《주는 사람 The Giver》에도 이러한 생각이 담겨 있습니다.

저녁 식사

우리 모두 부엌 식탁에 둘러앉아 있다. 아버지, 남동생, 할머니, 나. 음식이 차려지길 기다리시는 할머니는 마치 어린아이처럼 자그마해 보이신다. 엄마는 우리를 등지고 가스레인지 앞에 서서 하얀 사기그릇에 무언가를 담고 있다. 소고기 채소찜이다. 다 담고 나자 당연히 아버지 앞에 제일 먼저 접시를 놓는다. 그 다음에는 동생, 할머니, 맨 마지막에 나.

엄마는 자기 접시를 들고 와 앉는다. 엄마 접시에는 음식이 정말 조금밖에 없다. 요즘 다이어트 중인데, 입으로 들어가는 모든 음식의 중량을 토스터 옆에 둔 손바닥만 한 저울로 잰다. 내 접시에는 당근과 감자밖에 없다. 난 채식주의자라서 채소에 묻은 육수 양념도 닦아 내고 먹는다. 식구들은 저마다 자기가 마실 음료수를 따르고 있다. 아버지는 사과주스, 동생은 오렌지 맛 소다, 엄마는 다이어트 콜라, 나는 탄산수. 엄마는 이런 우리를 보며 말하곤 한다.

"내가 무슨 레스토랑 차렸니? 살다 살다 이런 집은 처음 본다. 밥 먹으면서 다들 개인 음료수 찾는 거."

하지만 오늘 저녁은 아무 말도 없다가 할머니에게 묻는다.

"엄마, 뭐 마실래요?"

할머니가 대답하신다.

"아무거나. 소다 마실까?"

엄마는 동생이 방금 내려놓은 오렌지 맛 소다 병을 집어 든다.

할머니가 보더니 말씀하신다.

"그거 뭐냐? 오렌지? 됐다. 다이어트 줘라. 나 요즘 살쪘어."

엄마는 한숨을 내쉬면서 할머니 잔에 다이어트 콜라를 따라 드린다.

우리는 말없이 밥을 먹는다. 포크와 나이프가 접시에 부딪히는 소리, 잔에 얼음이 달그락거리는 소리, 내 맞은편에 앉은 아버지가 빵조각을 찜 양념에 찍어 먹으며 쩝쩝대는 소리만 들린다. 그러다가 냉장고에서 딸깍 소리가 나더니 냉각기가 돌아가기 시작한다. 현관문 방충망 너머로 지나가는 아이스크림 트럭에서 딸랑거리는 종소리가 점점 멀어져 간다.

할머니는 밥을 드시지 않고 식구들을 차례대로 찬찬히 살펴보고 계신다. 마치 누구한테 말을 걸까 고르는 듯이. 할머니의 시선이 내게로 옮겨 와 멈춘다.

"메릴, 할머니 밥 좀 덜어 가렴. 할머니 이거 다 못 먹어. 넌 너무 말랐잖니. 여기 고기 한 조각만 가져가라."

할머니는 이미 접시와 포크를 들고 내 접시에 음식을 덜어 주려고 자세를 잡고 계신다.

"할머니, 저 됐어요. 저 고기 안 먹는 거 아시잖아요."

"고길 안 먹는다고? 아니 왜? 고기 안 먹는 사람이 어딨어? 고기 싫어하는 사람도 있나?"

할머니는 식탁을 둘러보며 누군가 맞장구처 주길 기다리지만, 아무도 반응하지 않자 전략을 바꾸신다. 더 부드러운 말투로 말을 이어 가신다.

"아이고, 할머니가 네 나이 때는 우리 어머니가 내 입에 넣어 줄 고기 한 조각만 있으면 원이 없겠다고 하셨어. 그만큼 자식 배곯는 걸 싫어하셨지. 그러니 우리 강아지, 고기 한 조각만 가져가렴. 고기 먹는다고 죽니?"

할머니가 포크로 찍어 올린 고기 한 점이 깃발처럼 펄럭인다.

"됐어요, 할머니. 저 안 먹을래요."

"옜다, 스티븐. 네가 좀 먹어 줘라. 할머니 이거 다 못 먹어."

다음 차례가 자기라는 것을 잘 알고 있는 동생은 이미 음식을 입에 쑤셔 넣느라 여념이 없다. 빨리 그릇을 비워야 자리를 뜨는 게 허락되니까.

"괜찮아요, 할머니. 모자라면 냄비에 남은 거 먹을게요. 할머니 다 드세요."

동생이 체념한 듯한 목소리로 대꾸한다. 똑같은 말을 골백번도 더 하느라 지쳤다는 듯이. 사실 골백번도 더 하긴 했다.

할머니가 딱히 누군가에게 하는 말이 아닌 듯, 어쩌면 하나님에게 하는 말인 듯, 중얼거리신다.

"나 이거 다 못 먹는데……."

엄마는 다 비운 접시를 싱크대로 가져가려고 일어나면서 말한다.

"그만 좀 하셔, 엄마."

할머니는 천천히 당근 한 조각을 입에 넣으신다. 곧이어 아버지와 동생도 다 먹고 일어난다. 아버지는 텔레비전이나 신문을 보다가 소파에서 잠들려고 거실로 향한다. 동생은 친구들과 밖에서 야구를 하려고 야구 모자를 쓰면서 이미 현관문을 나서고 있다.

나는 엄마가 식탁을 치우는 동안 내 접시에 있는 음식을 이리저리 휘젓는다. 등 뒤로 서늘한 공기가 느껴진다. 엄마가 반쯤 비운 음료수 병들을 냉장고에 다시 넣는 중이다.

"메릴, 엄마는 방으로 올라가 좀 쉴게. 마저 치워 줄래?"

난 대꾸도 하지 않는다. 어차피 매일 저녁 부엌 뒷정리하는 건 나니까.

내가 내 접시를 싱크대에 넣고 다 쓴 냅킨을 치우려고 식탁으로 다시 몸을 돌리자 할머니는 자기 접시를 밀어내며 내게 말을 거신다.

"아이고, 배가 너무 불러서 터지겠다."

할머니는 한 번 더 "아이고" 하면서 의자를 뒤로 빼더니 일어나서 접시를 들고 싱크대로 다가오신다.

나는 할머니 손에서 접시를 뺏으며 말한다.

"할머니, 설거지는 제가 할게요. 안 하셔도 돼요."

할머니가 어깨를 으쓱하신다.

"그래. 사과잼 안 먹을래? 스펀지케이크나?"

"아뇨, 안 먹을래요. 배 안 고파요. 저 케이크 안 먹는 거 아시잖아요."

"얘는, 새 모이만큼도 안 먹으면서 배가 안 고프다고? 당근

한 조각이랑 감자 반 개가 말이 되니?"

수돗물을 틀어 싱크대를 채우는 내 등 뒤로 할머니의 시선이 느껴진다. 물은 한참을 틀어 놔야 뜨거워진다.

"넌 대체 왜 그러니? 고기도 안 먹어, 케이크도 안 먹어……."

내 마음을 들여다보고 싶은지 할머니가 잠시 멈췄다가 말을 이어 가신다.

"메릴, 아가, 너 너무 비쩍 마르면 남자애들이 안 좋아한다. 할머니 말 새겨들어."

돌아보는 나를 향해 할머니가 웃으며 손가락을 까딱이신다. 빨갛게 칠한 손톱이 반들거린다. 나도 모르게 얼굴이 발그레해진다. 하지만 할머니가 짐작하시는 이유 때문이 아니다.

할머니는 내가 남자 친구가 있는 줄 아시지만 사실 난 남자 친구가 없다. 남자를 좋아하지도 않는다. 왜 그런지는 모른다. 아마 고기를 싫어하고 케이크를 싫어하는 거랑 같은 이유가 아닐까 싶다. 가장 친한 친구 패티에게 털어 놓은 적이 있다. 사회학 수업을 같이 듣는 마크라는 남자애랑 공원 산책을 다녀오자마자 말했다. 마크가 핸드볼 코트를 지나다가 나한테 키스했는데, 난 점심 먹은 걸 다 토할 뻔했다고.

패티는 하다 보면 좋아질지도 모른다며 연습이 필요하다고 했다. 우리는 내 방에서 공부하던 중이었다. 사실은 엄마가 불쑥 들어올까 봐 침대에 책을 어지럽게 펼쳐 놓고 공부하는 척하고 있었지만. 그런데 엄마가 내 방에 들어올 확률은 영에 가까웠다. 그날 엄마는 아래층에서 친구들과 마작을 하고 있었으니까. 단언컨대 그 무엇도 엄마의 마작 게임을 중단시키지 못한다. 패티는 널려 있던 책을 옆으로 치우더니 나보고 침대에 누우라고 했다.

그러고는 내 위에 올라타고 한쪽 다리를 내 다리 사이에 밀착시키며 말했다.

"브루스는 이렇게 하거든."

브루스는 패티의 남자 친구다. 3학년 선배니까 뭘 좀 알 거라 생각했다.

그때 패티가 나에게 키스했다. 패티의 입술은 아주 부드러웠다. 마크와 완전 달랐다. 패티는 입술과 혀, 심지어 이로 어떻게 해야 하는지 알려 주었다. 패티의 허벅지에 눌린 내 다리 사이에서 야릇한 느낌이 들기 시작했다. 금방이라도 오줌이 나올 것 같았다.

"그러다가 남자 친구가 진짜 좋아지잖아? 그럼 가슴을 만지게 해 줘도 돼. 보여 줄까?"

"어."

패티는 내 셔츠를 올리더니 젖먹이 아기처럼 내 가슴에 입술을 댔다.

"넌 내 머리를 쓰다듬는 거야."

나는 시키는 대로 했다. 기분이 좋았다. 온몸이 따뜻해지고 속이 말랑말랑해졌다. 진짜 오줌이 흘러나온 것 같았지만 상관없었다. 패티는 시범을 마저 보여 주었고, 잠시 뒤 우리는 연습을 끝냈다. 패티는 마크와 데이트를 한 번 더 해 보고, 그래도 개랑 하는 키스가 싫으면 우리끼리 연습을 더 하자고 했다. 나는 두 번 다시 마크와 데이트할 일은 없을 거란 말을 하지 않았다. 그래도 패티랑 연습은 더 하면 좋았겠지만. 난 그냥 남자가 싫다. 하지만 패티에게 그런 말은 절대 할 수 없다. 할머니에게는 더더욱 할 수 없다. 할머니는 이미 내가 어딘가 이상하다고 생각하시는데, 어쩌면 그 생각이 맞는지도 모르겠다.

나는 틀어 놨던 물에 손을 댄다. 물이 드디어 뜨거워지고 있다. 내 얼굴처럼.

여전히 나를 빤히 쳐다보시는 할머니께 말한다.

"할머니, 거실에서 아버지랑 텔레비전 보세요."

할머니가 어깨를 으쓱하더니 대꾸하신다.

"그래. 나 같은 늙은이가 뭘 알겠니? 쥐뿔도 모르지."

느릿느릿 거실로 향하는 할머니의 발소리가 멀어지자, 나는 물을 더 세게 틀어 놓고 할머니의 접시를 집어 든다. 하지만 나는 할머니가 남기신 소고기 채소찜을 누런 쓰레기봉투에 쓸어 넣지 않는다. 대신 손으로 고기를 집어서 입에 넣는다. 한 점씩, 한 점씩.

레슬레아 뉴먼 Lesléa Newman

〈저녁 식사〉의 주인공 메릴처럼 나는 전통적인 유대인 가정에서 자랐습니다. 다들 내가 커서 결혼하고 가정을 꾸릴 거라고 믿었습니다. 레즈비언이자 유대인이라는 정체성에서 오는 갈등과 기쁨을 파헤치는 것은 내 글쓰기의 상당 부분을 차지합니다. 사실 이 두 가지 정체성은 공통점이 꽤 많습니다. 레즈비언이든 유대인이든 어떤 중요하고 활발한 공동체에 저절로 속하게 됩니다. 그리고 두 공동체 모두 개인만큼 집단을 중요하게 여깁니다. 두 공동체 모두 어떤 형태의 사회적 억압이든 벗어나려는 강한 욕구와 의지를 보입니다. 그리고 두 공동체 모두 역사의식이 투철합니다. 유대인이면서 레즈비언으로 사는 건 내 몸이 반으로 찢어지는 기분일 때도 있습니다. 특히 내가 태어난 가족과 내가 선택한 가족 사이에서 조화롭게 살려고 애를 쓸 때면 더욱 그렇습니다. 메릴도 저녁 식사 후 식탁을 치우고 할머니와 이야기를 나누면서 바로 그런 갈등을 느끼는 것입니다.

총 16권의 책을 냈습니다. 어린이 책도 있고 성인 책도 있습니다. 《꿈 깨Fat Chance》라는 청소년 소설도 있고, 동화책으로는 《헤더는 엄마가 둘이야Heather Has Two Mommies》와 《게이 프라이드에 간 글로리아Gloria Goes to Gay Pride》가 있는데, 두 편 다 '람다 문학상' 최종 후보에 올랐습니다. 성인을 위한 작품 중에는 《웃음 속 눈물 한 방울In Every Laugh a Tear》이라는 소설과 《하비 밀크에게 쓴 편지A Letter to Harvey Milk》라는 단편집과 《여성 작가 지망생을 위한 마음에서 우러나는 글쓰기Writing from the Heart: Inspiration and Exercises for Women Who Want to Write》라는 지침서도 있습니다. '레이먼드 카버 단편 공모전'에서 2위에 올랐고(1987년), 매사추세츠 작가 재단의 시인 펠로십에 선정되었으며(1989년), 《어린이를 위한 하이라이트Highlights for Children》로 '픽션 글쓰기 상'(1992년)을 받았습니다. 현재 《그거 기억해Remember That》와 《만지기엔 너무 먼Too Far Away to Touch》이라는 그림책 출간을 앞두고 있습니다.

학부모의 밤

**성적 소수자를 지원하는 동아리가 있는 여러 학교에 감사와 응원을 보내며,
앞으로 모든 학교에 비슷한 동아리가 생기기를 바랍니다.**

올해는 아빠한테서 생일 축하 장미를 받지 못했다.

내가 태어났을 때 아빠는 엄마에게 노란 장미 한 다발을 선물
했고, 내게는 꽃병에 꽂은 노란 장미 한 송이를 따로 선물해 줬
다. 그 후로 아빠는 내 생일이 돌아올 때마다 노란 장미를 선물
했고, 동생 조시가 태어났을 때도 꽃만 카네이션으로 바꿔서 똑
같이 해 줬다. 아빠가 좋아하는 레이스 달린 분홍 드레스와 새
하얀 타이츠를 이제는 안 입겠다고 고집부리기 시작한 후에도
아빠는 매년 장미를 선물했다. 엄마랑 아빠는 분홍 드레스도 모

자라 유행이 한참 지난 분홍 리본으로 머리를 묶어 주곤 했다.

이 얘기를 친구 록시한테 해 줬더니 록시가 비명을 질렀다.

"머리에 리본을? 세상에! 그것도 분홍색 리본을 했단 말이지?"

록시가 얼마나 배꼽을 잡고 웃었는지 결국 나까지 따라 웃고 말았다. 그게 록시의 매력이다. 록시의 유쾌한 성격은 남들까지 기분 좋게 해 준다. 나는 록시를 껴안으며 물었다.

"그게 어때서? 넌 어렸을 때 엄마 아빠가 분홍색 리본 안 해 줬어?"

"당연하지, 캐런! 난 그런 거 안 했어. 파란 머리핀이면 몰라도."

나는 "분홍색 리본!"이라고 외쳤던 록시의 목소리를 흉내 내서 "파란 머리핀!"이라고 외쳤다. 그러고는 바로 웃음을 터뜨렸지만 록시가 내게 입을 맞추는 바람에 우린 한참을 아무 말도 하지 않았다.

그게 9월, 그러니까 각자 가족과 여름휴가를 다녀오느라 한동안 떨어져 지내다가 다시 만났을 때였다. 그때는 우리가 서로에게 빠져 정신을 못 차릴 만큼 황홀한 때였다. 지금도 그 마음은 여전하지만, 그때는 더 특별했다. 다른 사람들, 특히 우리 아빠가 알게 될까 봐 가슴 졸이기 전이기도 했고, 학교에서도 별

문제가 없을 때였다. 아주 좋은 학교는 아니었지만, 그래도 우리 학교에는 '게이-스트레이트-바이섹슈얼 연대'라는 동아리가 있다. 록시는 1월에 우리 학교로 전학해 왔고, 몇 달 후 우리는 '게스바'에 가입했다.

내가 레즈비언이라는 사실을 깨닫기 전인 지난 3월, 내 친구 애브너와 나는 학교 애들이 다 간다는 댄스파티에 관해 이야기를 나눴다. 내가 애브너에게 "밥맛 없게 생긴 남자애랑 춤추면서 걔 좋아하는 척하는 거 딱 질색이야"라고 말했더니, 애브너는 "캐런, 너 정말 남자보다 여자를 더 좋아하는구나?"라고 대꾸했다. 바로 그 순간, 애브너의 말이 맞을지도 모른다는 생각이 머리를 스쳤다. 여자랑 춤추는 것도 괜찮겠다는 생각과 함께. 애브너가 조용히 말했다.

"그럼 너랑 난 같은 부류네. 난 여자보다 남자가 좋거든. 왜 있잖아. 연애 상대로 말이야."

애브너의 말을 듣자마자 머릿속에 떠오른 사람이 바로 록시였다. 붉은빛과 금빛이 섞인 곱슬머리, 바다처럼 깊고 푸른 눈동자, 부드럽고 따뜻한 손. 머릿속에 록시의 모습이 떠오르는 순간, 나는 정신이 번쩍 들면서 "와!" 하고 외쳤다.

애브너가 싱긋 웃으며 날 쳐다봤다.

"캐런, 나 게이야. 새 동아리 있지? 게이-스트레이트-바이섹슈얼 연대. 나 거기 가입했는데, 진짜 괜찮은 동아리야. 우리 모임 있을 때 한번 나와 볼래? 동아리 친구들도 이번 댄스파티에 갈 건데, 같이 가자. 아마 우리끼리 춤추고 놀 거야."

나는 안 가겠다고 대답했다. 애브너가 나에 대해 한 말이 정말 맞는 건지 아직 확신할 수 없기 때문이었다. 하지만 애브너는 동아리의 다른 애들도 자기가 확실하게 어느 쪽인지 아직 모르는 경우가 많다고 말했다. 나는 잘 이해되지는 않았지만, 어쨌거나 댄스파티에 가기로 마음을 바꿨다.

운이 좋았다. 록시가 댄스파티에 온 것이다.

그날 록시를 처음 봤을 때, 난 애브너와 춤추고 있었다. 록시가 나를 바라보는 것을 확인하는 순간, 나는 애브너에게 작은 소리로 이따가 보자고 말하고서 아까 애브너가 소개해 준 앤이 있는 쪽으로 춤추며 다가갔다. 앤도 게스바 회원이었는데 짝도 없이 혼자 춤추고 있었다. 나는 앤한테 말을 걸며 관심 있는 척했다. 어디서 그런 용기가 났는지 모르겠다. 앤을 보며 웃는 내내 나는 속으로 빌고 있었다. '록시, 이거 봐! 나 좀 보라고. 내가 여자를 좋아한다는 걸 알아보란 말이야.' 그 순간에는 혹시 록시가 그런 내 모습을 징그러워하진 않을까 하는 생각을 하지 못했다. 멍청하게도 말이다. 그런데 그날 스트레이트 여자애들도 몇 명은 혼자서 춤추거나 자기들끼리 춤추고 있었고, 아무도 게스바 애들이 파티에 왔다는 것을 알아보지 못하는 것 같았다. ('호모!'라고 몇 번 소리를 지르다가 선생님한테 쫓겨난 애가 하나 있었지만.) 아무튼 나는 록시의 관심을 끄는 데는 실패했다고 생각했다.

그런데 잠시 후 콜라를 마시려고 하는데 록시가 다가왔다.

나를 향해 걸어오는 록시를 보는 순간, 온몸에 식은땀이 흐르기 시작했다. 록시에게 말 한마디도 하지 못할 것만 같았다. 하지만 록시는 아무렇지 않은 듯 씩 웃으며 말을 건넸다.

"춤 잘 추던데? 이 학교에서는 여자애들끼리 춤춰도 뭐라고 안 한다며? 진짜야?"

입을 열자마자 나는 더듬거리기 시작했다.

"글쎄…… 그러니까…… 난……."

나처럼 말주변 없는 사람이 또 있을까?

"가끔은. 그러니까…… 잘 모르겠어. 나도 학교 댄스파티는 처음이거든. 근데 아무도 신경 안 쓰는 것 같은데?"

록시는 다른 사람까지 기분 좋게 만드는 특유의 웃음을 터뜨렸다.

"맞아. 그런 것 같네."

그러고는 내 손을 잡으며 말을 이어 갔다.

"근데 왜 자기들끼리 춤추는 남자애들은 한 명도 없지? 우린 남자가 아니라서 참 다행이야. 안 그래?"

난 침을 꿀꺽 삼키며 "어"라고 대답했고, 우린 춤을 추기 시작했다. 그날 밤 록시와 나는 계속 둘이서만 춤을 췄다. 황홀경에 빠진 나는 애브너가 "땡잡았네"라고 소리 없이 입 모양만으로 말하면서 옆으로 지나가는 것도 보지 못할 뻔했다.

아무튼 그게 록시와 나의 첫 만남이었다. 우린 점심시간이 겹치는 날이 일주일에 하루가 있었고, 같이 듣는 수업은 없었지만 몇몇 수업은 같은 복도에 있는 교실에서 있었다. 물론 수업이 끝난 후에는 늘 붙어 다녔다. 우리는 체육 과목도 같은 걸 선택했다. 우리가 좋아하는 운동이 똑같아서가 아니라 그저 함께 있고 싶어서였다. 서로 사물함에 쪽지를 넣어 두기도 했다.

얼마 지나지 않아 우리는 숨도 똑같이 쉴 만큼 친해졌다. 나는 록시가 입을 열기도 전에 무슨 말을 할지 알았고, 록시도 내가 무슨 생각을 하는지 알았다. 서로의 생각이 늘 똑같지는 않아서 자주 다투기도 했지만, 항상 웃으면서 화해하고 서로에게서 많은 것을 배웠다. 우린 게스바에 가입했고, 다른 애들은 곧 우리를 '잉꼬부부'라고 불렀다. 공식적으로 무슨 발표를 한 것도 아닌데 어느 날부턴가 게스바 회원 중 커밍아웃을 할 정도로 자기가 동성애자라고 확신하는 애들은 우리 둘과 애브너밖에 없다고 소문이 났다.

물론 이 소문은 동아리 내부에서만 알려진 것이었다. 애브너처럼 동아리 회원이 아닌 애들이나 선생님들한테까지 커밍아웃한 애도 있었지만 록시와 나는 아니었다. 스트레이트인 다른 친구들이나 형제들한테도 밝히지 않았고, 부모님한테도 물론 말하지 않았다.

9월이 되고 개학을 하자 아빠는 나한테 다른 친구들도 사귀라고 계속 잔소리를 했고, 엄마는 남자 친구는 없냐고 자꾸 물었다. 그러던 어느 날 게스바 지도 교사인 맥 선생님이 말했다.

"캐런, 부모님께 확실하게 말씀드리지 않으면 계속 널 닦달하실 거야."

그날 난 학교에서 엄마 아빠 앞에서는 록시랑 그냥 친한 친구인 척하는 게 힘들다고 불평을 늘어놓았던 터였다. 엄마 아빠한테는 애브너가 내 남자 친구라고 거짓말을 해 둔 상태였다. 엄마는 애브너랑 상의해서 록시에게도 남자 친구를 소개해 주면 그렇게 셋이 붙어 다니지 않고 더블데이트를 할 수 있지 않느냐며 나를 설득했다.

"록시 생각도 해야지, 얘. 너무 불공평하잖아. 록시는 남자 친구가 있는데 너는 없다고 생각해 봐."

엄마는 직업이 사회 복지사라서 그런지 남의 처지를 배려할 줄 안다는 것을 자랑스럽게 생각했다.

"넌 록시한테도 남자 친구가 생기면 좋겠다는 생각 안 드니? 록시도 남자 친구 사귀고 싶어 하지 않아?"

난 "아니!"라고 소리치고 싶었지만, 결국 두 질문 모두 "응" 하고 대답해 버렸다. 난 록시가 숙맥이라서 문제라며 얼버무렸고, 엄마는 그럴수록 조촐한 파티라도 해서 록시를 도와줘야 한다고 했다. 내가 이런 사정을 털어놓자 맥 선생님이 말했다.

"그래도 캐런 어머니는 사회 복지사시잖아. 동성애에 대해서 어느 정도는 아실 텐데."

록시가 내 손을 잡으며 말했다.

"아는 거랑 받아들이는 거랑은 다르죠. 선생님이 캐런 엄마를 못 보셔서 그래요. 일주일에 두 시간씩 미용실에서 보내고, 옷은 죄다 명품인 데다가 다른 아줌마들 만나서 인사할 때는 볼만 맞대고 엉덩이는 뒤로 쭉 뺀다고요. 여자들끼리 몸이 닿으면 큰일이라도 나는 줄 아신다니까요. 둘이 볼을 비비면서 허공에다 뽀뽀하는데……."

애브너가 키득거렸다.

"볼 만하겠네!"

그러더니 옆에 앉은 조너선의 손을 잡아 일으켜 세워 록시가 설명한 대로 우리 엄마의 모습을 완벽하게 재연했다. 심각하던 분위기는 갑자기 웃음바다가 되었고, 우리는 다른 화제로 넘어가 이야기를 계속했다. 그런데 모임이 끝날 무렵 맥 선생님이 공지 사항이 있다고 말하자 분위기는 다시 진지해졌다. 맥 선생님은 우리 학교에서 유일하게 커밍아웃을 한 선생님이었다. 우리 동아리를 만든 것도 선생님이었다. 어지간한 용기 없이는 도저히 엄두도 못 낼 일을 해낸 맥 선생님은 우리에게 영웅이나 마찬가지였다. 늘 웃는 모습만 보이던 선생님이 심각한 표정을 짓자 난 혹시 에이즈에 걸렸다고 말하려는 게 아닌가 싶어 바짝 긴장했다. 하지만 선생님이 한 말은 별것 아니었다.

"자, 학부모의 밤이 다가오고 있는 거 다들 알지?"

다들 투덜대기 시작했다. 학부모의 밤 얘기만 나오면 애들은 으레 그렇게 반응했다. 애브너의 말마따나 이날만 되면 우린 한바탕 쇼를 벌여야 했다. 책상과 사물함에서 이상한 물건을 싹치우고, 교실마다 '흥미진진하고 의미 있는 프로젝트'의 흔적을 보여 주기 위해 게시판을 꾸며야 했다. 그것도 모자라 학부모 간담회도 열어야 하고, 애들 몇 명은 일일 도우미로 뽑혀 학부모들을 모시고 학교를 돌아다녀야 했다.

맥 선생님이 진정하라고 손짓하며 말했다.

"알아, 알아. 너희 맘 알아. 근데 올해는 강당에다 동아리 부스를 설치하기로 했거든. 그래서 우리 동아리도 부스를 차릴까 하는데."

다들 놀라서 아무 말도 못 했다. 그렇게 한동안 침묵이 흘렀다. 마침내 정적을 깬 사람은 댄스파티 때 내가 록시의 눈길을 끌려고 같이 춤을 췄던 앤이었다.

"부스에서 뭘 해야 하는 건데요?"

"두어 명이 자리를 지키면서 동아리 활동을 소개할 만한 자료 같은 걸 보여 주면 돼. 연극 동아리면 그동안 했던 공연 홍보물 같은 걸 갖다 놓겠지."

록시가 말했다.

"선생님이 우리한테 추천해 주신 도서 목록은 어때요?"

"우리 도시의 게이 단체 목록이나."

앤이 덧붙이자 애브너도 거들었다.

"에이즈 예방 홍보물도."

조너선이 웃으며 끼어들었다.

"아! 콘돔 나눠 주는 건 어때?"

맥 선생님이 말했다.

"나도 그 생각 안 해 본 건 아니야. 하지만 그걸 학부모들이 순순히 받아 줄 것 같진 않은데? 누군가한테 미운털 박히는 건 우리가 바라는 게 아니잖아?"

록시가 말했다.

"그래도 에이즈 홍보물은 좋은 생각인데요? 도서 목록이나 단체 목록도."

"그래."

선생님이 대답했다. 그러고는 태연하게 물었다.

"그럼 부스는 누가 지키지?"

서너 명이 한꺼번에 대답했다.

"선생님이요!"

"물론 나야 있지. 부스 안이나 근처에라도. 하지만 부스를 차리는 목적은 학생들이 학부모들에게 무슨 활동을 하는지 보여주는 거잖아. 물론 부스를 지킨다는 게 무슨 뜻인지는 나도 알아. 그걸 왜 모르겠어?"

앤 옆에 있던 여자애가 말했다.

"그럼 커밍아웃한 사람이 지켜야겠네요."

모든 시선이 애브너에게 꽂혔다. 그러고는 바로 록시와 나한테로 옮겨 왔다. 선생님이 말했다.

"꼭 그렇지만은 않아. 우리가 늘 강조하는 거 잊지 않았지? 누구도 억지로 커밍아웃할 필요 없고, 자신의 성 정체성을 확신할 필요도 없다는 거."

나는 입을 열었다.

"그래요. 하지만 웬만한 애들은 다들 우리를 게이로 보잖아요. 부스를 보면 부모님들도 그렇게 생각할걸요. 사람들이 어떤지 잘 아시잖아요."

선생님이 말했다.

"그래, 나도 알지."

애들은 계속 우리 셋을 쳐다보고 있었다. 애브너가 고개를 저으며 말했다.

"나 집에서 쫓겨나. 그날 우리 아빠 온다고 했거든. 미안해. 정말 하고 싶은데 안 되겠어."

남자애들 중 한 명이 물었다.

"너 아직 부모님한테 말 안 했단 말이야? 말도 안 돼! 학교에서는 다 알잖아!"

"누가 아니래. 그런데 집에서는 정말 몰라. 애브너의 이중생활이라고 들어는 보셨나?"

애브너가 무대 인사라도 하는 듯이 허리를 숙이며 말했다. 또다시 웃음바다가 되었지만, 이번에는 불편한 웃음이었다. 나는 록시를 쳐다보며 말했다.

"그럼 우리 둘만 남는 거네. 하지만 우리도 부모님한테 말 안 했는데."

맥 선생님이 말했다.

"지금 당장 결정하지 않아도 돼. 하지만 다들 생각은 해 봐. 그리고 꼭 커밍아웃한 사람이거나 자기 성 정체성이 확실한 사람이 아니어도 된다는 거 잊지 말고."

그날 저녁 록시가 우리 집에 놀러 와서 말했다.

"하지만 자기가 어떤지도 모르면서 부스에 앉아 있을 용기가 날까?"

엄마와 아빠는 아직 퇴근 전이었고, 우리는 내 방에 있었다. 록시는 잠깐 망설이다가 얘기를 이어 갔다.

"그 주에 아빠가 출장 간다고 그랬던 것 같아. 엄마랑 같이."

록시 아빠는 여행사 일을 해서 출장을 자주 다녔다. 그래서 록시는 언니랑 둘이서만 집을 지키는 날이 많았다. 내가 말했다.

"좋겠다!"

록시는 결심했다는 듯이 의미심장한 표정을 지었다.

"아직 확실한 건 아니야. 하지만 엄마 아빠가 정말 안 온다면 나 혼자라도 부스 지키지, 뭐. 괜찮을 거야. 어쩌면 그게 나을지도 모르고."

"어떻게 너 혼자 하게 놔두니? 사람들이 무슨 반응을 보일지도 모르는데."

"맥 선생님이 있잖아. 걱정하지 마."

록시가 내게 입을 맞추며 말했다. 나도 바로 결정을 내리며 록시에게 입을 맞추었다.

"나도 같이 있을게."

록시가 가고 나서 나는 생각에 잠겼다. 엄마랑 아빠한테는 어떻게 얘길 꺼낸담? 한마디 예고도 없이 갑자기 부스에 있는 모습을 보여 줄 수도 없는 노릇이고.

나는 여러 가지 시나리오를 떠올려 보았다. 첫 번째 시나리오는 저녁을 먹으면서 내가 불쑥 얘기를 꺼내는 것으로 시작된다. "엄마, 아빠, 조시. 나 할 말 있어. 나 동성애자야. 레즈비언이라고." 그러면 엄마는 손으로 얼굴을 감싸며 울음을 터뜨리고, 조시는 내가 머리 둘 달린 괴물로 변한 것처럼 날 쳐다보고, 아빠는 벌떡 일어나서 "나 좀 나갔다 올게" 하며 자릴 뜨겠지. 또 다른 시나리오는 일요일 아침에 다들 조용히 신문을 읽고 있을 때 내가 태연하게 얘기를 꺼내는 것이다. "참, 학부모의 밤 행사 때 나 동아리 부스에 있을 건데." 엄마가 "그래? 재미있겠네. 무슨 동아리?"라고 묻는다. 나는 "게스바"라고 대답한다. 아빠가 "그게 대체 뭐야?"라고 묻는다. 내가 "게이-스트레이트-바이섹슈얼 연대"라고 대답하면 세 사람 다 나를 머리 둘 달린 괴물처럼 쳐다본다. 그러다가 엄마가 "애, 잘 생각해 보지 그러니?"라고 말하고, 동시에 조시는 "그럼 언니가 게이? 동성애자라고?" 하며 묻고, 아빠는 고함을 치겠지. "내 딸이 퀴어들이랑 어울려 다니는 꼴 못 본다! 너 사회봉사 하고 싶으면 엄마처럼 사회 복지학과 가서 정식으로 배워서 해! 그때 가서 다시 생각해 보자고!"

하지만 내가 떠올린 시나리오들은 하나도 맞지 않았다.

일이 터진 건 사흘 뒤였다. 발단은 저녁을 먹다가 엄마가 꺼낸 일 얘기였다.

"나 오늘 또 두 건이나 못 맡겠다고 했어. 우리 주임은 왜 그러는지 몰라. 내가 에이즈 환자는 도저히 못 맡겠다고 몇 번이나 말했는데도 이해를 못 하는 거 있지?"

이 얘기는 한두 번 나온 게 아니었다. 엄마는 꽤 괜찮은 사회복지사였지만 딱 한 가지 결정적인 문제가 있었다. 복지관 주임이 엄마에게 에이즈 감염자를 배정하려고 처음 시도했을 때부터 지금까지 에이즈 환자는 절대 안 맡겠다고 버틴 것이었다. 우리 가족의 건강을 지켜야 한다는 게 이유였다. 처음에는 나도 에이즈에 대해 잘 몰랐지만, 더 알고 나서는 엄마의 생각을 바꿔 보려고 시도한 적이 한 번 있었다. 나는 보균자와 성관계를 하거나 체액이 상처에 닿아 혈액으로 들어가지 않는 이상 에이즈에 걸리지 않는다고 말했다. 하지만 엄마는 이렇게 대꾸했다.

"의학은 완벽한 게 아니야. 아직도 밝혀지지 않은 사실이 얼마나 많은데. 난 너희한테 조금이라도 위험한 일은 하고 싶지 않아."

그 말에 난 결국 포기하고 말았다.

하지만 이번만큼은 그냥 넘어갈 수가 없었다. 머릿속이 온통 그놈의 부스 생각과 엄마 아빠를 속이며 사는 게 지겹다는 생각으로 꽉 차 있어서 그랬던 것 같다. 아무튼 난 폭발하고 말았다. 물론 처음에는 차분하게 말하려고 애썼다.

"그럼 엄마가 거절하는 에이즈 환자는 누가 맡는데?"

내 귀에도 내 목소리가 이상하게 들렸다. 식구들도 심상치 않은 분위기를 느꼈는지 다들 밥을 먹다 말고 나를 뚫어지게 쳐다보았다. 엄마가 대답했다.

"글쎄, 잘 모르겠다. 어쨌든 누군가에게 다시 배정되겠지, 뭐."

나는 비아냥거리며 대꾸했다.

"아, 그래? 그러니까 다시 배정되기 전까지는 어느 불쌍한 게이 아저씨가 단칸방에서 사경을 헤매고 있어야 한다 이거지? 집 밖으로 나가서 뭘 사 먹거나 생활 수당 타러 갈 힘도 없으니까 말이야."

엄마와 아빠는 잠시 눈이 마주쳤다. 그러더니 아빠가 입을 열었다.

"캐런, 엄마는 훌륭한 사회 복지사야. 훌륭한 엄마이기도 하고. 에이즈 환자를 왜 안 맡으려고 하는지는 전부터 설명했잖아. 엄마한테 고마워해야지."

나는 피식 웃으며 대꾸했다.

"그건 좀 위선적이지 않아?"

그러고는 엄마를 쳐다보며 말을 이었다.

"아니, 엄마가 에이즈 걸리는 게 그렇게 걱정된다면 다른 사람도 마찬가지 아냐? 환자가 다시 배정돼서 다른 사람한테 가면 그 사람은 에이즈 걸려도 괜찮다는 거야, 뭐야?"

엄마는 흠칫 놀라더니 얼굴이 하얗게 질렸다.

"캐런, 나도 전염될 가능성이 그렇게 크지 않다는 거 알아."

목소리는 조용조용했지만, 속으로는 분을 삭이고 있는 게 분명했다.

"그리고 에이즈 환자를 배정받는 사람 대다수는 가족이 없는 걸로 알고 있거든. 심지어 그런 환자를 맡겠다고 자원하는 사람도 있어. 난 단지 정상적인 사람을 돕고 싶을 뿐이야. 자기가 잘못해서 사회 복지 서비스가 필요한 사람 말고."

내가 완전히 이성을 잃은 건 이때부터였다. 이렇게 되리라는 것을 충분히 예상했으면서도 도저히 참을 수가 없었다. 나는 고래고래 소리를 지르기 시작했다.

"자기 잘못? 정상적인 사람? 세상에 그런 불공평한 말이 어디 있어? 그러니까 우리 동성애자들이 에이즈에 걸리는 건 그 사람들 잘못이고 병들어도 싸단 말이잖아!"

무거운 침묵이 흘렀다. 숨이 막히도록 무거운 침묵이었다. 조시가 불안한 눈으로 식구들을 둘러보며 입을 열었다.

"동성애자만 걸리는 거 아니라던데? 양호 선생님 얘기로는 마약 중독자들도 주사기 같이 쓰다 걸리고. 콘돔 안 써도 걸린 대. 그러니까 언니, 그게…… 동성애자가 아닌 사람도 걸릴 수 있는 거야. 정상적인 사람도 걸릴 수 있는 거라고. 어린애도 걸리고. 에이즈 걸린 사람한테서 수혈 받다가도 걸리고……."

그때 아빠가 조시의 말을 끊으면서 귀청이 떨어질 만큼 큰 소리로 내게 물었다.

"우리 동성애자들이라니! 너 그게 무슨 뜻이야?"

갑자기 몸이 얼어붙을 만큼 추워졌다. 심장이 얼마나 빠르게 고동치는지 어지러울 지경이었다. 나는 숨을 크게 들이마시고는 아빠의 눈을 똑바로 바라보았다. 그리고 최대한 침착하게 말했다.

"나도 동성애자라는 뜻이야. 이렇게 소리 지르면서 얘기하고 싶진 않았어. 미안해. 하지만 이제 숨기는 것도 지쳤어. 나 레즈비언이야. 그리고 록시랑 나, 엄마 아빠가 생각하는 그냥 친구 사이가 아니야. 우린……."

아빠가 내 말을 가로막았다.

"됐다. 이제 그만해! 조시, 넌 방으로 가 있어."

"하지만 아빠……."

이번엔 엄마가 조시의 말을 막았다.

"아빠 말씀 들어!"

엄마는 내가 레즈비언이라는 말을 하자마자 끙끙대며 신음하더니 지금은 눈물을 흘리지 않으려고 애쓰고 있었다. 나는 일어나서 엄마를 끌어안으려고 했지만, 엄마는 나를 밀어냈다. 나는 다시 내 자리에 앉으며 말했다.

"미, 미안해. 정말 미안해. 그런데 이게 내 모습이야. 나도 어떻게 할 수가 없어. 어떻게 하고 싶지도 않고. 예전엔 다른 사람들이랑 어울리질 못했어. 내가 어떤 사람인지, 왜 이렇게 남들과 다른지 몰랐으니까. 그런데 지금은 알아. 그래서 엄마 아빠도 알았으면 했던 거야. 학교에 동아리가 있는데……."

나는 학부모의 밤과 동아리 부스에 관해 설명했고, 록시랑 같이 부스를 지키기로 했다는 말도 했다. 하지만 내 얘기가 끝나자마자 아빠는 벌떡 일어나 차가운 표정으로 나를 노려보더니 무섭게 소리를 질렀다.

"너, 그 부스에 있지 마. 그리고 그 동아린지 뭔지 하는 것도 집어치워. 널 전학시키는 한이 있어도 아빤 그 꼴 못 본다."

그러고는 부엌에서 저벅저벅 걸어 나가 버렸다. 엄마도 참던 눈물을 떨구면서 아빠를 따라 나갔다.

나는 게스바를 그만두지 않았고, 다행히 엄마 아빠도 다시 그 얘기를 꺼내지 않았다. 이틀 뒤 내 생일에 우리는 해마다 하던 대로 케이크랑 아이스크림이랑 선물을 준비해서 가족 파티를 했다. 엄마 아빠는 계속 나를 어색하고 쌀쌀맞게 대했지만, 그래도 생일은 예년같이 챙겨 주었다. 마치 아무 일도 없었다는 듯이. 다들 케이크에 초를 꽂고서 생일 축하 노래를 불러 주었고, 나는 적당히 감동한 표정을 지었다. 그리고 다들 서먹한 웃음을 내게 지어 주었다. 하지만 아빠가 선물해 주던 노란 장미는 없었다. 아빠는 우리 중에서 가장 딱딱하게 굳은 채로 말이 없었다. 당연히 난 아빠의 모습이 마음에 걸렸고, 파티가 끝나고는 방으로 올라가 엉엉 울었다.

시간이 흐르면서 적어도 겉으로는 모든 것이 예전과 같아졌다. 전화기 옆에 이름이 몇 개 적혀 있는 쪽지를 발견한 것 빼고는. 난 정신과 의사 명단인 것 같아서 쪽지를 찢어 버리려다 말았다. 그런데 아무도 정신과 얘기를 꺼내지 않아서 나도 잠자코 있었다. 그러다 보름쯤 지난 어느 토요일이었다. 아빠는 꼭두새벽에 일어나 친구와 낚시를 하러 나갔고, 조시는 늦잠을 자고 있었다. 아침을 먹으러 내려갔더니 부엌에 엄마가 있었다. 엄마는 "잘 잤니?" 하며 밝게 인사를 건네고는 베이컨과 달걀로 아침을 차려 주었다. 우리는 아침을 먹으면서 날씨 얘기며 아빠가 고기를 몇 마리 잡을지 궁금하다는 등 상투적인 얘기만 나눴다. 그러다가 커피를 두 잔째 마시던 엄마가 어색한 목소리로 이야기를 꺼냈다.

"캐런, 그날 일…… 미안해."

"나도. 엄마한테 화내서 미안해. 그래도 에이즈에 대해선 엄마 생각에 동의할 수 없어. 그건 나한테 중요한 문제야. 그렇지만 뭐, 엄마에게도 엄마 생각을 말할 권리는 있는 거니까."

"아냐, 내 생각이 잘못된 거라면 고집해선 안 되지. 요 며칠 책을 찾아봤는데, 나 자신이 좀 부끄러워지더라. 내가…… 애초에 내가 왜 사회 복지사가 되겠다고 마음먹었는지 잊어버리고 산 것 같아. 그동안 난 동성애라는 것이 좀 거북했어. 그런데 이제는……."

내가 조심스럽게 말했다.

"부모님 모임도 있는데."

"그래, 알아. '레즈비언과 게이의 부모, 가족, 친구의 모임' 말이지? 그 모임에 나가는 아주머니랑 이야기도 여러 번 나눴어. 도움이 많이 됐지. 캐런, 엄만 있잖아, 네가 동성애자가 아니면 좋겠어. 그리고 네가 동성애자라는 것도 사실은 못 믿겠어. 넌 아직 너무 어리잖아. 하지만 네가 정말 레즈비언이라 해도, 또 다 커서도 레즈비언으로 산다고 해도 엄마는 널 사랑하고 네 편이 되기 위해 최선을 다할게. 이것만은 알아주면 좋겠다."

엄마는 쑥스러운 듯이 웃으며 이렇게 덧붙였다.

"그리고 나 록시 맘에 들어. 네게 록시 같은 애…… 애인이 있어서 다행이야."

"나도 그렇게 생각해, 엄마."

이렇게 대답하고는 엄마의 눈치를 살피다가 물었다.

"엄마, 아빠랑 학부모의 밤에 올 거야?"

"엄만 갈 거야. 아빠한테도 같이 가자고 얘기는 하고 있어. 너 그 부스에 있을 거니?"

난 숨을 크게 들이마시고 대답했다.

"응. 록시랑 같이."

엄마는 아무 말 없이 고개를 끄덕이고는 커피를 마저 마셨다.

⸙ ⸙ ⸙

학부모의 밤이 다가왔다. 하지만 아빠가 올지는 아직 알 수 없었다. 낚시하러 갔던 날, 아빠는 송어를 몇 마리 잡아 왔다. 우리는 저녁때 아빠가 좋아하는 식으로 오트밀을 입혀서 튀긴

송어 요리를 먹었다. 아빠는 엄마를 거들어 함께 요리하는 나를 보며 흐뭇해하는 눈치였다. 아빠는 이제 화난 얼굴로 나를 대하지는 않았다. 하지만 나를 낯선 사람 쳐다보듯 하다가 눈이 마주치곤 했다. 그럴 때마다 난 말하고 싶었다. '아빠, 나 예전이랑 달라진 거 하나도 없어. 아빠가 나에 대해 더 많이 알게 된 것뿐이야'라고. 하지만 그럴 용기가 나지 않았다.

학부모의 밤을 하루 앞둔 날 저녁, 동아리 친구들과 함께 부스를 설치하던 나는 불안과 초조함에 휩싸였다. 스트레이트 애들 몇 명이 지나가면서 우리를 이상한 눈초리로 쳐다보긴 했지만, 맥 선생님이 같이 있어서였는지 시비를 걸지는 않았다. 하지만 문제는 다음 날 저녁 학부모들이 도착할 시간이 거의 다 되어서 터졌다. 누군가 우리 동아리 간판의 '게이-레즈비언-바이섹슈얼' 글자 위에 '더럽고 역겨운 변태들'이라고 덧칠해 놓은 것이었다.

맥 선생님은 "무식한 녀석들" 하며 중얼거렸다. 에이즈 예방 홍보물을 가져온 애브너가 "제가 해결할게요"라고 하더니 미술실로 뛰어갔다. 우리는 학부모들에게 강당을 개방하기 직전에 겨우 동아리 간판을 원래 상태로 돌려놓을 수 있었다. 애브너가 자리를 뜨고 나자 나는 록시에게 속삭였다.

"너도 긴장되니?"

록시는 고개를 끄덕였다. 맥 선생님은 온몸을 벌벌 떠는 시늉을 해서 우리를 웃겨 주었다. 잠시 후 교장 선생님이 부스로 찾아와 우리에게 말을 걸었다.

"용감한 동아리 상은 너희가 받아야겠구나. 잘해 보렴. 문제 있으면 나한테 얘기하고."

교장 선생님이 정말 멋져 보였다.

다행히 별문제는 없었다. 학부모 몇 명이 놀라거나 당황한 표정으로 쭈뼛거리며 우리 부스로 다가왔고, 그런 사람들 덕분에 난 떨리는 마음을 조금이나마 가라앉힐 수 있었다. 한두 명은 우리가 무슨 외계인이라도 되는 것처럼 피식 웃거나 키득거리며 부스 앞을 지나쳤고, 한 아저씨는 부스 앞에 멈춰 서서 고개를 절레절레 흔들며 계속 "이럴 수가"라고 중얼거렸다. 하지만 아무도 그 아저씨한테 신경 쓰지 않았다. 많은 사람이 에이즈 예방 홍보물을 가져갔고, 두어 명은 우리 같은 동아리가 있어서 좋다고 말해 주기도 했다. 추천 도서와 게이 단체 목록을 가져가는 사람도 더러 있었다.

그러다가 한순간에 모든 것이 내 시야에서 사라져 버렸다. 강당으로 들어서는 엄마와 아빠를 발견한 것이다.

분명 엄마와 아빠 둘 다 들어오고 있었다. 엄마는 용감하게 웃으며 아빠의 팔을 꽉 붙잡고 있었다. 마치 세상 모든 사람에게 아빠가 자기 남자이며 단란하고 행복한 커플이라는 것을 보여 주려는 듯한 자세였다. 난 속으로 생각했다.

'그래. 나도 똑같이 보여 주지, 뭐. 나랑 록이랑 커플이라는 걸 말이야.'

아빠는 엄마랑 팔짱을 끼지 않은 왼팔로 뒷짐을 진 채 다른 부스는 거들떠보지도 않고서 거의 돌격하다시피 우리 부스 앞으로 왔다. 태어나서 그렇게 식은땀을 흘려 보긴 처음이었다. 나는 웃음을 지으려고 애쓰면서 입을 열었다.

"왔어요? 와 줘서 고마워."

아빠는 당혹감이 가득한 얼굴이었다. 나 못지않게 긴장한 듯했다. 아빠는 아는 사람이 없나 확인하려는 듯이 강당을 둘러보았다. 그러더니 힘겨운 듯 엄마를 쳐다보았고, 엄마는 굳은 얼굴로 고개를 살짝 끄덕였다. 그러자 아빠는 허리를 숙여 머리를 반쯤 부스 안으로 넣더니 나에게 뽀뽀를 했다. 그러고는 등 뒤에 감추고 있던 노란 장미를 건넸다.

"우리 꼬맹이 생일 축하한다. 이번엔 조금 늦었지? 다신 안 그러겠다고 약속할게. 익숙해지려면 한참 멀었지만, 그래도…… 넌 여전히 내 딸이니까. 아빠한테 조금만 시간을 줘."

아빠가 웃었다. 조금은 어색했지만, 그래도 웃은 것만은 분명했다. 난 꼼짝도 할 수 없었고, 눈에는 눈물이 고이기 시작했다.

무슨 말을 해야 할지, 부스를 눈물바다로 만들지 않으려면 어떻게 해야 할지 아무 생각도 나지 않았다. 아빠는 어색한 자세로 록시의 어깨를 두드리며 어렵게 말을 붙였다.

"네가 우리 캐런이랑 서로 아껴 주는 사이라니 좋구나."

아빠는 부스를 둘러보다가 추천 도서 목록과 에이즈 예방 홍보물 몇 장을 주섬주섬 집어서 엄마에게 건넸다. 그리고 나한테 윙크하더니 엄마와 함께 다음 부스로 걸어갔다.

나는 우두커니 서서 록시의 손을 꼭 붙잡고 한참 동안 눈물을 흘렸다. 맥 선생님이 내 손에 손수건을 쥐어 주었다. 록시가 "계속 울면 장사 망친다"고 속삭이고 나서야 난 눈물을 닦을 수 있었다. 그리고 우린 다시 하던 일을 계속했다.

낸시 가든 Nancy Garden

나는 보스턴에서 태어났고, 여덟 살 때부터 글을 쓰기 시작했습니다. 그 후로 다른 일도 여러 번 해 보았지만, 글쓰기는 한 번도 멈추지 않았습니다.

〈학부모의 밤〉은 매사추세츠 케임브리지에 있는 케임브리지 린지 앤드 라틴 스쿨을 방문한 것이 계기가 되어 쓴 단편입니다. 그 학교에는 '프로젝트 텐 이스트 Project Ten East'라는 동아리가 있었습니다. 이 동아리는 동성애자와 이성애자 청소년에게 상담, 격려, 정보 제공 등 필요한 지원을 하기 위해 만들어진 단체였습니다. 앞으로 이런 동아리가 다른 학교에도 생기길 바랍니다.

청소년을 위한 소설을 여러 권 펴냈지만, 그중 가장 애착이 가는 것은 레즈비언을 주인공으로 한 커밍아웃 소설 《내 마음의 애니 Annie on My Mind》입니다. 이 책은 1982년에 미국 도서관협회에서 '최고의 책'으로 선정되었고, 1970년에서 1982년에 걸쳐 선정된 '최고의 책'들 중에서도 최고의 작품으로 뽑혔습니다. 이 책은 또 라디오 연속극으로 각색되어 영국 BBC에서 두 차례 방송되기도 했습니다. 그다음에 쓴 동성애 소설은 《아침 종달새 Lark in the Morning》인데, 이 책은 십 대 레즈비언을 주인공으로 했지만 커밍아웃 이야기는 아닙니다. 여기서 주인공은 세상 사람들에게 비난받을 각오를 하고 가출한 두 아이를 돕습니다. 대개의 청소년 문학에서 이성애자라는 것이 큰 비중을 차지하지 않듯이, 나는 동성애가 핵심적인 요소는 아닌 소설도 있어야 한다는 생각에서 《아침 종달새》를 썼습니다.

요즘은 여러 프로젝트를 진행하면서 다음 커밍아웃 소설을 쓰고 있습니다. 그리고 젊은 레즈비언과 게이 사이의 우정, 에이즈를 다룬 소설도 구상하고 있습니다. 최근에는 동성애 단편 소설을 《우리만의 방 Rooms of Our Own》이라는 페미니스트 단편집에 싣기도 했습니다.

마이클의 여동생

이웃이자 좋은 친구인 데이비드에게

마이클이 7교시 물리 수업을 마치고 집으로 돌아왔을 때, 열 살 난 여동생 베키는 집에 없었다. 마이클은 좀 이상하다 싶었지만 그리 걱정하지는 않았다. 베키는 아마 어느 수풀 뒤에 쪼그리고 앉아서 희한하게 생긴 곤충이 먹이를 찾거나 짝짓기를 하거나 생존을 위해 사투를 벌이는 광경을 지켜보느라 시간 가는 줄도 모르고 있을 게 분명했다. 그건 그렇고 마이클은 다른 일로 머릿속이 복잡했다. 마이클은 월트의 전화번호를 찾아내고서는 더는 망설이기 싫어서 재빨리 전화를 걸었다.

"월트 형? 나 마이클이야."

"알아."

월트의 나직한 목소리는 의미심장하게 들렸다. 마치 겉으로 들리는 말보다 더 많은 뜻이 숨어 있는 것 같았다.

"사과하려고 전화했어."

마이클은 떨리는 목소리를 감추려고 입술을 깨물었다.

"그래? 용서할게."

"얘기 좀 하면 안 될까?"

"나한테 물들까 봐 겁나지 않나 봐?"

"용서해 준다며?"

마이클은 월트가 아무리 하늘 같은 선배라고 해도 비굴하게 굴고 싶지는 않았다. 물론 아까는 찍소리도 못하고 물러섰다. 하지만 누구라도 그랬을 것이다. 월트랑 엮이면 엉뚱한 딱지가 붙고 마니까. 사실이 아닐지도 모르는, 아니 절대 사실이 아닌 딱지가.

이번에는 월트가 순순히 물러섰다.

"그래. 네 말이 맞다. 인정할 건 해야지. 이번엔 내가 사과할 게. 오늘 밤에 클라리넷 가지고 우리 집으로 와. 연습 끝나고 얘기하자."

"나도 그러고 싶어…… 정말이야. 그런데 엄마가 병원에서 전화 교환원 일을 하시거든. 그래서 동생을 돌봐야 해."

"매일 밤 집에 붙잡혀 있어야 하는 거야?"

"아니, 주중에만. 주말은 괜찮아."

"알았어. 그럼 다른 애들을 좀 일찍 보내고 내가 너희 집으로 갈게. 한 10시쯤? 그 시간이면 여동생 잠들어 있을 때지?"

"어."

마이클은 태연한 목소리로 대답하고 싶었지만 긴장한 탓인지 숨넘어가는 소리만 내고 말았다. 마이클은 또 입술을 깨물다가 월트에게 물었다.

"우리 집 어떻게 오는지 알아?"

"너 어디 사는지는 옛날부터 알고 있었어."

또 그 의미심장한 목소리. 마이클은 너무나 황홀해서 심장이 멎는 것 같았다. 이상한 소문을 떠나서, 하찮은 2학년짜리가 월트 터너의 관심을 받는 것은 하늘의 별 따기였다.

마이클은 갑자기 웬디에게 전화를 걸고 싶은 충동을 느꼈다. 단지 자기가 클라리넷을 잘 불어서 월트의 관심을 받은 것인지에 대해 웬디의 의견을 묻고 싶었다. 하지만 지난 주말에 대판 싸워 놓고서 지금 웬디에게 전화를 걸 수는 없는 노릇이었다. 그날 밤 일이 떠오르자 마이클은 또 우울해졌다. 마이클은 속으로 똑같은 질문을 수십 번째 되풀이했다. 어쩌다 이 지경이 된 걸까? 마이클이 웬디와 사귄 지는 올해로 3년째였다. 고등학교에 입학한 첫날, 사물함이 잘 열리지 않아 낑낑대던 웬디를 마이클이 도와준 뒤로 둘은 단짝처럼 지냈다. 웬디는 크림처럼 보드라운 살결에 남들까지 기분 좋게 하는 웃음을 지닌 최고의 여자 친구였다. 그런데 왜 마이클은 웬디랑 키스하는 것보다 월트의 의미심장한 목소리를 듣는 게 더 짜릿했을까?

토요일 밤, 웬디는 마이클을 완전히 차 버리면서 말했다.

"관두자, 마이클. 넌 날 원하지 않아. 날 봐도 흥분하지도 않잖아!"

웬디가 자기 몸을 만져 달라고 할 때 마이클은 물러서지 말았어야 했다. 웬디의 말에 화들짝 놀라서 자기도 모르게 흠칫했지만, 그래도 물러서지 말았어야 했다. 웬디의 벗은 몸을 보고도 고개를 돌릴 남자가 세상 어디에 있겠는가? 보통의 남자라면 말이다.

속이 약간 거북해진 마이클은 냉장고에서 콜라를 꺼냈다. 콜라는 엄마의 배앓이 처방이었다. 두 번째 일자리를 얻어 직장 의료 보험이 생기기 전에는 어지간하면 아이들을 병원에 데리고 가지 말자는 게 엄마의 신조였다. 그래서 집에 있는 구급약 서랍은 엄마가 만들어 낸 민간요법 처방으로 가득했다. 다행히 마이클과 베키는 어렸을 때부터 병치레가 잦지 않았다.

콜라를 마셔도 속은 가라앉지 않았다. 마이클은 자기가 점심을 먹었는지조차 기억나지 않았다. 월트가 마이클에게 말을 걸었던 게 점심시간이었으니까. 마이클은 웬디뿐 아니라 웬디의 친구들과도 마주치기 싫어서 학교 식당 밖에 있는 작은 정원에 혼자 앉아 샌드위치를 먹고 있었다. 웬디가 친구들에게 말했을까 봐 걱정되었다. 제발 아무 말도 하지 않았기를 빌었다.

그때 월트가 마이클에게 다가와 말을 걸었다.

"너 클라리넷 잘 분다면서? 가끔 친구들끼리 우리 집에 모여서 합주하는데, 관심 있어?"

"잘 모르겠는데……."

마이클은 머뭇거렸다. 월트가 게이라는 소문 때문이었다. 마이클 눈에는 월트가 전혀 게이 같아 보이지 않았다. 월트는 큰 키에 근육질의 몸매, 짙은 눈썹과 날카롭고도 지적인 눈이 매력적인 남자였다. 게다가 학교 축구팀의 간판스타이기도 했는데, 축구를 할 때는 한 마리 호랑이와도 같았다. 그뿐이 아니었다. 월트는 연극반의 현대판 〈햄릿〉의 주인공이었고, 공부까지 잘했다.

"뭘 모르겠다는 거야?"

월트가 물었다.

"나한테 왜 접근한 건지. 내가 단지 클라리넷 연주를 잘해서야, 아니면……?"

월트가 눈을 가늘게 뜨면서 대답했다.

"너랑 사귀자는 뜻 아니야."

하지만 월트는 곧 화난 표정을 지우더니 삐딱하게 웃으며 덧붙였다.

"데이트 한번 하자는 거지."

"나 여자 친구 있어."

마이클은 어색하게 들리는 자기 목소리가 너무 싫었다. 월트의 미소는 사라지지 않았다.

"그럼 오늘 점심은 왜 혼자 먹는 건데? 여자 친구가 요즘은 안 챙겨 주나 봐?"

"얼마 전에 싸웠어. 아무튼 걔 말고도 여잔 많아."

마이클은 말해 놓고도 변명이 너무 궁색하다는 생각이 들었다. 그냥 남의 일에 웬 참견이냐고 쏘아붙일 걸 그랬다고 생각했다. 월트는 재미있다는 듯이 웃음 섞인 목소리로 중얼거렸다.

"아직 모르는 모양이군."

"뭘 모른다는 건데?"

"너 자신을 말이야."

월트의 날카로운 눈빛이 누그러졌다.

"하지만 걱정할 건 없어, 마이클. 너만 그런 게 아니니까."

월트가 여유 만만한 걸음으로 사라졌다. 멀어지는 월트의 뒷모습을 바라보던 마이클의 심장은 미친 듯이 방망이질하기 시작했고, 그때부터 마이클은 온종일 안절부절못하게 되었다. 머릿속은 온갖 생각으로 소용돌이쳤다.

'내가 무슨 냄새를 풍기나? 그렇지 않으면 웬디랑 싸운 지 얼마 되지도 않았는데 어떻게 월트 눈에 띌 수 있지?'

➤ ➤ ➤

3시가 되어도 베키가 집에 오지 않자 마이클은 이웃집에 전화를 걸었다. 베키가 벌레 잡으러 다닐 때 자주 가는 마당이 있는 집이었다. 하지만 아무도 전화를 받지 않았다. 마이클은 이제 어디로 전화를 걸어야 할지 몰랐다. 베키가 아홉 살이던 작년에는 베키에게도 친한 친구가 있었다. 베키와 함께 이끼와 풀과 나뭇가지를 주우러 다니던 희정이라는 한국 아이였다. 유리병에 곤충을 키우는 게 취미인 베키는 마이클이 생일 선물로 만들어 준 선반을 유리병으로 가득 채웠다. 작년 여름이 끝날 무렵 희정네 가족은 이사를 갔고, 베키는 가장 아끼던 곤충을 희정에게 선물했다. 학교 뒤 공터에서 잡은, 푸른빛이 영롱한 풍뎅이였다.

마이클은 베키가 몇 주가 지나도록 슬픔에 잠겨 풀이 죽어 있자 "또 친구가 생길 거야"라며 동생을 위로했다.

"아냐. 나랑 비슷한 애는 희정밖에 없단 말이야."

"베키야, 너 다른 애들이랑 그렇게 다른 거 아냐."

"아냐, 난 다른 애들이랑 비슷한 게 하나도 없어. 그래도 괜찮아. 오빠가 있으니까."

마이클을 올려다보는 베키의 짙푸른 눈동자에는 오빠에 대한 신뢰와 사랑이 담겨 있었다.

오누이는 늘 다정했다. 아버지가 교통사고로 세상을 떠났을 때 베키는 아직 엄마 품에 안긴 갓난아이였다. 사고 현장인 7번 도로 교차로에는 여러 해 동안 주민들이 요구했던 신호등이 마침내 설치되었다. 아버지가 마지막 희생자였던 셈이다. 남편을 잃고 두 아이를 혼자 키워야 했던 엄마는 늘 일을 하느라 바쁘고 피로에 찌들어서 얌전한 어린 딸에게 동화책을 읽어 주지도, 소꿉놀이를 같이하거나 유치원에서 배워 온 노래를 들어 주지도 못했다. 그건 마이클의 몫이었다. 베키의 까진 무릎에 반창고를 붙여 주고 눈물을 닦아 준 것도 마이클이었고, 자꾸만 고장 나서 옷을 찢어 놓는 고물 세탁기에 베키가 입을 티셔츠와 양말을 빨아 준 것도 마이클이었다.

3시 반이 되자 마이클은 베키가 있을 만한 곳이 이웃집 말고는 학교밖에 없다는 생각이 들어 베키가 다니는 초등학교에 전화를 걸었다. 전화를 받은 교장실 비서는 마이클을 기억했고, 몇 분 동안 마이클과 반갑게 이야기를 나누다가 베키가 잘못을 해서 학교에 남아 벌을 받는 중이라고 알려 주었다.

"베키가 오빠한테 연락한 줄 알았는데. 내가 전화하라고 했거든. 통화 중이었나 보지? 아무튼 선생님이 곧 집에 보내 주실 거야. 베키는 여기 안전하게 있으니까 걱정할 거 없다, 마이클."

"뭘 잘못했는지 말씀해 주실 수 없나요?"

마이클이 물었다. 베키는 얼마나 소심한지 규칙이란 규칙은 다 지켰다. 심지어 숙제를 못 해 간 적이 한 번도 없을 정도였다. 숙제를 깜빡하는 것은 마이클의 특기였다.

학교 비서는 베키가 직접 말하는 게 좋을 것 같다고 했고, 마이클은 그 말이 맞는다고 생각했다.

베키가 어디 있는지 알고 나자 마이클은 다시 자기 문제로 돌아왔다. 아까 월트가 한 말이 떠올랐다. "아직 모르는 모양이군. 너 자신을 말이야." 마이클은 자신을 잘 안다고 생각해 왔다. 일단 착한 아들이었다. 그건 엄마가 늘 하는 말이었다. "우리 마이클이 없었으면 엄마가 어떻게 살았을까? 우리 착한 아들." 그리고 마이클은 음악적인 재능을 타고난 아이였다. 집안이 가난해서 피아노를 살 돈이 없었는데도 어떤 멜로디든 한

번만 듣고도 칠 만큼 음감이 뛰어났다. 클라리넷은 작년 생일 선물과 크리스마스 선물을 합쳐서 엄마가 사 준 것이었다. 마이클은 클라리넷을 꺼내서 결합한 뒤 마우스피스에 입을 대고 부드럽게 소리를 냈다. 언제나 그랬듯이 클라리넷 소리는 마이클의 마음을 진정시켰다. 음악에 빠지고 나면 자기가 어떤 사람인지는 중요하지 않았다. 마이클은 이내 열대 밀림의 높고 낮은 새소리들, 햇살처럼 달콤하고 숲의 바닥처럼 폭신한 신비의 소리들로 주위를 가득 채웠다.

베키가 뒷문을 열고 부엌으로 들어온 건 이때였다. 엄마는 늘 뒷문을 잠그라고 했지만, 마이클과 베키는 항상 뒷문을 열어 두고 지냈다. 베키는 등받이 없는 부엌 의자에 걸터앉아 무릎에 책을 올려놓고는 수줍게 인사를 건넸다.

"오빠, 나 왔어."

마이클은 클라리넷을 내려놓았다. 오늘따라 베키가 너무나도 가냘파 보였다. 베키는 자기가 키우는 실잠자리처럼 자그맣고 연약한 아이였다. 마이클은 껄끄러운 얘기는 얼른 해치우는 게 낫다는 생각에 바로 물었다.

"학교에서 뭘 잘못했는데?"

"어떻게 알았어?"

"너 어디 있는지 알아보려고 학교에 전화했었어."

베키는 무릎을 올려 세워서 감싸 안더니 그 위로 얼굴을 묻었다. 시들시들한 해초 같은 갈색 머리가 잔뜩 웅크린 베키의 몸을 둘러쌌다. 마이클은 베키를 달래기 시작했다.

"그러지 말고 말해 봐. 무슨 큰 잘못을 한 것도 아니잖아. 누구나 한 번쯤은 선생님한테 혼날 수 있는 거야. 뭘 잘못했어?"

"말 못 해."

"배 안 고파? 너 주려고 쿠키 두 개 남겨 놨는데."

"배 안 고파."

"알았어."

마이클이 어깨를 으쓱하며 말했다.

"오빠 못 믿는구나?"

"아냐, 오빠! 믿어. 오빠도 잘 알잖아. 근데……."

"근데 오빠한테 말해 줄 만큼 믿는 건 아니라는 거지?"

이 말에 결국 베키는 못 견디고 말해 버렸다.

"점심시간에 누굴 때렸어."

"왜?"

베키는 목을 움츠리더니 다시 입을 다물었다.

"그럼 누굴 때렸는지부터 말해 봐."

"웬디 언니 남동생."

"그 덩치 큰 놈을? 걔를 때렸다고?"

"때릴 수밖에 없었어. 오빠를 욕했단 말이야."

"무슨 욕?"

마이클은 대답을 안 들어도 알 것 같았다. 그래도 들어야 했다. 어렸을 때 흔들리는 이를 혀로 꾹꾹 눌러야 직성이 풀렸던 것처럼. 하지만 베키는 말하기 싫다고 했다. 마이클은 베키를 한참 구슬린 후에야 대답을 들을 수 있었다.

"오빠보고 호모래."

"그래?"

예상했던 말이었는데도 마이클은 심장이 뱃속으로 덜컥 내려앉는 느낌이었다.

"아니지, 오빠? 그렇지?"

베키가 물었다. 마이클은 동생이 그걸 물어봐야 할 정도로 불안해하고 있다는 사실에 너무 놀란 나머지 얼떨결에 대꾸해 버렸다.

"당연히 아니지!"

"그럼 됐어."

베키는 안도의 한숨을 내쉬었다. 그 작은 몸에서 나왔다고 믿어지지 않을 만큼 큰 한숨이었다. 마이클은 속으로 생각했다.

'못 믿을 이유도 없지. 한 번도 베키한테 거짓말한 적 없는데. 그리고 지금도 거짓말이 아닐지 몰라. 내가 잠시 착각한 것일

수도 있어.'

"오빠, 나 쿠키 먹을래."

＞・ ＞・ ＞・

엄마는 여느 날과 똑같이 6시에 집으로 전화했다. 엄마가 저
녁에 무엇을 해 먹을지 묻자 마이클이 대답했다.

"또 조개 소스 스파게티지, 뭐."

"너희는 스파게티가 질리지도 않니? 냉장고에 햄버거 있는데."

"베키가 스파게티 좋아하잖아."

베키는 음식이 마음에 들지 않으면 아예 입에 대지도 않았기
때문에 베키의 식성에 따라 메뉴를 정하는 게 나았다. 저러다
굶어 죽을까 봐 걱정될 정도로 베키는 며칠을 아무것도 안 먹
고 버티기 일쑤였다. 한때는 베키 때문에 일 년 내내 끼니마다
바나나를 먹어야 했던 적도 있다. 그 시절에 비하면 스파게티는
그래도 견딜 만했다.

엄마는 휴가를 받아 집에서 쉬는 날이면 주로 닭고기, 햄버
거, 콩 볶음 등을 해 줬다. 엄마의 요리 실력은 정말 형편없었
다. 미용실에서 받는 월급으로는 모자라 병원에서 야간 근무를
하기 전에도 엄마가 해 준 음식은 늘 맛이 없었다. 오히려 마이

클이 훨씬 나았다. 엄마는 마이클이 뭐든지 잘한다고 했다. 엄마의 꿈은 마이클이 하버드 의대에 진학해 의사가 되는 것이었다. 마이클은 좋은 성적을 유지하는 것이 지겨웠다. 불가능한 일은 아니었지만, 성적을 유지하려면 친구들과 어울리거나 음악을 하거나 혼자 공상에 잠기는 시간까지 포기해야 했다. 게다가 마이클은 의사보다는 음악과 관련된 일을 하고 싶었다. 음악을 계속할 수 있다면 무슨 직업이든 상관없었다. 디제이도 재미있을 것 같았다.

스파게티를 먹은 뒤 오빠와 나란히 서서 말없이 설거지하던 베키가 물었다.

"오빠, 나랑 보드게임 할 시간 있어?"

마이클은 월트가 오기 전에 세계사 수업 때 제출할 중국 도자기에 관한 리포트를 구상할 생각이었다. 하지만 자기 때문에 덩치 큰 웬디 동생을 때렸던 베키의 청을 차마 거절할 수 없었다.

"그럼! 스크래블 할까, 카드 할까?"

"클루✻ 하자. 리스크나."

그건 마이클이 좋아하는 게임이었다. 마이클은 왜 베키가 자기한테 잘 보이려고 그러는지 궁금해졌다.

✻ 살인 사건의 범인을 알아맞히는 보드게임.

둘은 클루를 하기로 했다. 그런데 베키는 범인이 부엌에서 칼을 들고 서 있는 스칼릿 양인지, 권총을 갖고 있는 플럼 교수인지 도통 관심이 없어 보였다.

"베키야, 왜 그래?"

하지만 베키는 말을 하지 않았다. 베키는 세상에서 가장 친한 오빠에게도 속마음을 털어놓기 힘들어하는 성격이었다.

어렸을 때부터 베키는 오빠를 졸졸 따라다니면서 우상처럼 떠받들었다. 오빠한테 한 번도 대들지 않았고, 오빠가 시키는 대로 뭐든지 다 했다. 그런 베키를 두고 마이클의 친구들은 "마이클의 그림자"라고 부르곤 했다. 하지만 아빠라는 존재를 모르고 자란 베키에게 마이클은 오빠이자 아빠였다. 마이클은 그런 역할이 싫지 않았다. 베키가 자기를 믿고 따르는 게 좋았고, 베키를 정성껏 돌보려고 최선을 다했다.

베키는 보통 9시 반이 되면 잠자리에 들었다. 하지만 오늘 밤은 월트가 오기 전에 자기를 빨리 재우려는 계획을 눈치채기라도 한 것처럼 계속 능청을 부렸다. 게임을 일부러 질질 끌어서 목욕하러 들어갈 시간을 미뤘다. 다른 날 같았으면 목욕을 끝내고 침대에 누워 마이클이 선물해 준 시집에서 시를 골라 읽어 달라고 했을 때가 지났는데도 베키는 자꾸 뭉그적거렸다. 베키에게 시를 읽어 주며 재우고 나면 나머지 시간은 마이클만의 시간이었다. 마이클은 보통 먼저 자지 않고 엄마가 돌아올 때까지 기다렸다. 엄마는 직장에서 힘들었던 일 얘기도 하고, 마이클과 베키가 어떻게 하루를 보냈는지 듣고 싶어 했다.

마침내 월트가 오기로 한 10시가 되었다. 마이클은 조금 거칠게 말했다.

"베키야, 조금 있으면 오빠 친구가 놀러 오기로 했거든. 오늘은 그만하자, 응?"

"여자 친구?"

"아니, 남자 친구."

베키는 조심스럽게 마이클의 눈치를 살폈다.

"내가 아는 친구야?"

"아니, 새 친구야. 그 형이 나보고 클라리넷 가지고 자기 집으로 놀러 오라고 했어. 음악 하는 친구들끼리 그 집에 모이기로 했거든. 근데 내가 못 가니까 그 형더러 우리 집으로 오라고 한 거야."

"나 때문에?"

마이클은 대답 대신 어깨를 으쓱했다. 베키는 알아들었다는 듯이 침을 꿀꺽 삼키더니 자기 방으로 갔다. 베키가 시를 읽어 달라고 오빠를 부르는 순간 초인종이 울렸다. 마이클은 월트에게 문을 열어 주고는 베키의 방으로 갔다.

"잘 자, 베키. 오빠가 내일 밤에는 아주 긴 시를 읽어 줄게. 알았지?"

베키는 고개를 끄덕였다. 자기가 시간을 끄는 바람에 오빠가 읽어 주는 시를 못 듣게 되었다는 것을 받아들이는 눈치였다.

월트는 마이클이 거실로 돌아오길 기다리는 동안 엄마가 좋아하는 안락의자 옆에 놓인 잡지들을 훑어보고 있었다. 엄마가 미용실에서 가져온 철 지난 잡지들이었다. 엄마는 유명 인사나 연예인에 관한 가십 기사를 즐겨 읽었다.

"독서 취향이 독특하네."

월트가 말했다.

"그렇지, 뭐."

마이클은 굳이 그 시시한 잡지들이 엄마 것이라고 밝혀서 엄마를 흉보이고 싶진 않았다.

"어떤 음악 좋아해?"

월트가 물었다. 마이클은 카세트테이프를 꽂아 놓은 쪽으로 갔다. 그리고 자기가 즐겨 듣는 목요일 오후 라디오 프로에서 녹음한 재즈곡을 틀었다. 월트는 닳아빠진 빨간 소파에 앉아 음악을 들었다. 마이클은 엄마의 안락의자에 앉았다. 테이프가 다 돌아가자 월트가 물었다.

"너, 내가 무섭니?"

"아니, 그런 건 아니고, 형이 나한테 뭘 원하는지 모르겠어."

"친해지고 싶을 뿐이야. 내가 볼 때 넌 참 매력이 많은 애인데 지금은 아주 혼란스러운 것 같아."

"형이 그걸 어떻게 알아?"

"그동안 널 지켜봤으니까. 시작은 늘 그래, 마이클. 자기보다 다른 사람들이 다 먼저 알게 되더라고."

"뭘 알게 된다는 거야?"

월트는 그저 웃기만 하더니 마이클을 보면서 자기 옆자리를 두드렸다. 마이클은 가슴속에서 비상벨이 울리는 걸 느끼면서도 자기도 모르게 일어나 월트 옆으로 갔다. 다음 테이프를 골라서 튼 건 월트였다. 월트는 소파로 돌아와 앉더니 마이클의 어깨에 팔을 얹었다. 마이클은 몸이 떨렸지만, 가만히 앉아 있었다.

'내가 정말 그런 건가?'

마이클은 스스로에게 물었다. 베키는 오빠를 호모라고 욕한 아이에게 주먹을 날려 놓고도 마이클한테 확인하려고 했었다. 마이클한테 아니라는 말을 직접 들어야 안심할 만큼 자신이 없었던 것이다.

'어떻게 나도 모르는 걸 다른 사람들은 다 알 수 있는 거지?'

월트가 마이클에게 키스했다. 이렇게 낯설면서도 자연스러운 느낌은 처음이었다. 꿀벌이 윙윙거리며 꽃 위에 머무는 느낌, 여름 과일처럼 상큼하면서도 달콤한 느낌이었다. 웬디와 키스할 때는 썰물 빠진 바다처럼 끈적거리기만 했다. 마이클은 자신에게 다시 물었다.

'그럼 이젠 확실한 거네? 나 호모 맞는 거지?'

➤ ➤ ➤ ➤

다음 날 아침, 엄마는 마이클을 깨우며 말했다.

"베키가 안 일어난대. 학교도 가기 싫대. 엄마가 체온계로 열도 재 봤는데 아무 이상 없거든? 마이클, 네가 베키한테 좀 가 볼래? 엄마 출근해야 해."

마이클은 엄마에게 걱정하지 말라고 대답하고서 화장실로 갔다.

'이젠 어쩌지?'

거울에 비친 얼굴은 어제와 똑같았다. 윤곽이 뚜렷한 광대뼈와 넓은 이마에 표정이 풍부한 얼굴이었다. 눈이 가장 마음에 들었다. 촉촉한 갈색에 금빛이 섞인 눈동자를 보고 여자애들은 아름답다고까지 했다. 마이클은 거울에 대고 중얼거렸다.

"호모, 게이, 페어리, 프루트, 패거트."

왜 하필 자기한테 이런 일이 생겼는지 이해할 수 없었다. 마이클은 생각을 떨쳐 버리고 싶다는 듯이 몸을 부르르 떨고는 세수하고 이를 닦았다. 아직 면도는 할 필요가 없었다. 피부가 여자애처럼 매끄러웠다. 마이클은 갑자기 고운 살결이 신경질 날 정도로 싫어졌다.

화장실에서 나온 마이클은 베키의 방으로 향했다. 하지만 동생에게 해 줄 말이 떠오르지 않았다. 무슨 말을 해야 할지 알 수가 없었다. 어제는 태어나서 처음으로 동생에게 거짓말을 했다. 하지만 지금 와서 사실대로 얘기하면 베키는 오빠를 미워할 게 분명하다. 오빠를 괴물 취급할지도 모를 일이다. 자기가 그토록 사랑하는, 아빠 같은 오빠가 퀴어라는 사실을 알게 되면 평생 씻을 수 없는 상처를 받을지도 모른다.

마이클의 생각은 꼬리에 꼬리를 물었다.

'월트에게 다른 친구를 찾아보라고 말하는 게 좋겠지? 지금 감정을 짓밟아 버리면 변할 수 있을지도 몰라. 웬디한테 전화를 걸어 잘못했다고 할까? 사랑한다고 말하고 다시 만나 달라고 빌어 볼까? 그래, 그게 좋겠다. 나를 바꾸는 거야. 나를…… 내가 아닌 딴사람으로 바꾸는 거야.'

"오빠!"

베키가 먼저 마이클을 불렀다. 마이클은 베키의 방에 들어섰다. 베키는 사시사철 입는 주름진 잠옷 차림으로 창가에 놓인 의자 위에 쪼그리고 앉아 있었다. 창문 밖으로는 누런 널빤지 지붕을 한 옆집의 벽이 시야를 가로막고 있었다. 선반 위에는 젤리병, 마요네즈 병, 스파게티 소스 병이 즐비했고, 병 속에는 곤충들이 조용히 기어 다녔다. 방은 동굴처럼 어둡고 고요했다.

"베키야, 학교 가야지."

"가기 싫으면 안 가도 돼."

"그런 게 어디 있어?"

"어젯밤에 그 남자랑 있는 거 봤어."

"월트 형?"

"응. 그 사람이 오빠한테 키스하는데도 오빠가 가만히 있는 거 다 봤어."

마이클은 움찔했다. 다급하게 입을 열었다.

"미안해, 베키. 정말 미안해. 오빠도 아니었으면 좋겠는데 어쩔 수가 없어. 아직 확실한 건 아니지만 어쩌면 오빠⋯⋯."

"나한테 거짓말하지 말았어야지."

"거짓말하려는 게 아니었어. 나도 확실하지 않아서 그랬어."

베키는 잠시 생각에 잠기더니 마이클의 눈을 들여다보았다. 마이클은 베키의 눈빛에 붙들려 꼼짝도 할 수 없었다.

"괜찮아, 오빠. 오빠가 남들하고 다른 거 어쩔 수 없는 거잖아.

나도 그래. 나도 다른 여자애들이 좋아하는 거 좋아해 보려고 했거든. 그러면 애들이 날 좋아해 줄 것 같아서. 근데 아무리 해봐도 유치한 파티에 가는 거랑 쇼 프로그램 보는 건 너무 싫어."

베키는 무거운 한숨을 내쉬었다.

"오빠랑 나는 남들하고 다른가 봐."

마이클은 눈물이 가득 고여 앞을 가렸지만 가까이 다가가 베키를 와락 끌어안았다.

"베키야, 사랑해."

마이클은 한없이 고마운 마음에 가슴이 벅찼다. 베키를 지켜 주는 건 자신이라고 생각해 왔는데, 이 순간은 베키가 마이클을 지켜 주고 있었다.

C. S. 애들러 C. S. Adler

내게 글쓰기는 편하고 즐거운 일입니다. 그래서 글 쓰는 일을 평생의 업으로 삼았습니다. 이번에야말로 일생 최고의 명작이 나올 거라는 꿈에 부풀어 새 작품을 구상하는 시간이 즐겁습니다. 초안을 잡고 나 자신에게 이야기를 들려주는 일도 재미있습니다. 도무지 해결의 실마리가 보이지 않는 문제를 가지고 씨름하다가 다음 날 아침 눈을 떴을 때 기적 같은 묘안이 떠오르는 것도 참 흥분되는 일입니다. 나는 써 놓은 글을 다듬는 일도 좋아합니다. 이미 컴퓨터에 입력된 내용을 가지고 이렇게 저렇게 바꿔 보는 것은 재미있는 작업입니다.

내게 글쓰기의 백미는 뭐니 뭐니 해도 이야기라는 공간 안에서 내가 아닌 다른 사람이 되는 데 있습니다. 물론 내가 좋아하는 사람이어야 합니다. 그래서 나는 악당 묘사는 잘하지 못합니다. 하지만 나와 성별이나 나이, 인종, 종교, 민족적 배경 등이 전혀 다른 사람의 내면으로 들어가는 것은 참 흥미진진한 도전입니다. 나는 현실 속에 있는 사람들을 바탕으로 등장인물을 그려 내기 때문에 대부분 주변 사람들에게 나의 인물 해석이 정확한지를 확인해 볼 수 있습니다. 이번 단편도 마찬가지였습니다.

1993년에 쓴 《아빠가 오르던 나무 Daddy's Climbing Tree》에는 곰 인형처럼 푸근하던 아빠의 갑작스러운 죽음을 받아들이지 못하는 열한 살 소녀가 주인공으로 등장합니다. 1994년에 나온 《개구리 왕자, 윌리 Willie, the Frog Prince》는 집중력이 부족한 6학년짜리 소년이 아빠의 높은 기대에 미치지 못해 힘들어하는 이야기입니다. 그리고 1995년에 출간된 《위스키 길들이기 Riding That Horse, Whiskey》에는 고집스러운 말을 길들임으로써 아버지에게서 인정받으려는 어린 소녀의 이야기가 담겨 있습니다.

달리기

수화기 너머로 헤더 언니의 목소리가 들려왔다.

"테리니? 내가 친구를 데리고 갈 건데……."

나는 잡음에 뒤섞인 언니의 말을 알아들으려고 신경을 곤두세웠다.

"부탁 하나만 들어줘. 엄마랑 새아빠 좀 준비시켜 줄래?"

"도대체 뭘 준비시키라는 거야?"

이어지는 언니의 말을 들어 봐도 무슨 말인지 알 수가 없었다.

"실라가 애는 괜찮은데, 뭐랄까? 그게…… 문제가 좀 있어. 그래서 우리 가족처럼 좀 너덜한 사람들이랑 지내야 해."

난 수화기에 대고 큰 소리로 물었다.

"너덜하다고?"

아빠나 새엄마가 집에 있어서 전화를 받았으면 좋으련만, 언니의 황당한 얘기를 식구들에게 전달하는 일은 늘 내 몫이다. 나는 다시 소리를 질렀다.

"언니, 좀 천천히 말해! 방금 우리 식구들이 너덜하다고 그랬어?"

언니도 큰 소리로 대답했다.

"널널하다고!"

그러더니 계속 빠르게 말을 이어 갔다.

"못 알아듣겠어? 꽉 막혀 있지 않다고! 실라가 부모님이랑 좀 안 좋거든. 자세한 얘기는 집에 가서 해 줄게. 오혜어 공항에 도착할 거야. 도착 시간 말해 줄게. 제대로 적어!"

✦ ✦ ✦

그렇게 실라는 내 인생에 등장했다. 원래는 언니 친구였는데 …….

꜀꜀ ꜀꜀ ꜀꜀

저녁을 먹으면서 언니가 유럽에서 돌아온다는 소식을 전하
자 새엄마는 흥분을 감추지 못했다. 유럽 여행은 언니의 친아
빠가 고등학교 졸업 선물로 보내 준 것이었다. 그렇게 돈이 많
이 드는 멋진 선물을 해 줄 만큼 언니 친아빠는 부자였다. 새엄
마는 만감이 교차하는 눈치였다. 한편으로는 언니가 유럽 여행
을 가게 된 것이 기쁘면서도, 또 한편으로는 지금의 엄마 아빠
가 보내 줄 수 있었다면 하는 아쉬움이 컸을 것이다. 게다가 하
나밖에 없는 친딸이 엄마도 없이 외국을 돌아다닐 거란 생각에
걱정도 많았다. 그런데 내 생각에는 이제 새엄마도 언니가 집에
없는 것에 익숙해질 때도 됐다. 어차피 가을이면 언니는 대학에
입학할 것이고, 새엄마가 간섭할 사람은 나밖에 없게 될 테니
말이다. 그건 새엄마한테나 나한테나 그다지 반가운 일만은 아
니었다.

나는 새엄마의 흥분이 가시길 기다렸다가 언니가 한 말을 전
했다.

"참, 언니가 친구 데려온대요."

새엄마는 깜짝 놀라며 고개를 들었다. 식탁 맞은편에 앉은 아
빠와 잠시 눈을 마주치는가 싶더니 나를 빤히 쳐다보며 물었다.

"친구?"

"네. 그 언니가 가족하고 무슨 문제가 있어서 헤더 언니가 당분간 우리랑 지내자고 했대요."

"아, 여자 친구."

새엄마는 마음이 놓인다는 표정이었다. 새엄마는 지금 언니가 남자한테 빠져 있을 때가 아니라고 생각하는 것 같았다. 장학생인 언니가 성적이 떨어질까 봐 걱정하는 눈치였다.

부모라는 사람들은 정말 알다가도 모르겠다. 언니에게는 남자 친구가 생길까 봐 걱정이고, 내게는 안 생긴다고 걱정이니 말이다.

➤ ➤ ➤

나는 헤더 언니가 돌아오는 것도 그렇고, 친구를 데려오는 것도 그렇고 별 느낌이 없다. 사실 나는 요즘 아무런 감정을 느끼지 못한다. 사람을 멍하게 만드는 고통 말고는……. 왜 그런지는 모르겠다. 화도 잘 난다. 시도 때도 없이 화가 치미는데 그 이유도 잘 모르겠다. 그냥…… 왠지 모르게 외로운 것 같다. 아빠와 새엄마한테는 서로가 있고, 헤더 언니에게는 남자 친구 비슷한 사람들이 끊이지 않았다. 주변을 둘러보면 다들 짝이 있는 것 같다. 심지어 유치원 때부터 가장 친하게 지낸 매기도 여름 방학 직전에 남자 친구가 생겼다. 여자애들은 남자 친구만 생기면 왜 그렇게 이상하게 구는지 모르겠다. 매기도 입만 열었다 하면 케빈 얘기다. 예전에 우리 둘이 비웃었던 다른 여자애들처럼 멍청하고 역겹게 군다.

매기한테 이런 말을 들은 적이 있다.

"테리야, 너도 남자 친구 사귀어 봐. 그럼 이해하게 될 거야."

하지만 난 지금도 그렇고 앞으로도 이해하지 못할 것 같다. 거의 평생을 함께한 소꿉친구가 갑자기 날 버렸는데 어떻게 이해하란 말인가? 어느 날부턴가 매기는 케빈 전화 한 통이면 나랑 한 약속은 깨 버리기 일쑤였다. 그러고는 변명만 늘어놓았다.

"테리 널 좋아하는 건 변함없어. 정말이야. 넌 아직도 내 단짝이야. 하지만 케빈은 남자 친구잖아. 나한테는 케빈이 가장 중요해. 아마 너도 그렇게 될걸?"

⇥⋅ ⇥⋅ ⇥⋅

어쩌면 그래서 비행기에서 내려 터벅터벅 걸어오는 헤더 언니를 보고 그렇게 반가웠는지도 모르겠다. 나한테는 하나밖에 없는 언니니까. 새엄마와 아빠는 언니랑 내가 아주 어렸을 때

결혼했고, 그 후로 우리는 늘 함께였다. 같이 놀고 싸우고 함께 웃고 울며 자랐다. 언니를 보는 순간, 난 역시 언니밖에 없다는 생각이 들었다.

언니는 하나도 변한 게 없어 보였다. 등 뒤로 길게 늘어뜨린 생머리, 복지관에 기증하면 딱 좋을 것 같은 구제 옷차림. 유럽 여행도 언니를 바꾸지는 못한 모양이다. 나는 목을 길게 빼고 언니가 데려온다던 친구를 찾았다. 지금까지 언니가 사귀었던 친구들은 다들 언니처럼 무슨 1960년대 난민 같은 모습이었다. 그런데 지금 언니 옆에는 곱슬곱슬한 커트 머리에 카키색 바지 와 셔츠를 입은 예쁘고 아담한 여자밖에 없었다. 게다가 걱정 거리라곤 없어 보여서 힐끗 쳐다보고는 이 사람은 아닐 거라고 생각했다.

언니와 새엄마는 서로 껴안고 깔깔거렸다. 언니는 늘 그렇듯 숨도 안 쉬고 한참 말을 쏟아 내더니 아빠와 나도 껴안아 줬다. 우리는 그렇게 한바탕 난리를 치고 나서야 우리가 탑승구 앞을 막고 서 있어서 사람들이 우릴 피해 돌아가고 있다는 걸 알아 차렸다. 아빠가 우릴 벽 쪽으로 데려가자 아까 본 예쁜 여자도 우리를 따라왔다.

언니가 우리 가족을 소개했다.

"실라, 여기는 우리 엄마 아이린 잭슨, 우리 새아빠 아트, 내

동생 테리."

실라는 손을 내밀어 우리와 차례대로 악수했다.

"안녕하세요."

실라의 억양이 조금 낯설었다. 언니가 친구를 데려온다는 소식을 들은 후로 우리는 유럽 사람이려니 했는데, 실제로 들어보니 유럽 억양 같지는 않았다. 실라의 손은 따뜻하면서도 건조했고, 힘이 느껴졌다. 나를 쳐다보는 실라의 눈빛에서 무엇을 느꼈는지 모르겠지만, 아무튼 난 얼굴이 달아오르고 가슴이 두근거리기 시작했다.

나는 더듬거리며 인사했다.

"어…… 예, 반가워요."

그러고는 왠지 모르게 쑥스럽고 어쩔 줄 몰라서 돌아서고 말았다. 나는 괜히 큰 소리로 말했다.

"와, 배고파 죽겠다. 집에 가자."

실라 오플래허티는 동부에서 태어났다. 헤더 언니가 실라를 만난 곳은 런던에 있을 때 묵었던 유스호스텔이었다. 실라는 부모님한테서 다시는 눈앞에 나타나지 말라는 식의 말을 듣고 집을 나온 터라 어떻게든 집으로 돌아가지 않으려고 했다. 마침 그때 헤더 언니는 심각한 향수병에 시달리고 있었다.

언니는 슬픈 사연을 듣고 그냥 넘길 사람이 절대 아니다. 그래서 아빠는 언니를 "타고난 사회 복지사"라고 부르곤 한다. 언니는 실라에게 새로운 인생을 시작해야 한다고, 새 출발에 우리 가족이 도움이 될 것이라고 했다. 이것도 언니의 특기 중 하나다. 남이 할 일을 대신 결정해 주는 것 말이다. 어차피 빨리 집으로 돌아갈 구실을 찾던 언니는 다음 행선지로 떠나는 일행과 헤어졌다. 그리고 실라와 함께 남은 돈을 다 모아서 미국행 학생 할인 항공권 두 장을 구했던 것이다.

며칠 후 실라가 외출해서 집에 없을 때 언니가 말했다.

"실라 식구들 엄청 무식한가 봐. 그러니까 그렇게 실라한테 등을 돌렸지."

언니는 옛 남자 친구 조지의 누나가 애 봐 줄 사람을 찾고 있는 걸 알고는 조지를 꼬드겨 실라를 소개해 주라고 했다. 역시 언니는 남 챙겨 주는 재주 하나는 타고났다. 새엄마가 물었다.

"설마…… 임신한 건 아니지?"

"비행 청소년이거나."

이건 아빠의 질문이었다. 언니는 웃음을 터뜨리며 대답했다.

"그런 거 아냐. 여자를 좋아하는 것뿐이야."

"여자를 좋아하다니?"

"있잖아, 동성애. 실라는 레즈비언이야. 남자 말고 여자를 좋아하거든. 그런데 식구들이 그걸 알고는 경기를 일으켰다나 봐. 그래서 몹시 괴로웠대. 부모님이 좋아하지 않을 거라는 건 알고 있었지만, 다시는 자기를 안 보겠다고 할 줄은 상상도 못 했던 거지. 정말 한심한 사람들 아냐?"

새엄마와 아빠는 갑자기 얼굴빛이 창백해지더니 잠깐 서로를 쳐다보았다. 새엄마는 입까지 바싹 마르는지 침을 한 번 삼키더니 어렵게 물었다.

"어, 너희 둘은…… 그러니까 너희 사이는…… 아니지?"

"애인 아니냐고?"

언니는 어이가 없다는 듯이 웃더니 의자 등받이에 몸을 기대며 말했다.

"엄마 지금 농담하는 거지? 내가? 남자라면 사족을 못 쓰는 내가? 나도 실라가 여자한테 뭔 매력을 느끼는 건지는 모르지만……. 근데 생각해 봐. 실라가 그렇게 되고 싶어서 선택한 게 아니잖아. 걔 얘기 들어 보니까 한동안은 자기 자신한테도 솔직하지 못했대. 스스로도 받아들일 수가 없었나 봐. 하지만 레즈비언인 걸 어떡해. 난 실라 부모님이 너무 심했다고 봐. 아빠가 대학교수래. 알 만한 사람들이 왜 그러나 했는데, 무슨 광신도

라더라. 뭐 광신도까지는 아니지만, 아무튼 종교에 **빠졌나** 봐.
그런데 그 종교는 동성애를 죄악으로 보고. 그러니까 부모님 눈
엔 실라가 죄인인 거지."

"불쌍해라."

새엄마가 한숨을 쉬며 말했다. 금이야 옥이야 키운 자기 딸은
물들지 않았다고 안심하는 순간, 비로소 새엄마 마음에도 동정
심이 샘솟은 모양이었다.

"그런데 다들 실라가 우리 집에서 지내는 거 괜찮은 거지?"

언니가 물었다. 난 속으로 일찍도 물어본다고 생각했다.

"물론 괜찮지."

아빠가 대답했다. 하지만 내 눈엔 그다지 괜찮은 눈치가 아니
었다.

아빠랑 새엄마는 스스로를 대단히 관대하고 진보적이며 편
견 같은 것도 없는 사람들이라고 생각한다. 하지만 내가 보기에
는 겉으로 표현하는 너그러움과 속으로 느끼는 감정이 늘 같은
것만은 아니다. 그런데 이번만큼은 나도 아빠와 새엄마를 탓하
고 싶지 않았다. 헤더 언니 말이 사실이라면, 실라는 퀴어라는
얘기였다. 그런 사람이 다른 곳도 아니고 우리 집에 산다고 생
각하니 나도 이상한 느낌이 들었다.

하지만 아무도 내 의견을 묻지 않았다. 늘 이런 식이다. 이런

대화가 오가면, 아무도 나한테 "테리야, 네 생각은 어때?" 하고 묻지 않는다. 나도 그 자리에 있었고 얘기를 들었으니까 당연히 대화에 동참했다고 다들 단정하는 것이다.

⤳ ⤳ ⤳

문제는 실라가 레즈비언이라는 것을 알고 난 뒤로 실라 생각이 한시도 머릿속을 떠나지 않는다는 것이었다. 그리고 좀…… 혼란스러웠다. 난 레즈비언이라면 다 선머슴처럼 생긴 줄 알았다. 그러니까 레즈비언은 입도 걸고, 무뚝뚝해 보이고, 험상궂은 얼굴에 머리는 짧게 깎고 가죽점퍼만 입는 줄 알았다. 그런데 실라는…… 실라는 전혀 그렇지 않았다. 다른 사람들과 별로 달라 보이지 않았다. 물론 동부 출신이라서 발음이 또박또박하고 쓰는 표현들도 우리와 조금 다르긴 했지만, 그것마저도 매력적으로 보였다. 그리고 실라는 예뻤다. 내가 아는 여자 중에서 그렇게 예쁜 여자는 거의 없었다. 보드라운 살결에 약간 그림자가 드리워진 듯한 눈, 숱 많고 짙은 곱슬머리. 아무튼 실라는 뭐랄까…… 여성스러워 보였다. 바로 이 점이 나를 헷갈리게 했다. 어떻게 보면 실라는 나보다 훨씬 여자다웠다.

어쨌든 나는 실라와 거리를 두기로 했다. 나한테 관심을 보이면 큰일이니까!

>+ >+ >+

실라는 조지의 누나네 아이들을 돌봐 주는 아르바이트를 시작했다. 헤더 언니는 방을 정리하고, 대학 기숙사에 가져갈 짐도 꾸리고, 다른 대학으로 가는 친구들에게 작별 인사를 하느라 정신이 없었다. 아빠와 새엄마는 온종일 회사에 있었다. 물론 매기는 잠자는 시간 빼고는 늘 케빈이랑 붙어 다녔다.

나는 잠도 실컷 자고, 매일 아침 학교 운동장을 돌거나 공원 농구장에서 레이업 슛을 연습하며 시간을 때웠다. 한마디로 빈둥거리며 방학을 보냈다. 실라를 피하려는 내 전략은 대성공이었다. 한집에 살면서도 마주치는 일이 거의 없었다. 그래서인지 난 예전보다 더 슬프고 외로워졌다. 생각할 시간이 너무 많은 게 문제였다. 웃기는 얘기지만 심지어 빨리 개학하길 바랄 정도였다. 그러면 적어도 잡생각에서는 벗어날 테니까.

그래도 손꼽아 기다리는 일이 하나 있었다. 개학 전 8월 말에 있을 농구 캠프였다. 적어도 농구 캠프를 생각할 때만큼은 행복했다. 매기랑 나는 중학생 때부터 매년 농구 캠프에 갔다. 말하자면 우리 둘은 학교 농구팀 스타들이다. 매기만큼 드리블과 패스를 잘하는 선수도 없고, 나만큼 맛깔나게 골을 넣는 선수도 없다.

농구 캠프에 가면 낮에는 온종일 우리만큼 잘하는 아이들한 테 실력을 뽐내고, 밤에는 늘 수다 떨고 장난치며 즐겁게 시간을 보내곤 한다. 매기는 또 얼마나 웃기는지……. 작년 여름에는 가장 나이 많은 언니들한테 맥주를 사 달라고 해서 마시다가 매기 때문에 배꼽이 빠지는 줄 알았다. 매기가 술에 취해서는 브론슨 공원에 있는 대포에 올라가서 고래고래 노래를 불러 댔던 것이다. 보다 못한 내가 매기를 끌어 내려 분수대에 빠뜨릴 때까지 매기는 노래를 멈추지 않았다.

﹥﹒ ﹥﹒ ﹥﹒

그렇게 여름 방학 내내 케빈밖에 모르던 매기였으니 농구 캠 프에 안 가겠다고 말한 것이 그리 놀랄 일은 아니었다. 매기는 내 얼굴을 쳐다볼 용기조차 없었는지 전화로 얘기를 꺼냈다. 그런데 난 예상하고도 남을 이야기를 듣고도 깜짝 놀랐다. 태어나서 그렇게 놀라고 화가 난 적은 없었다.

"안 간다니! 그게 무슨 말이야?"

내가 소리를 지르자 매기가 어린애를 달래듯이 말했다.

"테리야, 너도 알잖아. 케빈이……."

"케빈? 이게 개랑 무슨 상관……."

"자기 식구들이랑 호수에 있는 별장에 같이 가자고 했단 말이야. 나 꼭 가야 해."

나는 떨리는 목소리를 애써 진정시켰다.

"꼭 가야 하는 게 어디 있어……."

잠시 침묵이 흐르고 난 뒤 매기의 나지막한 목소리가 들려왔다.

"그래, 꼭 가야 하는 건 아냐. 하지만 가고 싶어."

"나랑 캠프 가는 것보다 더 가고 싶어?"

다시 침묵이 흘렀다.

"테리야, 너 속상하게 하고 싶지 않아. 너도 알잖아. 내가 너를 친자매처럼 사랑하는 거. 하지만……."

내가 듣기에도 내 목소리는 냉소로 가득했다.

"하지만 케빈은 남자 친구란 말이지?"

"그래, 남자 친구야. 그리고 너도 나중에 남자 친구 사귀어 보면 내 맘 이해할 거야. 테리야, 제발 생각 좀 해 봐. 너한테 관심 보인 남자애가 한둘이었니? 너도 알잖아. 그런데 넌 털끝만큼도 관심이 없더라. 우린 이제 애가 아니야. 내년이면 고3이잖아. 그럼 이제 어른이나 마찬가지인 데다 우린 여자라고. 여자가 남자 좋아하는 건 당연하잖아. 나도 남자가 좋아. 누구나 다 그래.

그런데 넌……."

난 수화기를 쾅 내려놓았다. 그따위 말이라면 들을 가치도 없었다. 매기가 하는 말이라도 그렇다. 게다가 맞는 말도 아니었다. 나도 남자를 좋아한다. 그래도 난 남자를 가장 친한 친구보다 더 중요하게 생각하지는 않았다. 적어도 난 그런 배신자는 아니었다. 적어도 난…….

나는 끓어오르는 감정을 도저히 참지 못하고 책상 위의 벽을 주먹으로 쳤다. 손가락 마디마디에 전해지는 통증과 함께 드디어 눈물이 터져 나왔다.

그런데 하필이면 바로 그 순간에 실라가 들어왔다.

실라가 나를 물끄러미 바라보고 있는 게 느껴졌다. 눈물 콧물로 범벅이 되어 벌겋게 달아오른 내 얼굴을, 붓기 시작한 손을 감싸 쥐고 참으려 해도 자꾸만 터져 나오는 흐느낌에 어깨를 들썩거리는 내 추한 꼴을 실라의 회색 눈동자가 다 보고 있었다.

하지만 난 실라를 똑바로 바라볼 수 없었다. 나는 실라를 밀쳐 내고 위층으로 뛰어 올라가려고 했지만, 실라가 내 어깨를 힘껏 잡아 멈춰 세웠다. 그러고는 씩씩하면서도 차분한 목소리로 말했다.

"지금 따뜻한 차 한 잔 마시면 딱 좋을 것 같은데."

난 원래 차를 좋아하지 않았지만, 어찌 된 일인지 부엌 식탁 앞에 앉아 실라가 끓는 물을 찻주전자에 붓는 모습을 지켜보고 있었다.

실라가 한참 무슨 말을 하고 있었는데 정신 차리고 들어 보니 자기가 돌봐 주는 켐프 씨네 아이들 이야기였다. 실라는 그 꼬맹이들이 정말 조그만 괴물들 같지만 우습기도 하고 재밌다고도 했다.

"고놈들 뇌가 어떻게 굴러가는지만 알아내면 게임 끝이거든."

그러고 보니 실라는 나한테 무슨 일이냐고 묻지도 않았다. 그저 휴지를 건네주면서 나를 부엌 식탁 앞에 끌어다 앉혀 놓고는 아무 일도 없었다는 듯이 대화를 시작한 것이었다.

"사실 내가 평생 하는 일이 그거야. 남들 머릿속에는 무슨 생각이 들었는지 알아내는 거. 내 머릿속하고 너무 다른 것 같아서⋯⋯."

실라는 말끝을 흐렸다. '너무 다르다'⋯⋯. 어쩌면 내가 잘못 알고 있었는지도 모른다. 실라는 다른 사람들과 달랐다. 내가 실라에 관해서⋯⋯ 그러니까 실라가 어떤 사람인지 지금까지 잘 몰랐다 하더라도 결국에는 알게 되었을 것이다. 실라가 내가 아는 다른 여자애들과 다르다는 것을 말이다. 그리고 난 실라의 그런 남다름이 좋았다. 생각해 보니 많이 좋아하는 것 같았다.

실라한테 우는 모습을 들키고 난 이후 처음으로 나는 실라를 쳐다보았다. 실라는 초까지 재어 가며 차를 우리느라 아주 진지한 모습으로 시계를 들여다보고 있었다. 나와는 참 달랐다. 나는 시간을 재어 가며 무언가를 해 본 적이 없었다. 심지어 달걀을 삶아 먹을 때도 대충 삶아서 맛있는 반숙을 먹어 본 적이 없다.

그런데도 우리가 닮았다는 느낌이 드는 건 왜일까? 나는 아무런 말도 하지 않았지만 실라가 내 마음을 알고 있다고 느껴지는 건 왜일까? 나는 이렇게 땀과 눈물로 범벅이 된 채로 씩씩거리고 있고, 실라는 저렇게 차분하고 평온하게 차를 따르고 있는데도 말이다.

"난 남들 머릿속 같은 건 별로 궁금하지 않은데."

나는 실라가 건네주는 찻잔을 받아 들며 말했다. 내 손에 닿은 실라의 손은 여전히 따뜻하면서도 힘이 느껴졌다. 실라도 자기 찻잔을 들어 조심스럽게 마셨다.

"뜨거우니까 조심해. 입 데이지 않게."

그런데 그 말을 듣자 바보처럼 내 눈에 다시 눈물이 고이기 시작했다. 나는 찻잔을 움켜쥔 채 고개를 떨구었다. 그리고 아까 부엌으로 날 데리고 들어올 때처럼 실라가 다시 내 어깨를 감싸 주면 좋겠다고 생각했다.

>• >• >•

운동을 안 하는 사람들은 도대체 어떻게 감정을 다스리는지 모르겠다. 속이 다 비워졌다고 느껴질 때까지 뛰거나, 아픔이 땀으로 다 빠져나오고 근육통만 남을 때까지 아령을 들지 않으면, 감정이 폭발하는 것을 어떻게 막을 수 있을까?

거의 뜬눈으로 밤을 지새운 나는 아침 일찍 학교 운동장을 찾아 평평한 검정 트랙 위에 감정을 쏟아 냈다. 한참을 달리고 나서야 내 페이스를 찾을 수 있었다. 호흡과 보폭도 일정해지고, 마음도 간밤의 혼란을 비워 내고 편안해졌을 때였다. 내 앞에서 달리는 사람이 눈에 들어왔다. 빠르게 달리면서도 자세가 흐트러지지 않아서 감탄했는데, 그 사람이 바로 실라임을 알아차린 건 한참 지나서였다. 이른 아침의 쌀쌀한 날씨 탓에 실라는 운동복에 달린 모자를 쓰고 있었다. 아마도 그래서 바로 알아보지 못했던 것 같다.

아무튼 실라를 알아본 순간 나는 갑자기 발이 꼬이고 숨이 가빠졌다. 다른 방향으로 빨리 가 버릴까 하는 유혹도 잠깐 있었지만, 나는 결국 호흡을 고르고 머리카락을 뒤로 넘긴 후 앞을 향해 속력을 냈다. 실라를 따라잡았을 때는 화끈거리던 얼굴도 가라앉아 있었다. "안녕?" 하고 인사를 건넨 목소리도 그런대로 차분했다.

실라가 고개를 돌리느라 살짝 페이스가 흐트러졌다. 하지만 곧 안정감을 되찾으며 "안녕?" 하고 인사했다.

우리는 아무 말도 하지 않고 몇 분 동안을 그렇게 나란히 달렸다. 우리의 발걸음은 너무나 완벽하게 맞아서 이상하게 느껴질 정도였다. 실라는 내 어깨쯤밖에 안 되는 작은 키였지만, 나와 달리 날씬하고 다리도 길었다. 실라가 한 걸음도 놓치지 않고 나와 보조를 맞출 수 있었던 것은 그 긴 다리 덕분인 듯했다. 나는 숨을 헐떡이지 않으려고 애쓰면서 말을 건넸다.

"달리기 좋아하는지 몰랐는데?"

"가끔 하는 거야."

"난 아침마다 오는데 왜 한 번도 못 만났지?"

실라는 별 대답이 없었다. 우리는 완벽하게 보조를 맞추며 또 달렸다. 그러다가 내가 말했다.

"있잖아…… 실라, 어제 말이야…… 고마웠어."

실라는 어깨를 으쓱하더니 팔다리 동작은 그대로 유지한 채 속도만 늦춰서 걷기 시작했다. 나도 속도를 늦추었다. 나는 실라가 알아줬으면 하는 마음에 어제 일을 설명하고 싶었다.

"친구가 있는데…… 나랑 농구 캠프에 같이 못 간다고 말하려고 전화했더라고. 걔 남자 친구가 호숫가에 있는 별장에 초대했다나."

"그랬구나."

"그래서 엄청 화가 났어."

"슬프기도 했고?"

나는 아니라고 말하려다가 말았다. 실라는 고개를 끄덕이더니 내 눈을 한참 들여다보았다. 그러고는 부드러운 목소리로 말했다.

"알아."

그러자 실라가 내 마음을 정말 알고 있다는 생각이 들었다. 우리는 멈춰 섰다. 경보를 하던 두 사람이 우리 어깨를 스치고 지나갔다. 실라가 잔디밭으로 걸어 나갔다. 나도 실라를 따라 나갔다.

"가야 할 시간이네. 꼬맹이들이 기다리고 있거든."

나는 다시 실라와 나란히 걸었다. 나는 침묵을 깰 말을 찾다가 이렇게 물었다.

"운동 중에 하는 거 뭐 있어?"

"나? 아무것도 안 해. 운동 신경이 나무늘보만도 못하거든."

"달리기는 아주 잘하던데?"

"그건 스포츠라고 할 순 없잖아. 누군가랑 경쟁하는 게 아니니까. 자기 자신과 싸우는 건데 그 정도는 할 수 있지."

나는 진지하게 말했다.

"아냐. 아까 지켜봤는데 육상 선수 해도 되겠어."

실라는 자기만의 그 멋진 웃음을 지어 보였다.

"고마워. 근데 육상부가 있는 비서 학교는 별로 없을 거야."

"비서 학교?"

"갈 수 있다면 가야지. 하루라도 빨리 먹고살 길을 찾아야 하니까. 여비도 다 떨어졌고, 언제까지 너희 부모님한테 얹혀살 순 없잖아?"

나는 고개를 흔들었다. 어디로 가는지도 모른 채 듣고 있었는데 어느새 집 앞이었다. 어리석게도 나는 이렇게 말했다.

"애 봐 주는 아르바이트 하잖아."

실라는 웃었지만, 입가에는 쓸쓸함이 묻어났다.

"테리야, 내가 지금 버는 걸로는 먹고살 수 없어. 헤더랑 헤더 친구가 아르바이트 자리 구해 준 게 고맙지 않다는 뜻은 아니지만 말이야."

"그럼 실라네 식구들이……."

나는 말을 꺼내다가 멈칫했다. 언니가 실라 가족에 대해서 말했던 게 떠올랐다. 실라 부모님이 대학 등록금을 보내 줄 리가 없었다. 난 실라가 당연히 대학에 갈 거라고 생각했었다. 그러고 보니 난 내 상처만 붙들고 있었지, 집을 떠나와 멀리 이곳에서 느꼈을 실라의 아픔은 생각도 못 했다는 걸 깨달았다. 부모님 생각을 하면 얼마나 괴로웠을까? 헤더 언니가 말한 대로 '커밍아웃'이란 걸 했으니 앞으로 겪어야 할 일을 생각하면 얼마나 막막했을까?

"그러니까 올가을에 비서 학교에 간다는 거야?"

우리는 차고 앞을 지나 현관 쪽으로 걸어갔다. 실라가 고개를 끄덕였다.

"그래, 비서 일도 재미있을 거야."

참 멍청한 말이었지만 내가 생각해 낼 수 있는 말은 고작 그것뿐이었다. 실라가 말했다.

"난 잘 모르겠어. 하지만 내가 지금 달리 선택할 수 있는 게 없는 것 같아……."

떨리던 실라의 목소리가 이내 잦아들었다. 실라가 현관문 손잡이를 잡은 순간 내가 말했다.

"실라, 그렇게 힘든 줄 몰랐어. 미, 미안해."

실라는 고개를 숙인 채 잠시 서 있었다. 하지만 곧 어깨를 펴고 고개를 들어 날 바라보았다.

"테리야, 미안해하지 마. 비서 학교 가는 거 괜찮아. 잠깐인데, 뭐. 우리 식구들 문제도 그렇고……. 태어나서 처음으로 엄마 아빠한테 솔직했던 건데 날 그렇게 내쫓은 건 너무했어. 하지만 중요한 건 내가 솔직했단 거야. 엄마 아빠한테, 무엇보다도 나 자신한테 말이야. 난 나야. 그리고 난 이런 내가 좋아.”

나는 그저 우두커니 서서 실라를 바라보았다. 난 실라의 말이 진심이라는 것을 알 수 있었다. 실라는 자신을 부끄러워하지 않았다. 실라를 행복하지 않게 만든 것들은 모두 외적인 것이었고, 내면의 모습과는 아무런 상관이 없었다.

실라가 내 팔에 손을 얹자 내 마음 한가운데에서 다시 실라의 손길이 느껴졌다. 내 마음을 저 깊은 속까지 들여다보는 것 같았다. 그런데 실라가 불쑥 자신이 아니라 나에 대해 얘기를 꺼냈다.

“테리야, 너도 언젠가는 받아들여야 할 거야.”

이 말이 매기 없이 농구 캠프에 가는 걸 말하는 게 아님을 나는 알고 있었다.

실라는 조용히 집 안으로 들어갔고 나는 밖에 남아 있었다.

하지만 문은 열려 있었다. 용기만 낸다면 얼마든지 따라 들어갈 수 있게.

엘런 하워드 Ellen Howard

작가로서 나는 대기만성형입니다. 내 첫 소설 《애정의 띠 Circle of Giving》를 출판사가 받아줬던 날이 내 마흔 번째 생일이었으니 말입니다. 이 데뷔작으로 나는 1984년 '골든 카이트' 아너상을 받았습니다.

그 후로 11권의 책을 펴냈습니다. 그중 《동이 트면 When Daylight Comes》은 1733년 카리브 연안에서 발생한 노예 반란을 소재로 한 역사 소설이었고, 《비단향꽃무 Gillyflower》는 입양과 인종 차별에 관한 소설이었습니다. 두 책 모두 '좋은 어린이 책'으로 선정되었고, 《비단향꽃무》는 6개국 언어로 번역되었습니다. 그리고 미국 중서부의 농촌에 정착했던 우리 할머니의 이야기를 토대로 쓴 소설도 몇 권 있습니다. 그중 〈스쿨 라이브러리 저널〉이 '최고의 책'으로 선정한 《에디스 Edith herself》는 어린 독자들에게 많은 인기를 얻었습니다. 또 《누이 Sister》는 미국도서관협회의 '좋은 어린이 책' 목록에 올랐습니다.

나는 거의 평생을 오리건주에서 살다가 1990년에 남편 척과 함께 미시간주의 캘러머주로 이사를 왔습니다. 딸이 넷 있는데, 지금은 다 자랐습니다. 그중 셰일리라는 딸이 레즈비언입니다.

부모 노릇을 하면서 많은 시행착오를 겪었지만, 가장 후회스러운 것은 레즈비언 정체성을 찾아 헤매던 셰일리에게 힘이 되어 주지 못했던 것입니다. 〈달리기〉의 주인공처럼, 난 딸아이가 레즈비언이라는 사실에서 도망치려고만 했습니다. 딸이 레즈비언인 게 창피해서가 아니라, 이 사회에서 레즈비언으로 살아가려면 크나큰 용기가 필요하다는 것을 잘 알고 있기 때문이었습니다. 하지만 다행스럽게도 내 딸은 자신을 찾기 위해 용기를 냈습니다. 비겁한 엄마를 두었는데도 말입니다.

손

폴과 켄에게

버스에서 그가 내 옆으로 와서 앉았을 때, 나는 차창 밖을 내다보고 있었다. 차창 유리로 어두운 밤이 몰려왔다. 유리에 비친 또 다른 내가 버스 안에 앉아 있는 나를 바라보고 있었다.

"어이, 론. 옆에 앉아도 될까?"

"어, 말로 선생님! 안녕하세요? 어젯밤 시 낭송 진짜 멋졌어요."

말로 선생님은 우리 학교 문학 선생님의 친구이자 시인인데, 나는 어젯밤에 카페에서 열렸던 말로 선생님의 시 낭독회를 보고 왔었다. 나도 이제 막 시를 쓰기 시작했지만, 남에게 보여 주기에는 아직 부끄러워서 문학 선생님에게만 한두 편 보여 준 상태였다.

"고맙다. 근데 그냥 레이라고 부르렴."

버스를 놓치지 않으려고 뛰어온 탓인지 말로 선생님은 거친 숨을 고르려고 애쓰며 말을 이었다.

"옥중 시는…… 읽을 때마다…… 울음을 어쩔 수 없어서…… 낭송이 좀…… 매끄럽지 못했을 거야."

말로 선생님은 어젯밤에도 지금 말하는 것처럼 시를 읽었다. 띄엄띄엄 한 토막씩 읽고, 중간에는 조용히 숨을 헐떡이면서.

"아무튼 아주 인상적이었어요. 말로 선…… 아니 레이. 어젯밤엔 이유를 설명 안 하시던데. 그러니까 왜 감옥에 가게 됐는지 말이에요. 말하기 싫으면 안 하셔도……."

"10년 동안 교사 생활을 했었어."

레이의 숨소리가 아까보다는 더 편해졌다.

"문학을 가르쳤지. 빌처럼. 아, 너한테는 힐러 선생님이지? 사실 너희 선생님이랑 같은 대학에 다녔어. 참, 빌이 그러는데 너도 떠오르는 시인이라며? 칭찬 많이 하던데……."

"뭘요……."

나는 빨개진 얼굴을 창문 쪽으로 돌렸다. 불빛을 번쩍이는 구급차 한 대가 요란하게 사이렌 소리를 내며 지나갔다.

 "아무튼 다시 하던 얘기로 돌아가면, 난 학생들한테 말할 때 학생을 만지는 버릇이 있었어. 학생 몸에 손을 얹거나 등을 쓰다듬었지. 워낙 정이 많아선지 내가 좀 그래."

 레이는 말하면서 살며시 왼손을 내 팔에 얹었다. 나는 레이를 바라보았다. 레이의 눈은 부리부리하면서도 촉촉하고 자상해 보였다. 목소리도 따뜻했다. 레이의 얼굴은 언젠가 본 적이 있는 반 고흐의 자화상을 연상시켰다. 야윈 얼굴과 불그스름한 수염, 굵은 얼굴 골격에 파묻힌 강렬한 눈빛.

 레이는 잠시 말이 없었다. 멍한 시선은 나를 보는 게 아니라 과거를 들여다보고 있는 듯했다. 그러다가 이야기를 이어 갔다.

 "내가 가르치던 반에 남학생이 한 명 있었어. 성적을 낮게 줬다고 나한테 이를 갈고 있었지. 학교 축구 선수였는데, 그 학교에는 모든 과목에서 C 학점 이상 받지 못하면 팀에서 탈락하는 학칙이 있었거든. 근데 내가 D 학점을 준 거야. 나로선 어쩔 수가 없었어. 월트 휘트먼에 관해 쓰라는 문제를 냈는데 시험지에다 '휘트먼은 호모였다!'라고 딱 한마디만 갈겨써서 낸 거야. 그 한마디가 무슨 낙인처럼 느껴졌지."

 카세트 플레이어를 어깨에 메고 버스에 올라탄 승객이 우리 옆을 지나갔다. 버스가 떠나가라 울려 대던 음악 소리는 운전기사가 "그거 안 끌 거면 당장 내려!" 하며 으르렁거리고 나서야 작아졌다.

"아무튼 결론을 말하자면, 그 학생이 나한테 성희롱을 당했다고 자기 부모한테 일렀어. 그 학생 아버지가 지역 유지였는데, 학교에 내 사생활을 캐 보라고 지시를 내렸나 봐. 결국 내가 남자 친구랑 동거하고 있다는 걸 알아내서 나한테 불리한 증거로 이용했지. 그 지역이 아주 보수적이었거든. 그래서 학교는 날 해고하고 감옥에 보냈지."

레이는 내 눈을 물끄러미 바라보았다. 레이의 짙은 눈동자 주위에는 빨간 실핏줄이 돋아 있었고, 속눈썹은 길게 휘어서 여성스러워 보였다. 나는 할 말이 떠오르지 않았다. 그래서 눈을 깜빡이다가 창문 쪽으로 고개를 돌렸다. 나를 쳐다보는 레이의 모습이 유리에 비쳤다. 나는 유리창 속 내 얼굴에 겹쳐진 레이의 얼굴 너머로 덜컹거리며 지나가는 도시의 야경을 바라보았다. 차창 저편으로 불빛과 창문과 문 들이 멈춰 섰다가 다시 휙휙 지나갔다. 조각난 내 모습도 같이 끌려갔다.

나는 궁금해졌다. 저 문, 저 창문 뒤에서는 무슨 일들이 벌어지고 있을까? 머릿속이 혼란스러워졌다. 문득 예전에 카스트로 극장 로비에서 봤던 한 소년의 반짝이는 검은 눈동자가 떠올랐다. 속눈썹을 붙이고 언저리를 새까맣게 칠한 눈. 그는 젊은 남자의 몸에 신비로운 아라비아 여인의 얼굴을 하고 있었다. 머리에 두른 하얀 터번과 온몸을 휘감은 하얀 광목도 눈부셨지만, 나를 사로잡은 건 그의 눈이었다. 나를 향해 던진 단 한 번의 눈길이 내 뱃속에서 폭죽처럼 터지면서 나를 화장실로 달려가게 했다. 내 몸은 방금 경험한 황홀하고도 혼란스러운 느낌에 비틀거렸다. 거부할 수도, 설명할 수도 없는 이끌림이었다.

버스가 덜커덩하고 흔들리면서 나는 다시 현재로 돌아왔다. 레이는 내 옆에 바짝 기대어 앉아 있었다. 유리창에 비친 레이는 조용히 다른 곳을 보고 있었다. 나는 어젯밤을 떠올렸다. 레이의 시 낭송은 감동적이었다. 몸의 움직임, 특히 손짓이 그랬다. 숨을 헐떡이며 격한 감정으로 시를 읽는 동안 레이의 손가락은 보이지 않는 색소폰을 연주하는 듯했다. 시의 정열적인 운율에 맞춰 손가락들이 나풀거리며 춤을 췄다.

나는 레이가 해 준 이야기를 곱씹었다. 레이가 감옥에 갇히게 된 사연은 힐러 선생님이 추천했던 셔우드 앤더슨의 단편집 《오하이오주 와인즈버그》에 실린 〈손〉이라는 이야기를 연상시켰다. 그 이야기의 주인공은 아돌프 마이어스라는 교사였다. 아돌프 마이어스의 손은 아이들의 머리 위에서 팔랑팔랑 춤을 추다가 이따금 아이의 어깨에 가볍게 내려앉아 아이를 어루만졌다. 그렇게 손을 가만히 두지 못하고 아이들을 어루만지던 주인공은 마을 사람들한테 흠씬 두들겨 맞고 마을에서 쫓겨났다. 감수성이 아주 예민했던, 그래서 넘치는 애정을 손으로 표현했던 그는 다시는 아이들을 가르칠 수 없게 되었다. 그 후로 그는 '윙비들바움'이라는 가명으로 자신의 정체를 숨기고 살았다. 그리고 그의 손은 죽는 날까지 나풀거리며 그의 몸 주위를 맴돌았다. 새장에 갇힌 새처럼.

나는 긴 침묵을 깨고 입을 열었다.

"사람들은 잔인해요. 이해심이 없어요."

내가 무슨 뜻으로 그런 얘기를 했는지 레이는 과연 이해했을까? 잘 모르겠다. 바로 그때 버스가 멈춰 섰고, 레이는 자리에서 일어났다. 그러다가 다시 몸을 굽히더니, 새처럼 빠르게 다가와 내 뺨에 살며시 입을 맞췄다. 레이의 길고 곱슬곱슬한 수염 몇 가닥이 내 입술을 간지럽혔다. 뒤에 서 있던 다른 승객들이 욕을 하며 레이를 밀치고 지나가려 했다. 레이는 내 어깨에 다정하게 손을 얹으며 내 눈을 들여다보았다. 레이의 두 눈은 은은하고도 따뜻한 빛을 내며 내게 말을 거는 듯했다.

"잘 지내고, 시 계속 써라."

레이가 말했다. 그러고는 사람들에게 떠밀려 내 곁에서 멀어지더니 버스에서 내렸다.

꓿ꓸ ꓿ꓸ ꓿ꓸ

    그 후로 몇 달 동안, 나는 시 낭독회에서 레이와 몇 번 마주쳤다. 청중 가운데 열일곱 살짜리 소년은 늘 나 혼자였다. 나는 내 또래가 한 명도 없는 곳에 와 있는 나 자신이 멋쩍게 느껴지곤 했다. 하지만 레이는 늘 나를 친절하게 맞아 주었고, 내가 학교 친구들로만 이루어진 작은 세상보다 더 큰 세상에 속해 있다는 느낌이 들게 해 주었다. 레이 덕분에 나는 정말 각양각색의 구도자와 시인, 예술가가 만드는 공동체의 일부가 되었다. 이들은 예술로 자신의 가장 깊은 감정을 파고드는, 때로는 두려움 속에서도 삶에 대한 사랑을 노래하는 예술가들이었다. 그리고 윙 비들바움과 달리, 레이는 자신의 정체를 자랑스러워했다.

꓿ꓸ ꓿ꓸ ꓿ꓸ

    또 몇 달이 흘렀다. 나는 다시 카스트로 극장 로비에 서 있었다. 1930년대에 찍은 고전 영화를 보고 나오는 길이었다. 바로 그때, 레이가 보였다. 아니, 뼈밖에 남지 않은 레이의 앙상한 그림자가 보였다.

    "론!"

레이가 사람들을 헤치며 나에게 다가왔다. 풍요로웠던 옛 시절을 연상시키는 거대한 샹들리에 아래 사람들이 북적대고 있었다. 레이는 이미 귀신이 다 된 모습이었다. 울퉁불퉁한 핏줄 사이로 입술과 눈과 뼈밖에 보이지 않았다. 나는 레이의 앙상한 손을 잡으며 당혹스러운 마음을 감추지 못하고 실없는 말만 쏟아 냈다.

"모…… 몰랐어요, 여기 오신 줄. 영화 어땠어요?"

갑자기 목이 메고 눈물이 쏟아져서 나는 아무 말도 할 수가 없었다.

"나 지금 가 봐야 해요."

그 순간, 우리는 서로를 와락 끌어안았다. 그렇게 우리는 서로의 몸을 지탱한 채 한참을 부둥켜안고 있었다.

영원처럼 길게 느껴졌던 순간이 지나고, 마침내 나는 인파에 휩쓸려 레이에게서 멀어졌다. 나는 멍하니 서서 손을 흔들었다. 가슴이 무너져 내렸다. 곧 졸업하고 작가가 되려는 내가, 시인을 꿈꾸는 내가, 죽음의 얼굴 앞에서 말을 잃다니. 다른 누구도 아닌, 내가 그토록 존경하는 이의 죽음이었는데도.

그로부터 조금 더 지난 늦은 봄, 힐러 선생님과 나는 병원에 입원한 레이를 찾아갔다. 제너럴 병원은 에이즈에 맞선 의료진의 헌신 덕분에 세계적으로 유명해진 병원이었지만, 실제 병원

안은 난장판이 따로 없었다. 병들어 죽어 가는 사람은 많은데 인력과 재정은 턱없이 부족한 탓이었다. 병원은 혼돈과 번잡함으로 가득했다.

하지만 레이의 병실은 고요했다. 레이의 몸은 여러 개의 가느다란 관으로 모니터와 의료기기에 연결되어 있었다. 레이는 평온한 표정으로 잠들어 있었다. 덩치 큰 힐러 선생님은 레이의 침대 옆에 건초 더미처럼 미동도 하지 않고 서 있다가 말했다.

"레이, 우리 왔어. 자네 친구들 왔다고."

레이의 가슴이 숨소리와 함께 부풀어 올랐다가 가라앉았다. 담요 밖으로 나와 있는 레이의 손은 너무나도 하얗고 가냘팠으며 깃털처럼 가벼워 보였다.

우리는 희미한 회색 불빛 아래 서서 조용히 기다렸다. 힐러 선생님이 레이의 귀에 대고 무언가를 속삭였다. 그리고 우리는 조용히 병실에서 나왔다.

엘리베이터를 타고 내려가는 동안 우리는 아무 말도 하지 않았다. 엘리베이터가 내려갈수록 심장이 목으로 솟구쳤다. 선생님이 나직한 목소리로 말했다.

"우리가 온 걸 알았다면 좋아했을 거야. 사람들이 서로 아껴 주는 것. 레이가 바랐던 건 그것뿐이었지."

2주쯤 후, 힐러 선생님에게서 레이의 부음을 들었다. 장례식이 치러진 작은 예배당은 사람들로 꽉 들어찼다. 유명한 시인도 여럿 있었다. 그중 가장 명망 높은 시인인 앨런 긴즈버그가 추도문을 읽은 후, 나는 단상에 올라 레이를 위해 쓴 〈입맞춤〉이라는 짧은 시를 낭독했다.

이러나저러나,

하지 못한 말. 내겐

처음 있는

일이었다고 그리고

너무나 뜻밖이었다고.

여전히 내 입에 남은 당신의

수염. 하지만 좋았어요.

"잘 지내고,

시 계속 써라"라는 당신의

말, 내 어깨를 감싼 당신의

손, 내 눈과 마주친 당신의

눈, 참 뜨겁고 사랑스러웠으니.

내가 울고 있다는 사실을 깨달은 건 한참 뒤였다. 나는 흐느끼느라 리듬을 놓친 채 작고 초라한 시를 읽고 있었다. 아픔의 시, 사랑의 시를 읽던 레이처럼.

나는 지금도 가끔 시 낭독회에서 힐러 선생님과 마주치곤 한다. 우리는 만날 때마다 늘 따뜻한 포옹을 나눈다. 그리고 서로의 눈빛 속에서 우리 둘만 아는 특별한 추억을 확인한다. 마치 위대한 시가 우리 사이를 이어 주듯이.

조너선 런던 Jonathan London

나는 뉴욕 브루클린에서 태어났지만 해군 장교였던 아버지 덕분에 미국 방방곡곡을 돌아다녔고, 푸에르토리코에서도 살았습니다. 열네 살이 될 때까지는 짧게는 1년, 길게는 3년에 한 번씩 이사했고, 유대인이면서도 다른 유대인들과 생활해 본 적이 없었습니다. 그러는 동안 나는 혼란스러움에 익숙해졌습니다. 그것은 내가 누구인지, 나는 어디로 가는지에 대한 혼란이었습니다. 사회 과학을 전공해 석사 학위를 받을 때까지 정식으로 창작을 배우지는 않았지만, 나는 십 대 후반부터 시를 쓰기 시작했습니다. 그 후로 다른 작가와 예술가를 만나 어울리면서 이들을 내 공동체이자 가족으로 여기게 되었습니다. 그리고 곧 깨달은 게 있었습니다. 내 시인 친구들과 내가 좋아하는 작가 중 많은 사람이 게이나 레즈비언이라는 사실이었습니다. 내게 새로운 세상을 열어 준 책들처럼, 이들과의 만남 또한 새로운 세상을 열어 주었습니다. 〈손〉은 꾸며 낸 이야기이긴 하지만, 이들과 어울리던 시절을 바탕으로 쓴 소설입니다.

댄서, 막노동꾼, 여행가 등 다양한 일을 하면서 20년 넘게 시와 단편 소설을 썼지만, 내 아이들이 태어나고 나서는 동화를 쓰기 시작했습니다. 내가 쓴 그림책 중에서 《꼬마 개구리가 옷을 입어요Froggy Gets Dressed》, 《달님이 된 부엉이The Owl Who Became The Moon》, 《오늘 밤에는 하늘을 날 거야Into This Night We Are Rising》는 '이 달의 책' 클럽의 추천 목록에 올랐습니다. 최근에 쓴 책으로는 《카루크족의 코요테가 불을 발견한 이야기Fire Race: A Karuk Coyote Tale》, 《회색 늑대의 눈The Eyes of Gray Wolf》, 《멋쟁이 고양이Hip Cat》, 《집은 어디에Where's Home》 등이 있습니다.

7월의 세 월요일

1951년 여름. 워크맨도 없고, 비디오도 없었다. 텔레비전은 아직 신기한 발명품일 뿐이었고, 널리 보급되기 전이었다. 비틀스가 유명해지기 전이었으며, 엘비스 프레슬리의 시대도 아직 오지 않은 때였다. '게이'라는 단어는 《웹스터》 사전에 '명랑한, 즐거운, 유쾌한'이라는 뜻으로만 정의되어 있었다. 동성애는 금기시된 주제였으므로 입에 올리는 사람이 극히 드물었고, 입에 올린다 해도 동성애자들은 '퀴어'나 '페어리', '다이크'로 불렸다. 그나마 예의를 갖춘 이름이라고는 '일탈자'밖에 없었다. 그러나 미국 전역의 크고 작은 도시에서 많은 젊은 남녀는 동성에게 성적으로 끌리는 자신을 발견하고 있었다.

"데이비드! 이리 좀 와 주실 수 있을까?"

데이비드는 엄마가 부엌에서 부르는 소리를 들었다. 데이비드의 엄마는 뭔가를 시킬 때면 꼭 이런 말투를 쓰곤 했다. 길 쪽으로 난 침실 창문 밖을 내다보던 데이비드는 고개를 돌리며 소리쳤다.

"침대 정리 끝나면 내려갈게요!"

데이비드는 침대 시트를 잡아당겨 매트리스 밑에 끼우고는 다시 창밖을 내다보았다.

길 건너 헤렌딘 할머니 댁 마당에서 처음 보는 청년이 잔디를 깎고 있었다. 나이는 데이비드보다 많은 열여덟 살쯤 되어 보였고, 체격은 확실히 데이비드보다 더 컸다. 7월 한낮의 후텁지근한 날씨 때문에 청년은 웃통을 벗은 상태였다. 떡 벌어진 등근육 위에 단풍나무의 잎사귀 사이로 비친 햇살이 춤을 췄다.

데이비드는 청년을 지켜보면서 이마에 땀방울이 맺히는 것을 느꼈다. 방 안이 답답하긴 했지만, 데이비드는 갑자기 느껴지는 더위가 방 안의 공기 때문이 아니라는 것을 알고 있었다. 작년 여름에는 다른 사람이 헤렌딘 할머니 댁 잔디를 깎았다.

그때도 데이비드는 2층 방 창문에서 그 사람을 훔쳐보았고, 점점 달아오르는 자기 몸을 만졌다.

아무튼 그건 작년 일이었다. 데이비드는 억지로 창문에서 눈을 떼고는 좁은 침대 위에 자수가 놓인 커버를 펼쳤다. 올해 여름은 작년 여름과 완전히 달랐다. 낡은 책과 잡지 들을 훑어보겠다는 핑계로 이 방에 들어온 것도 오랜만의 일이었다. 데이비드는 이제 운전면허도 있고, 여름 방학 내내 도서관에서 아르바이트도 하고 있었다. 느닷없이 솟구치는 강렬한 충동은 여전했지만, 이제는 억누르기가 좀 더 쉬워졌다. 물론 매번 성공하지는 않았지만.

데이비드는 자신이 왜 그렇게 남성의 몸에 민감한 반응을 보이는지 알 수 없었다. 아무튼 기억이 닿는 아주 오래전부터 지금껏 그랬다. 확실한 것은 많은 사람이 그런 감정을 수치스럽게 생각하며, 심지어 사악하다고 여긴다는 사실이었다. 책에서 읽거나 학교에서 남들이 하는 얘기를 엿들은 바로는 그랬다. 그래서 데이비드는 자신의 감정을 억누르려고 애썼다.

침대 정리를 마친 데이비드는 방에서 나와 식당을 가로질러 부엌으로 들어갔다. 데이비드네 집은 백 년 전쯤에 지어진 집이라 방들이 거의 다 1층에 있었다.

"부른 지가 언젠데 이제야 나타나니?"

엄마가 말했다. 엄마는 점심때 쓴 그릇에서 물기를 닦는 일을 마무리하고 마지막으로 그릇을 찬장에 넣고 있었다. 데이비드가 대답했다.

"폴이 보낸 엽서 좀 다시 읽느라고요."

폴은 데이비드의 가장 친한 친구였다. 지금은 가족과 함께 뉴잉글랜드에서 여름휴가를 보내고 있었다.

엄마는 의아하다는 눈빛으로 데이비드를 쳐다보았다. 마치 데이비드의 말이 거짓말임을 알고 있다는 듯한 눈빛이었다. 데이비드는 엄마가 자기의 환상이나 비밀에 대해 얼마나 알고 있는지 또다시 궁금해졌다.

'작년에 그토록 많은 시간을 2층에서 보낸 이유를 엄마가 과연 눈치챘을까?'

데이비드는 분위기를 띄우면서 대화를 이끌어 보려고 짐짓 큰 소리로 말했다.

"엄마가 나한테 뭘 시키려는지 알아요."

"그래?"

엄마가 희끗희끗한 머리카락 한 올을 뒤로 넘기며 대꾸했다.

"마당에서 잡초 뽑으라고 할 거죠?"

"마음이 통했나 보네."

엄마가 웃으며 말했다. 데이비드는 속으로 잘됐다고 생각했다. 이젠 오후에 자기가 정말로 하고 싶었던 일을 할 수 있게 된 것이다.

"그런데 그 전에 잠깐 호숫가에 차 몰고 갔다 오면 안 돼요?"

엄마의 얼굴에서 웃음기가 사라지려고 했다.

"걱정 마세요. 딱 한 시간이면 돼요. 약속할게요."

다른 애들 같았으면 이쯤에서 엄마를 껴안으며 약속을 지키겠다는 마음을 보여 줬을 것이다. 하지만 데이비드도 엄마도 포옹을 자주 하는 성격이 아니었다. 둘은 그저 부엌에 마주 서서 말없이 서로를 바라보며 기 싸움을 했다.

싸움은 데이비드의 승리로 끝났다. 엄마가 말했다.

"그래, 알았다. 아르바이트 쉬는 날이기도 하고. 해가 좀 진 다음에 잡초 뽑는 게 더 나을 것도 같고."

엄마는 다시 웃음을 지으면서 덧붙였다.

"우리 아들 일사병 걸리면 안 되지."

⊱⊷ ⊱⊷ ⊱⊷

이리 호수의 낮은 기슭은 데이비드가 사는 세인즈베리에서 3킬로미터쯤 떨어진 곳에 있었다. 세인즈베리는 오하이오주의 동북부에 정착한 초기 개척자의 이름을 붙인 작은 도시였다.

직접 재배한 토마토를 가판대에 진열해 놓은 작은 농장들을 지나면서 데이비드는 운전석 등받이에 몸을 기대고 긴장을 풀었다. 도로에는 차가 별로 없어서 운전하면서도 다른 생각을 할 만한 여유가 있었다.

투 도어 포드 자동차에는 라디오도 없었지만 데이비드는 개의치 않았다. 아버지가 다니는 법률 회사가 걸어 다닐 수 있을 만큼 가까운 덕분에 이렇게 여름 방학 오후에 차를 쓸 수 있다는 것만으로도 좋았다.

데이비드는 도로를 잽싸게 가로지르는 노란 고양이를 보고 속도를 늦췄다. 그러면서 지금 폴이 무엇을 하고 있을지 상상해 봤다. '지금쯤 폴은 보스턴에 있는 할아버지 댁에 묵고 있겠지. 아마 시내 극장에서 개봉하는 영화를 보러 빠져나가려고 이 핑계 저 핑계를 늘어놓고 있을 거야.'

노샘프턴에서 보낸 폴의 엽서도 영화 얘기가 대부분이었다.

"데이비드, 〈젊은이의 양지〉 꼭 봐라. 엘리자베스 테일러랑 몽고메리 클리프트를 클로즈업한 장면이 기가 막힌다."

데이비드는 폴 같은 친구를 사귀어 본 적이 한 번도 없었다. 사실 지난가을 폴이 생활 지도 시간에 교실에 나타나기 전까지는 자기만큼 영화와 책, 연극에 관심이 많은 애를 만나 본 적이 없었다. 그때까지 데이비드는 〈뉴욕타임스〉 일요판에 실리는 브로드웨이 공연 현황을 꼼꼼히 읽는 사람은 세인즈베리에서 자기밖에 없는 줄 알았다.

도로 왼쪽의 늪지대 위로 갈매기 두 마리가 날아갔다. 조금만 더 가면 호숫가다. 폴이 옆에 있었다면 둘은 방금 개봉한 프랑스 영화를 보러 클리블랜드로 갈 계획을 세우고 있었을 것이다. 아니면 윌리엄 와일러 감독의 영화 〈사랑아, 나는 통곡한다〉를 보고 나서 읽었던 헨리 제임스의 원작 《워싱턴 스퀘어》에 관해 이야기하고 있었을 것이다. 하지만 두 사람은 사적인 얘기는 하지 않았다. 단 한 번도.

데이비드는 관심사가 너무나 비슷한 폴이 자기와 비슷한 몽상을 하고 있지는 않은지 궁금해지곤 했다. 짙은 갈색 머리와 다부진 체격의 폴도 데이비드처럼 밤에 홀로 침대에 누워 타이론 파워* 같은 영화배우나 주변의 근육질 남자들의 나체를 떠올리진 않을까? 그러나 데이비드는 폴에게 그런 이야기를 직접 꺼내는 것은 물론이고 넌지시 비칠 용기조차 나지 않았다.

저 앞 오른쪽으로 주립 공원의 정문이 보이기 시작했다. 데이비드는 고속도로에서 빠져나와 비포장도로로 들어섰다. 차 바

✱ 미국의 영화배우. 1930~1950년대 당시 최고의 섹스 심벌로 인기를 누렸다. 대표작으로 〈애심 The Eddy Duchin Story〉(1956), 〈태양은 다시 떠오른다The Sun Also Rises〉(1957)가 있다.

퀴가 먼지구름을 일으켰다. 도로 양쪽으로 가로수가 있었고, 조금 더 가자 가로수 대신 덤불이 드문드문 있었다. 덤불을 지나자 오후 햇살을 받아 반짝이는 잔잔한 호수가 눈앞에 펼쳐졌다.

월요일 오후라서 그런지 주차장은 한산했다. 데이비드는 몇 안 되는 나무 그늘을 찾아 차를 세웠다. 그리고 차에서 내리기 전에 신발과 양말을 벗고 바지를 걷어 올렸다. 모래 위에 누울 생각이 없었던 터라 비치 타월은 가져오지 않았다. 수영을 배운 적이 없었기 때문에 물속에 들어갈 생각도 없었다. 데이비드가 호숫가에서 즐기는 일은 사람들이 몰려 있는 매점과 주차장 근처를 벗어나 저 멀리 있는 모래 언덕을 거니는 것이었다.

데이비드는 물가에서 조금 비켜난 오솔길을 따라 걷기 시작했다. 곧 일광욕과 물놀이를 즐기는 사람들에게서 멀어졌다. 여기서부터 호숫가에는 듬성듬성 난 풀과 작은 바위들밖에 없었다. 데이비드는 멋진 배역을 소화해 내는 연극배우나 훌륭한 작품을 창작하는 희곡 작가가 되어 있을 미래의 자기 모습을 상상하며 걸었다. 데이비드는 이미 학교 연극반에서 주연을 도맡고 있었다.

오솔길이 더 좁아졌다. 오른쪽으로 사시나무 몇 그루가 서 있었고, 그 뒤로 모래밭이 언덕 비탈을 따라 오르락내리락하며 펼쳐졌다. 데이비드는 오솔길에서 벗어나 모래 언덕 쪽으로 걷기 시작했다. 바로 그때, 갑작스러운 움직임이 눈에 들어왔다. 데이비드는 나무 뒤에 멈춰 서서 고개를 내밀고 모래 언덕 쪽을 살펴봤다. 누굴까? 호숫가 입구에서 이렇게 멀리 떨어진 곳까지 오는 사람은 거의 없었다.

데이비드는 두 모래 언덕 사이에 움푹 파인 곳에서 천천히 일어서는 남자를 보았다. 남자는 허리에 손을 얹고 서서 데이비드를 등진 채 호수를 바라보았다. 머리가 벗겨진 남자의 정수리가 햇빛을 받아 반짝였다.

남자의 피부는 멋진 갈색이었지만, 몸매는 완벽함과 거리가 멀었다. 어깨가 너무 많이 내려앉았고, 팔에는 근육이 별로 없었다. 그런데도 데이비드는 남자를 지켜보면서 맥박이 빨라지는 것을 느꼈다. 남자가 입고 있는 꼭 끼는 검정 수영복 때문이었다. 데이비드는 이탈리아 영화에 등장하는 배우들 말고는 그렇게 작은 수영 팬티를 입은 사람은 처음 보았다.

남자는 왼쪽과 오른쪽을 차례대로 살펴보았지만, 뒤를 돌아보지는 않았다. 돌아보았다면 분명 데이비드를 봤을 것이다. 남자는 손목시계를 풀더니 무릎을 꿇고 앉아 시계를 가방에 넣었다. 가방은 모래 언덕에 가려져 맨 윗부분밖에 보이지 않았다. 남자는 아무도 없는 모래밭을 가로질러 물속으로 걸어 들어갔다.

데이비드는 나무 뒤에 쪼그리고 앉아 수면 위로 보이는 남자의 머리에 시선을 고정했다. 물가에서 꽤 멀리 떨어져 있었기 때문에 남자의 머리가 수면 위에 둥둥 떠다니는 검은 공처럼 보였다. 데이비드의 오른쪽 종아리에 쥐가 나고 무릎 뒤쪽에 땀이 배기 시작했다. 하지만 데이비드는 꼼짝도 하지 않았다. 그 순간 무엇을 기다리는 거냐고 누군가 물었다면, 데이비드는 모른다고 대답했을 것이다. 그냥 그 자리에 앉아 남자를 지켜보며 무언가를 기다려야 할 것만 같았다.

데이비드한테는 한 시간처럼 느껴졌지만, 20분쯤 지나 남자가 뭍으로 나왔다. 그러고는 숱이 없는 머리를 뒤로 넘기면서 천천히 모래 언덕 사이를 향해 걸어갔다.

데이비드는 나무 뒤에 최대한 몸을 웅크리고 앉아 계속 남자를 관찰했다. 남자의 가슴을 덮은 검은 털에는 희끗희끗한 털이 듬성듬성 섞여 있었고, 수영복은 아까보다도 더 작아 보였다. 데이비드는 온몸에 퍼지는 열기를 느끼며 불안해지기 시작했다. 왜 이 낯선 사람한테 이토록 홀린 걸까?

남자는 모래 언덕 사이에 다다랐다. 그리고 초록색 비치 타월로 몸을 닦기 시작했다. 물기를 다 닦아 내고 나자 남자는 아무도 없는 것을 확인하려는 듯이 다시 주변을 둘러보았다. 그러고는 수영복을 돌돌 말아서 벗어 버렸다.

데이비드는 눈 앞에 펼쳐진 믿기 힘든 광경에 숨이 턱 막혔다. 체육 시간에 같은 반 남자애들 말고는 한 번도 벌거벗은 남자를 본 적이 없었다. 아버지의 벗은 몸도 본 적이 없었을 뿐 아니라 이런 공공장소에서 남자의 나체를 보게 되리라고는 상상도 하지 못했다. 데이비드는 눈을 돌려 다른 곳을, 옹이진 덤불이나 작고 하얀 들꽃이라도 쳐다봐야 할 것 같았다. 하지만 남자의 구릿빛 몸에서 도저히 눈을 뗄 수가 없었다.

남자는 뒤로 돌아 타월 위에 누우려고 했다. 데이비드는 남자의 시야에서 재빨리 비켜서려고 했지만 서툰 몸놀림 때문에 그의 눈에 띄고 말았다.

"뭐야?"

남자가 소리쳤다. 데이비드는 엉거주춤 일어섰고, 놀란 남자와 잠시 눈이 마주쳤다. 그러고는 뒤로 돌아 아무 말 없이 뻣뻣한 걸음으로 오솔길을 따라 걷기 시작했다. 남자가 자기를 불러 세우거나 붙잡을지도 모른다는 생각이 들었다. 그러기를 바라는 마음도 조금은 있었다. 그러나 남자와의 거리가 점점 더 멀어지는 동안 아무 소리도 들리지 않았다.

오후 햇살이 머리 위로 내리쬐었다. 그러나 데이비드의 얼굴이 붉어진 것은 햇살 때문이 아니었다. 죄책감이 밀려왔다. 몹시 나쁜 짓을 하다가 들킨 느낌이었다. 하지만 정확히 무슨 나쁜 짓을 한 건지는 알 수 없었다.

나무 몇 그루가 또 나타나자 데이비드는 멈춰 서서 뒤를 돌아 모래 언덕 쪽을 살폈다. 남자는 보이지 않았다. 데이비드가 걷는 동안 짐을 챙겨서 반대 방향으로 간 걸까? 아니면 모래 언덕 사이에 타월을 깔고 누워 있는 걸까? 남자가 모래 위에 누워 있을지도 모른다는 생각이 들자 데이비드는 또다시 숨이 막혔다. 아주 잠깐이었지만 다시 돌아가 확인해 보고 싶은 충동이 일었다.

하지만 곧 자신을 타이르기 시작했다. '바보 같은 생각 집어치워. 한 번 망신당했으면 됐지, 또 그러고 싶어?' 데이비드는 다시 주차장이 있는 방향으로 걷기 시작했다. 엄마에게 한 시간만 다녀오겠다고 했는데, 벌써 한 시간 반이 지났다.

데이비드는 주차장을 가로질러 차가 있는 곳으로 가서 차 문을 열고 신발을 꺼내 신었다. 발등이 따끔거렸다. 내일이면 아마 새까맣게 타 있을 것이다. 데이비드는 시동을 걸며 다시 남자를 떠올렸다. 자주 오는 사람인가? 다음 주 월요일에도 있을까? 다음에 만나면……?

데이비드는 속으로 벌컥 화를 내며 자신을 꾸짖었다. '그런 생각 하지도 마!' 데이비드는 끼익 소리와 함께 주차장을 빠져나와 집으로 향했다.

⊱ ⊱ ⊱

다시 월요일이 돌아왔다.

"오후에 어디 갈 거니?"

엄마가 물었다. 엄마는 거실 소파에 앉아 마리 앙투아네트의 전기를 읽고 있었다.

"호숫가에나 가 보려고요."

데이비드는 문간에 서서 최대한 침착하고 태연한 말투로 대답했다. 호숫가에 가고 싶어 안달이 난 티를 내면, 엄마는 분명 이상하게 생각할 것이다. 엄마는 다정하게 웃으며 말했다.

"그래? 잘 다녀와라. 근데 햇볕 너무 많이 쬐진 말아라. 너 잘 타잖니."

엄마는 엄마다운 잔소리를 하고는 다시 책을 펼쳤다. 데이비드는 차에 올라타며 형제가 없는 자기 신세를 한탄했다. 다른 형제가 있었다면 엄마의 관심이 자기한테만 집중되지는 않았을 것이다. 그래도 엄마의 지나친 관심이 아버지의 지독한 무관심보다는 나았다. 적어도 엄마는 데이비드의 성격에 대해 어느 정도는 알고 있었다.

데이비드는 여느 때보다 더 빨리 차를 몰았다. 빨리 호숫가에 도착해서 그 남자가 있는지 확인하고 싶었다. 지난주 내내 데이비드는 그 남자를 떠올렸다. 도서관 서가에 책을 꽂다가도, 뒷마당에서 잔디를 깎다가도, 또는 밤에 침대에 누워 있다가도 남자의 모습이 불쑥불쑥 머릿속에 떠올랐다. 데이비드는 남자의 뒷모습과 수영하는 모습, 천천히 수영복을 벗어 버리는 장면을 수십 번도 더 머릿속에 그렸고, 그때마다 숨이 멎는 것만 같았다.

이러한 상상에 불안해진 데이비드는 다른 생각으로 남자의 모습을 지워 보려고 애를 썼다. 그러나 남자의 모습은 오히려 더 끈질기게 머릿속을 파고들었다. 데이비드는 지금 남자에게 이끌려 호숫가로 찾아가면서도 자기가 무엇을 원하는지 알 수 없었다. 그 남자한테 무엇을 바라는 것일까? 데이비드는 도무지 알 수가 없었다.

주차장에 도착한 데이비드는 신발을 벗은 뒤 바지도 벗었다. 오늘은 바지 안에 헐렁한 체육복 반바지를 입고 있었다. 오솔길로 들어서자 데이비드는 모래 언덕을 향해 거의 뛰다시피 가다가 억지로 걸음을 늦췄다. 모래 언덕 사이의 움푹한 곳이 저 앞에 보이기 시작했다. 오늘도 남자가 와 있을까?

데이비드는 일주일 전 남자를 훔쳐보기 위해 몸을 숨겼던 숲 쪽으로 다가갔다. 몸을 낮추고 천천히, 소리 없이 움직였다. 마치 수색 대원이라도 된 듯한 느낌이었다.

데이비드는 나무 뒤에 자리를 잡고 모래 언덕 사이의 공간을 살폈다. 아무도 없는 것 같았다. 데이비드는 양쪽의 모래 언덕과 호수도 샅샅이 살폈지만, 아무것도 보이지 않았다. 모래밭을 거니는 사람도 없었고, 물속에서 헤엄치는 사람도 없었다.

데이비드는 털썩 주저앉아 생각에 잠겼다. '아직 안 온 건지도 몰라. 아니면 벌써 와서 모래 언덕 사이에 누워 일광욕하고 있나? 검정 수영복을 입고 있을까, 아니면 벗었을까?' 나체로 누워 있는 남자의 모습이 머릿속에 떠오르자 데이비드는 이마가 뜨거워졌다.

데이비드는 기다리고 또 기다렸다. 머리 위로 갈매기가 울면서 날아갔다. 클로버로 뒤덮인 한 뼘 높이의 풀밭 위로 벌이 윙윙거리며 날아다녔다. 데이비드는 자세를 고쳐 앉았지만 불편하기는 마찬가지였다. 더위 때문에 머리가 따끔거렸고, 다리도 저리기 시작했다.

마침내 데이비드는 일어났다. 시계를 보니 벌써 40분이나 지나 있었다. 남자가 정말 모래 언덕 사이에 누워 있었으면 벌써 두어 번은 뒤척였을 것이다. 하지만 데이비드는 남자가 정말 없는지 직접 확인하고 싶었다. 꼭 그래야만 할 것 같았다.

이럴 때는 배짱으로 밀고 나가는 게 나을 것 같았다. 데이비드는 살금살금 다가가기보다는 태연하게 지나가기로 했다. 그리고 만약 남자가 있으면 물속으로 들어가는 길인 것처럼 아무렇지도 않게 지나치기로 했다. 자신감이 생긴 데이비드는 나무 그늘에서 나와 모래 언덕을 향해 걸었다.

모래 언덕 사이는 텅 비어 있었다. 데이비드는 실망감에 가슴이 무너지는 것 같았다. 너무나 실망한 나머지 거의 울고 싶은 심정이었다. 그만큼 남자가 있기를 간절히 바랐던 것이었다.

왜 그토록 남자가 보고 싶었는지는 모른다. 남자가 잘생겨서는 아니었다. 사실 그 남자는 잘생겼다고 볼 순 없었다. 그리고 젊지도 않았다. 데이비드를 사로잡은 것은 남자의 외모가 아니라 다른 무엇이었다. 데이비드가 한 번도 경험하지 못한 신비하고 강력한 힘이었다. 2층 방 창문 너머로 다른 남자를 훔쳐볼 때도, 폴과 있을 때도, 그 누구를 만났을 때도 경험하지 못한 낯선 느낌이었다.

데이비드는 모래 언덕 사이에 대자로 드러누워 태양을 가리며 지나가는 구름을 바라보았다. 그리고 자기가 꼬깃꼬깃한 셔츠와 헐렁한 반바지를 입은 빼빼 마른 소년이 아니라 미끈한 수영복을 입은 그 남자라면 어땠을까 상상하기 시작했다.

데이비드는 자기가 만들어 낸 공상에 화들짝 놀라서 더 깊이 빠져들기 전에 재빨리 몸을 일으켰다. 호숫가에서 자위를 할 순 없는 노릇이었다. 그러다 누가 보기라도 하면 정말 큰일이니까.

욕구불만으로 몸이 근질근질해진 데이비드는 오솔길로 돌아가 주차장을 향해 걸었다. 그러다가 뒤를 돌아 모래 언덕 쪽을 다시 한번 쳐다봤지만 역시 아무도 없었다.

➤➤ ➤➤ ➤➤

　그다음 월요일 아침, 데이비드는 일어나자마자 날씨부터 살폈다. 하늘에는 먹구름이 잔뜩 끼어 있었고, 조금만 있으면 빗방울이 후드득 떨어질 것 같았다. 제기랄! 지난주에는 남자를 보지 못했지만, 오늘은 꼭 볼 수 있을 줄 알았다. 그런데 비가 와 버리면 나타나지 않을 게 분명했다.

　아침에 데이비드는 토스트에 잼을 발라 먹겠느냐고 묻는 엄마에게 버럭 신경질을 부렸다. 그러고는 미안한 마음에 시키지도 않았는데 화단에서 잡초를 뽑겠다고 나섰다.

　"비 올지도 모르는데 좀 기다려 보지?"

　"아니, 지금 할게요."

　오늘처럼 우중충한 날에는 무엇을 해도 집 안에 처박혀 있는 것보단 낫겠다 싶었다.

　"그래도 이따가 해가 날지도 모르잖아."

　"해 나면 호숫가에 갈 거란 말이에요!"

　자기도 모르게 커져 버린 목소리에 놀란 데이비드는 재빨리 엄마의 눈치를 살폈다. 안절부절못하는 자신을 엄마한테 들키고 싶지 않았다. 엄마가 호숫가엔 왜 가는지, 가서 뭘 하는지 캐묻기 시작하면 골치만 아파질 게 뻔했다. 하지만 엄마는 아무렇지도 않게 커피를 한 잔 더 따르면서 말했다.

"그래, 네가 바라는 대로 되면 좋겠다."

⊱ ⊱ ⊱

점심때를 조금 앞두고 해가 나기 시작했다. 데이비드는 점심을 먹고 바로 집을 나섰다. 그리고 차에 타자마자 셔츠 단추 두 개를 풀었다. 차창으로 불어와 맨가슴을 스치는 더운 바람마저 기분 좋게 느껴졌다.

모래밭 뒤편 나무들이 있는 곳에 도착한 데이비드는 모래 언덕 사이를 살폈다. 남자는 보이지 않았지만, 데이비드는 이상하게도 걱정되지 않았다. 왠지 모르게 오늘은 남자를 꼭 만나게 되리라는 확신이 들었다.

데이비드는 집에서 가져온 커다란 목욕 수건을 모래 위에 펼치고서 그 위에 누웠다. 바람에 찰랑이는 나뭇잎이 햇볕을 조금 가려 주었다. 데이비드는 셔츠 단추를 마저 풀었지만 셔츠를 벗지는 않았다. 가슴과 어깨가 햇볕에 타는 게 싫어서였다.

졸고 있던 데이비드는 파리 때문에 잠이 깼다. 얼마간 잠들었는지 알 수 없었다. 데이비드는 목에 앉은 파리를 쫓아 버리고는 일어나 앉아 멍하니 주위를 둘러보았다. 모래 언덕 사이에 서 있는 남자가 눈에 들어왔다. 지난번과 똑같은 검정 수영복 차림이었다. 남자는 데이비드 쪽을 쳐다보고 있었다.

갑자기 부끄러워진 데이비드는 시선을 떨궜다. 다시 눈을 들어 보니 남자는 몸을 돌리고 팔에 선탠로션을 바르고 있었다. 로션을 다 바른 남자가 몸을 숙이자 모래 언덕에 가려지면서 데이비드의 시야에서 사라졌다.

데이비드는 수건 위에 쪼그리고 앉아 양팔로 무릎을 감싸 안은 채 남자 쪽을 뚫어지게 쳐다보았다. 그렇게 몇 분이 지났다. 데이비드는 시간이 흐르는 것을 의식하지 못했다. 움직이고 싶은 마음이 간절했지만 어디로 갈지 갈피를 잡을 수가 없었다. 나무 뒤로 물러나기는 싫었고, 남자한테 더 가까이 다가가자니 두려움이 앞섰다. 신경은 온통 기다리는 데 쏠려 있었다. 그냥 하염없이 기다리고 또 기다렸다.

마침내 남자가 팔꿈치로 땅을 딛고 윗몸을 일으키더니 모래 언덕 너머로 데이비드를 바라보았다. 마치 데이비드의 집념이 소리 없이 남자를 끌어당긴 것 같았다. 남자가 불쑥 물었다.

"너 뭐야? 날 염탐하는 거냐?"

"염탐하는 거 아니에요. 그냥……."

"그냥 뭐?"

"그, 그냥 난……."

데이비드는 자기도 모르게 말을 더듬었다. 남자는 일어나더니 다리에서 모래를 털면서 말했다.

"나 벌거벗고 선탠했던 거 누구한테 말 안 했지? 그럼 나 구속될 수도 있어."

"그럼요, 아무한테도 말 안 했어요!"

데이비드는 무릎을 더 꽉 껴안으면서 속으로 생각했다. '대체 날 뭘로 보는 거야? 그리고 그런 얘길 누구한테 할 수 있겠어?'

남자는 데이비드의 불안함을 눈치챈 듯했다. 그는 데이비드에게 걸어오더니 수건 옆에 웅크려 앉았다. 그리고 아까보다 부드러운 목소리로 다시 말을 걸었다.

"미안하다. 널 몰아붙일 뜻은 없었어. 내가 여기 사람이 아니라 어떻게 행동해야 하는지 잘 몰라서 말이야."

"아저씨 때문에 좀 놀란 것뿐이에요. 호숫가에서 수영복 벗는 사람은 처음 봤거든요."

데이비드는 말이 끝나는 순간, 자기 말이 얼마나 바보같이 들렸을지를 깨닫고 아차 싶었다. 그러나 남자는 그저 빙그레 웃으며 말했다.

"설마 나 같은 늙은이가 엉덩이 까는 걸 보고 흥분한 건 아니겠지?"

"아저씨 안 늙었어요!"

데이비드가 얼른 말했다.

"고맙다, 꼬마야. 근데 나 서른여덟이거든? 너보단 엄청 늙은 거지."

데이비드는 무시당한 기분이 들어서 뾰로통하게 대꾸했다.

"나 다음 달이면 열일곱이거든요?"

그러면서 자기도 모르게 몸에 짝 달라붙은 남자의 수영복을 뚫어지게 쳐다보았다. 수영복이 가리는 부분이 얼마나 적었는지 홀딱 벗은 것과 별 차이가 없을 정도였다. 수영복 생각에 민망해진 데이비드는 얼른 고개를 돌렸다. 하지만 남자는 데이비드의 속마음을 눈치채고는 부드럽게 말했다.

"괜찮아."

"네?"

데이비드의 목소리가 떨렸다.

"내 몸 실컷 봐도 괜찮다고. 난 기분 좋은데?"

데이비드는 크게 한숨을 내쉬었다. 그때까지 자기가 숨을 참고 있다는 사실도 모르고 있었다. 남자가 말을 이어 갔다.

"너도 몸 좋은데? 가리지 않은 데밖에 안 보이지만."

몸이 좋다고? 그런 말은 처음이었다. 데이비드는 자기 팔이 너무 빈약하고 가슴에도 근육이 너무 없다고 생각해 왔다. 그런데 방금 남자가 한 말은…….

데이비드는 남자 쪽으로 고개를 돌려 남자의 얼굴을 자세히 살펴보았다. 남자가 실컷 봐도 괜찮다고 했으니까. 턱에 보조개가 있고, 눈가에는 주름이 파여 있었다. 많이 웃어서 생긴 주름 같았다. 아니면 걱정이 많아서 얼굴을 찌푸리다 생긴 주름일지도 몰랐다.

남자는 자기를 관찰하는 데이비드를 똑바로 바라보다가 자리에서 일어났다. 데이비드는 속으로 생각했다. '이젠 어떻게 되는 거지? 아저씨가 나를 만지나? 아니면 영화에서처럼 단둘이 있을 만한 곳으로 가자고 하나?' 데이비드는 어떤 일이 벌어질지 알 수 없었지만, 흥분 반 두려움 반으로 온몸에 소름이 돋는 것을 느꼈다.

"이쪽은 너무 덥다."

남자가 팔에 달라붙은 파리를 찰싹 때려서 쫓으며 말했다.

"물가 쪽으로 산책이나 하러 갈까?"

데이비드도 일어섰다. 조금 전의 흥분이 가라앉고 막연한 실망감이 밀려들었다. 물가 쪽은 남의 눈을 피해 단둘이 있을 만한 곳이 없었다. 남자는 또 한 번 데이비드의 속마음을 눈치챘다. 그리고 데이비드의 어깨를 가볍게 만졌다. 데이비드는 팔 전체가 전율하는 것을 느꼈다.

"꼬마야, 네가 뭘 원하는지 알 것 같다."

"원하는 거 없어요!"

데이비드가 힘주어 말했다. 남자 앞에서 갑자기 알몸이 되어 버린 기분이었다. 남자가 말했다.

"알아, 안다고. 하지만 장소가 안 어울리잖아. 나도 너한테 안 어울리고."

그러고는 데이비드가 끼어들기 전에 바로 말을 덧붙였다.

"그렇다고 널 싫어한다거나 네가 미남이 아니라고 생각하는 건 아니야. 그 반대지."

미남이라고? 데이비드는 자기 귀를 의심했다. 남자는 말을 계속했다.

"하지만 난 곧 떠날 사람이야. 그러니까 산책이나 하자고. 어때?"

데이비드가 고개를 끄덕였다.

"참, 난 앨런이야. 넌 이름이 뭐니?"

"데이비드요."

"반갑다, 데이비드."

남자와 데이비드는 힘껏 악수했다. 악수하며 그렇게 손을 꽉 잡는 사람은 처음이었다.

데이비드와 앨런은 호숫가를 따라 삼십 분쯤 걸었다. 시원하고 얕은 물에 몸을 담그기도 하고, 잔잔한 호수 위로 누가 물수제비를 더 잘 뜨는지 시합을 하기도 했다.

앨런은 시카고에 있는 대형 백화점의 남성복 구매과에서 일하며, 검정 수영복도 이탈리아로 출장을 갔다가 산 것이라고 얘기해 주었다. 세인즈베리에는 고모와 고모부를 보러 왔던 것인데, 내일이면 시카고로 돌아갈 예정이라고 했다.

데이비드는 앨런에게 자기 인생 이야기를 들려주었다. 나이 든 부모님과 친구 폴에 관해 이야기했고, 연극배우나 극작가가 되는 게 꿈이라고 말했다.

데이비드는 조금 전까지만 해도 전혀 모르는 사람이었던 앨런에게 누구한테도 말하지 못했던 비밀들을 털어놓았다. 자기가 숫총각이라고 고백했고, 남자의 몸을 보면 흥분된다는 이야기를 털어놓을 때는 근처에 아무도 없는데도 작은 소리로 속삭였다.

늦은 오후가 되면서 해가 조금씩 떨어지기 시작하자, 앨런은 마지막으로 호수에 돌을 던지고는 데이비드를 보며 말했다.

"이제 가야겠다."

둘은 모래 언덕 사이로 돌아갔고, 앨런은 짐을 챙겼다. 데이비드는 답을 알면서도 물었다.

"다음 주 월요일엔 안 올 거죠?"

"그렇지. 시카고에서 일하고 있겠지."

앨런은 양손으로 데이비드의 어깨를 꽉 잡았다.

"그래도 넌 와라. 좀 더 태워서 까무잡잡하면 보기 좋을 것 같은데. 심하게 타지 않도록 조심하면 되잖아."

데이비드는 웃으려 했지만 어색한 표정밖에 짓지 못했다. 이제 막 앨런과 가까워졌는데, 지금 헤어지면 다시는 못 볼 것 같았다. 앨런은 데이비드의 턱 아래를 가볍게 치며 말했다.

"꼬마야, 그렇게 슬픈 얼굴 하지 마. 다 괜찮을 거야."

그러고는 가방을 집어 들고 천천히 뒷걸음질하기 시작했다.

"그리고 이것만은 기억해라. 넌 혼자가 아니야."

앨런은 반대편 주차장에 차를 세워 두었다고 했다. 데이비드는 우두커니 서서 멀어지는 앨런을 바라보았다. 앨런이 뒤돌아서 손을 흔들자 데이비드도 손을 흔들었다. 앨런은 나무가 우거진 쪽으로 사라졌다.

오솔길을 따라 주차장으로 향하던 데이비드는 이상하게 날아갈 듯한 기분에 휩싸였다. 앨런과 헤어지면 허전함이 밀려들 줄 알았는데 오히려 어떤 충만감과 깊은 만족감이 느껴졌다. 데이비드는 "넌 혼자가 아니야"라는 앨런의 말을 다시 떠올렸다.

그러자 태어나서 처음으로 정말 자기가 혼자가 아니라는 생각
이 들었다.

데이비드는 기쁨을 감추지 못하고 경중경중 뛰기 시작했다.
그러다가 우스꽝스러운 자기 모습에 소리 내어 웃었다. 매점을
지나칠 때까지도 데이비드는 여전히 경중경중 뛰고 있었다. 매
점 앞에 앉아 있던 사람 중에 몇 명이 고개를 돌려 데이비드를
쳐다보았다. 한 꼬마가 자기 엄마에게 물었다.

"엄마, 저 오빠 뭐하는 거야?"

데이비드는 사람들의 시선에도 아랑곳하지 않고 그냥 싱긋
웃으며 꼬마에게 손을 흔들고는 계속 경중경중 뛰어갔다.

제임스 크로스 기블린 James Cross Giblin

〈7월의 세 월요일〉에 나오는 사건을 나는 한 번도 경험해 보지 못했습니다. 하지만 나도 1950년대 초반에는 주인공 데이비드처럼 오하이오 동북부의 이리호 근처에 있는 작은 도시에서 살았고, 그곳에서 질풍노도와도 같은 청소년기를 보냈습니다. 지금은 논픽션 작가로 더 알려졌지만, 나는 사실 희곡 작가로 출발했습니다. 데뷔작은 《내 버스는 항상 늦게 온다 My Bus Is Always Late》라는 단막극이었습니다. 1950년대 후반에는 윌리엄 스타이런의 소설 《어둠 속에 눕다 Lie Down in Darkness》를 각색해서 브로드웨이 응모전에 당선되었지만, 이 작품은 무대에 오르지 못했습니다.

1960~1970년대에 걸쳐 동화책 편집자로 이름을 알리게 된 이후로 나는 직접 동화를 쓰기 시작했고, 그중 몇 권은 상을 받기도 했습니다. 《굴뚝 청소부의 어제와 오늘 Chimney Sweeps: Yesterday and Today》은 '아메리칸 북 어워드'와 '골든 카이트' 상을 어린이 비소설 부문에서 받았습니다. 《장벽, 방어술의 역사 Walls: Defenses Throughout History》와 《빛이 있으라: 창문 이야기 Let There Be Light: A Book About Windows》도 골든 카이트 상을 받았습니다. 《로제타 돌의 수수께끼 Riddle of the Rosetta Stone》와 《유니콘에 관한 진실 The Truth About Unicorns》를 비롯한 9권의 책이 미국도서관협회의 '좋은 어린이 책' 목록에 오르기도 했습니다.

클라리온 출판사의 편집장 겸 발행인으로 일하다가 1989년에 은퇴했지만, 지금도 객원 편집자로 일하고 있습니다. 이 책의 지은이 중에서는 C. S. 애들러, 매리언 데인 바우어와 함께 작업하기도 했습니다.

땅굴 속에서

이번 임무는 그동안 바이가 수행한 임무 중에서 가장 위험했다. 바이와 여자 2명으로 구성된 3인조 세포 조직은 12호 땅굴 입구를 지나서 출격할 예정이었다. 12호 입구는 적진 안에 있었다.

며칠 전 적군이 우리가 있는 땅굴 바로 위에 막사를 지은 뒤로는 아무도 12호 입구를 사용하지 않았다. 적군은 우리가 바로 밑에 있다는 사실을 전혀 눈치채지 못했다. 그러나 우리는 머리 위에서 들리는 소리로 그들의 위치와 무장 상태를 파악하고 있었다. 나도 정찰을 나갔을 때 잠복호에서 적군을 직접 본 적이 있었다. 적군은 여러 대의 헬기와 탱크, 막강한 화력을 보유하고 있었다. 게다가 식량도 많았다.

물론 우리가 다른 땅굴 전투원들보다 사정이 낫다는 건 나도 잘 안다. 우리에게는 아직 썩지 않은 쌀이 있다. 커다란 쥐를 잡아 연기 자욱한 지하 부엌에서 구워 먹을 수도 있다. 하지만 매일 똑같은 걸 먹다 보면 지겨워지게 마련이다. 게다가 땅굴에 있는 그 많은 사람이 배불리 먹기에는 늘 식량이 부족했다. 그에 비하면 적군이 가진 식량은 엄청났다. 깡통에 담긴 고기와 수프와 채소, 신선한 빵, 빵에 발라먹는 달짝지근한 것까지. 난 한 번도 먹어 보지 못했지만, 전령들이 하는 얘기를 듣고 알았다. 그러니 저렇게 덩치가 크고 뚱뚱할 수밖에!

하지만 이번 임무의 주된 목표는 식량 조달이 아니었다. 사령관님이 바이에게 내린 명령은 탱크와 헬기를 폭파하고 탄약을 최대한 많이 탈취해 복귀하라는 것이었다. 우리는 늘 무기가 모자랐기 때문에 적의 무기를 빼앗아 쓸 수밖에 없었다. 물론 셋이서 식량까지 훔치기에는 시간이 부족할 것이다. 그렇지만 사령관님은 최초로 적진에 침투하는 작전에 1개 조 이상의 세포 조직을 파견하는 것은 위험하다고 판단했다.

우리는 절대로 적과 정면으로 대결하지 못한다. 적군은 수로

나 힘으로나 우리를 압도하고, 값비싼 전투기와 탱크와 폭탄과 총을 가지고 있다. 그런 놈들과 맞선 우리는 농민이다. 우리는 숨어 있다가 기습 공격을 하는 수밖에 없다. 그래서 우리에게 땅굴이 있는 것이다.

우리 구역의 3인조 세포 조직 중에서 바이의 세포 조직이 가장 잘 싸우고 용감하다는 것은 다들 알고 있다. 오래전부터 이름을 날렸던 바이는 자기가 이끌 세포 조직의 두 부하를 아주 신중하게 뽑았다. 당과 쩐은 자매인데, 적군이 고향 집에 불을 지르자 지하에 있던 땅굴을 통해 탈출했고, 그때부터 계속 이어지는 땅굴을 통과하다 보니 320킬로미터나 되는 이 지하 도시의 모든 땅굴을 돌아다니게 되었다고 한다. 고향을 잃은 자매는 한이 맺혀서 지금도 적에 대한 증오심이 불타오른다. 증오심은 둘을 지치지 않게 만들고, 그 끈기는 둘을 믿음직한 투사로 만든다.

바이가 세포 조직 부하로 여자 두 명을 뽑은 데는 또 다른 이유가 있다.

2년 전 강에서 친구들과 헤엄치며 놀고 있을 때, 나를 바라보던 바이의 눈빛을 아직도 기억한다. 그때는 지금보다 밖에서 더 오래 있을 수 있었다. 이미 유명한 투사였던 바이의 그런 눈빛은 내가 오랫동안 바라던 것이었다. 다른 사람들은 눈치채지 못

했지만 나는 그 눈빛이 무엇을 뜻하는지 알 수 있었다. 난 원래 수줍음을 타는 성격이 아니다. 그래서 친구들이 모두 가기를 기다렸다가 바이에게 다가가 말을 걸었다. 바이가 먼저 나한테 올 것 같지는 않았기 때문이다. 처음에는 이야기를 나누면서 서로의 눈을 지그시 바라보았다. 그러다가 곧 얼굴에 웃음꽃이 피었다. 우린 서로를 이해하고 있었다.

바이는 과거에 남자가 있었고, 나는 처음이었다. 하지만 바이와의 사랑은 내가 오래전부터 원하던 것이었다. 나 같은 소년이 여섯 살이나 많은 남자랑 친구처럼 지내는 것은 의심을 살 만한 일이었다. 바이와 나는 그 누구도 우리 사이를 알아서는 안 된다고 생각했다. 하지만 단둘이 안전하게 만날 장소를 찾기는 쉽지 않았다. 정글에서도 누군가 조용히 지나가다 우리를 발견할 위험이 있었다. 그래도 우린 정글에서 계속 만났다. 단둘이 있을 때는 웃기도 많이 웃었고, 가끔은 울기도 했다. 서로 떨어져 있는 것만큼 견디기 힘든 것은 없었다.

물론 지금도 부하들을 이끌고 12호 입구를 지나 적진으로 올라가는 바이를 배웅하며 행운을 빌어 주지는 못했다. 누군가 의심할지도 모르고, 게다가 난 다른 일을 해야 했기 때문이다. 나는 12호 입구에서 800미터쯤 떨어진 지하 수술실에서 발전기를 돌리느라 자전거 페달을 밟고 있었다. 사람들은 내가 위험한 임무를 맡기에는 경험이 부족하다고 한다. 그래서 나는 지구력이 필요한 일을 도맡아 한다. 나는 열일곱 살치고는 몸집이 작은 편이다. 키가 160센티미터도 안 되니까. 하지만 나는 마을 아이들 중에서 힘이 가장 센 축에 든다. 산소가 부족한 땅굴 속에서도 오랫동안 지치지 않고 발전기를 돌릴 수 있고, 커다란 양동이 가득 물을 나르는 일도 잘한다. 땅굴 파는 속도는 나를 따라올 사람이 거의 없을 정도다. 우리 땅굴에서도 내가 판 곳이 많다. 요즘에도 나는 혼자서 땅을 많이 파고 있다.

아무튼 그래서 난 바이가 나가는 걸 보지 못했다. 하지만 사령관님이 바이의 세포 조직에 무슨 이야기를 했을지는 안 들어도 알 수 있다. 우리가 학교에서 배운 것이나 지하 인쇄소에서 찍어 낸 전단에 적힌 내용과 똑같은 이야기를 했을 것이다.

"절대 잊지 마라. 가장 중요한 것은 땅이다. 적들은 우리 땅을 빼앗으려고 지구 반대편에서 왔다. 하지만 우리는 대지 속으로 더 깊숙이 파고들 것이다. 적들에게 땅을 빼앗기느니 차라리 목숨을 걸고 싸우다 죽을 것이다!"

발전기 자전거의 소음이 그렇게 크지 않은데도 지하 수술실에서는 땅 위에서 나는 소리가 거의 들리지 않는다. 수술을 받는 환자의 비명에 묻히기 때문이다. 수술실에는 환자의 팔다리를 절단하거나 할 때 쓸 마취제와 진통제조차 없다. 그런데 오늘은 환자가 기절해 버렸다. 그래서 깜박거리는 희미한 전등으로 밝힌 수술실은 톱으로 뼈를 가는 소리와 자전거가 삐걱대는 소리만 날 뿐 조용했다. 그 바람에 나는 아주 불길한 징조를 듣고 말았다. 하필이면 바이와 당과 쩐이 땅굴에서 나가기 직전에 말이다.

땅굴에서 몇 킬로미터 떨어진 적군의 본부에서 날아온 헬기 소리였다. 헬기에 달린 확성기에서 나는 소리가 얼마나 큰지 땅굴 속에서도 뚜렷하게 들린다. 우리는 죽은 사람들을 제대로 묻어 주지 않으면 그들의 혼이 편히 잠들지 못하고 구천을 헤맨다고 믿는다. 적들은 이 점을 알고 있어서 확성기로 구천을 헤매는 혼령들의 비명과 신음을 들려준다. 그것도 우리말로 말이다. 혼령들은 적에게 항복했더라면 이렇게 영원히 잠들지 못하고 떠돌아다니지 않아도 됐을 거라며 통곡한다.

물론 우리는 그 소리가 가짜임을 안다. 적들이 쓰는 또 다른 비열한 속임수라는 것을 말이다. 하지만 사방에 죽은 전우의 시체를 쌓아 놓은 땅굴 속에서 그 소리를 들으면 등골이 오싹해질 수밖에 없다. 특히 나는 위험한 작전을 앞두고 바이와 당과 쩐도 그 소리를 들을 거란 사실이 마음에 걸렸다. 바이를 다시는 못 보게 될지도 모른다는 생각을 떨쳐 버리기 힘들어졌다.

의사도 바이가 출격할 시간이 되었음을 알고 있었던 모양이다. 의사는 "재수 없군" 하고 중얼거리더니 수술대에서 눈을 떼지 않은 채 계속 톱질을 했다.

내가 큰 소리로 말했다.

"저 소리를 들으면 적개심이 더 불타오를 거예요! 더 의기충천해서 임무를 성공시킬 거라고요!"

의사가 잠깐 나를 올려다보고는 마음에 든다는 듯이 고개를 끄덕였다.

"그래, 아주 좋은 자세다. 너도 곧 오늘 같은 임무를 맡을 날이 오겠구나."

나는 아무런 대꾸도 하지 않았다. 거만해 보이면 안 되니까. 의사의 말이 새삼스러운 것은 아니었다. 나는 이미 마을 사람들한테 인정받고 있었다. 바이와 내가 어떤 사이인지 알려지면 상황은 달라지겠지만. 호기롭게 말을 내뱉기는 했지만 내 마음은 아까보다 더 불안해졌다.

'왜 하필이면 지금 저 방송을 하고 난리야?'

나는 불안한 생각을 지우려고 자전거 페달을 더 세게 밟았다. 하지만 밖에서 일어나고 있을 일을 떠올리지 않을 수 없었다. 적들이 절대 발견하지 못하도록 덤불로 잘 위장한 12호 땅굴 입구가 떠오른다. 뚜껑을 조심스럽게 밀어 올리고서 당과 쩐과 함께 소리 없이 땅 위로 기어오르는 바이의 모습이 보인다.

밤에도 별빛 때문에 바깥은 땅굴 속보다 밝다. 세 사람은 위험한 작전을 앞둔 상황이긴 하지만, 땅굴에서 벗어날 때마다 느껴지는 상쾌함을 만끽하고 있을지도 모른다. 대지와 하늘의 광활함, 바람의 움직임, 씻지 못한 몸에서 나는 쉰내와 하수 냄새가 나지 않는 맑은 공기. 땅굴을 나서는 순간에는 늘 그런 행복감이 먼저 느껴진다.

하지만 세 사람은 마냥 행복감에 젖어 있진 않을 것이다. 한순간도 긴장을 늦추지 않고서 몸을 숨긴 채 나무와 나무 사이로 소리 없이 움직일 것이다. 적들이 대부분 자고 있을지라도 세 사람은 절대 경계를 늦추지 않을 것이다. 물론 적군은 보초를 세워 뒀겠지만, 보초병들은 막사에서 먼 바깥쪽 경계선에 배치되어 있을 것이다. 막사 쪽에서 무슨 소리가 나더라도 보초병들은 같은 부대원이 내는 소리라고 여길 것이다.

바이와 당과 쩐이 탱크와 헬기에 폭탄을 설치하려면 소리를 전혀 안 낼 수는 없을 것이다. 이것이 이번 작전에서 가장 중요한 부분이다. 바이가 설치할 폭탄은 다른 구역의 전투원들이 적진에서 훔친 원격 조종 폭탄이다. 적군이 우리 땅굴 바로 위에서 숙영할 것이라는 첩보가 전해지면서 우리는 그 폭탄을 지원받았다. 만약 폭탄을 설치하고 나서 바이에게 예기치 못한 일이 생기더라도 폭탄만은 땅굴 안에서도 폭발시킬 수 있는 것이다.

하지만 나는 그런 일은 일어나지 않을 거라고 스스로 안심시키면서 땀을 뻘뻘 흘리며 자전거 페달을 밟았다.

폭탄을 설치하고 나면 무기와 탄약을 탈취해야 한다. 셋은 무기고와 땅굴 입구 사이를 여러 번 왔다 갔다 하면서 무기를 나를 것이다. 그러면 사람들은 입구 밑에서 기다리다가 무기를 받을 것이고, 그다음에는……

"얘야, 이제 됐다."

의사가 말했다. 환자의 절단된 다리 끝에는 붕대가 감겨 있었다. 간호사는 뒷정리를 끝내고 다 쓴 약병으로 만든 호롱불에 불을 붙였다. 자전거 페달에서 발을 떼자 전등이 깜빡거리다 꺼졌다. 나는 의사와 함께 환자를 들어 올리고서 간호사가 들고 있는 불빛을 따라갔다. 수술실은 내가 허리를 펴고 설 수 있을 만큼 천장이 높아서 환자를 바닥에 질질 끌 필요가 없었다. 땅굴 속에 있는 통로는 대부분 천장이 낮아서 허리를 굽히거나 기어서 다녀야 했다.

환자를 해먹에 눕히고 나자 의사가 나에게 말했다.

"가서 좀 쉬어라. 오늘 수고 많았다."

나는 고개를 끄덕였지만 쉬러 가지 않았다. 위조 통로로 가서 또 땅을 팠다.

위조 통로는 막다른 골목으로 되어 있다. 땅굴 속으로 침입

할지도 모르는 적군을 속이기 위해 만든 통로이기 때문이다. 통로는 굽이굽이 가다가 부비트랩을 설치해 놓은 쪽으로 확 꺾어진다. 적군이 지뢰선을 밟으면 우리가 심어 놓은 사제 수류탄이 터지게 된다. 우리가 위조 통로를 사용할 일은 없었고, 실제로도 이쪽으로 오는 사람은 아무도 없었다. 그래서 내 비밀 작업에는 안성맞춤이었다. 난 작업을 거의 끝낸 상태였고, 오늘 밤에는 반드시 끝내고 싶었다.

바이와 내가 정글에서 만나던 시절, 바이는 늘 다정했다. 우리가 단둘이 보낸 시간은 늘 행복했다. 나는 지금도 함께 웃던 그때를 자주 떠올린다. 하지만 그때도 우린 밤새도록 같이 있지는 못했다. 더구나 사생활이 전혀 없는 땅굴 속에서 생활하게 된 요즘에는 단둘이 있을 기회가 거의 없었다. 사랑하는 사람과 함께 있지 못하는 것은 육체적 고통이나 다름없다. 그래서 나는 이토록 열심히 비밀 방을 만드는 것이다. 내가 먼저 바이에게 다가가 말을 걸었을 때도 그랬다. 난 무엇이든 하기로 마음먹으면 해내고야 만다.

위조 통로는 수술실보다 12호 입구에 더 가까이 있다. 나는 비밀 방 천장에 낙하산 천을 고정하고 있었다. 작업이 끝날 즈음, 12호 입구 쪽에서 소동이 벌어지는 소리가 들렸다. 밖에서 소동이 났을 때 들리는 큰 소리가 아니었다. 땅굴 속에서는 아주 조용히 움직여야 해서 청각이 발달하게 된다. 그래서 빠른 발걸음 소리와 다급한 속삭임은 바깥 마을에서 들리는 총소리나 비명 못지않게 위험을 알리는 신호가 된다. 나는 위조 통로를 빠져나와 허리를 굽힌 채 잰걸음으로 12호 입구 쪽으로 갔다. 이젠 땅굴 생활에 너무 익숙해져서 앞이 보이지 않는 컴컴한 통로를 걸어도 손으로 더듬거릴 필요가 없었다.

혹시 바이한테 무슨 일이 생긴 걸까? 난 무슨 일인지 알아보기가 두려웠지만, 잠자코 있을 수만도 없었다. 비상 사태가 생기면 사람들이 도와주려고 몰려오는 것은 당연하므로 내가 나타나도 아무도 이상하게 여기지 않으리라 생각했다.

입구 바로 밑의 통로에 누군가 희미한 호롱불을 들고 서 있었다. 당과 쩐도 있었고, 사령관님을 비롯한 여러 사람이 보였다. 그런데 바이는 보이지 않았다. 그렇다고 사람들에게 대놓고 물을 수는 없는 노릇이었다. 나는 쩐에게 속삭였다.

"괜찮아요? 무슨 일……."

바로 그때, 바이가 날렵하게 입구에서 뛰어내렸다. 바이는 한마디도 하지 않고 뒤로 한 걸음 물러서더니 부비 트랩의 덮개를 걷어 냈다. 입구 밖으로 적군의 손전등 불빛이 보였고, 목소리도 들렸다. 그러더니 적군 한 명이 입구로 내려오기 시작했다. 적군은 작은 몸집으로 비좁은 입구를 쉽게 통과하더니 가볍게 뛰어내렸다. 하지만 그가 떨어진 곳은 입구 바로 밑 웅덩이에 박아 둔 죽창 위였다.

위에서 비친 손전등 불빛 아래 바이는 적군이 비명을 지르기도 전에 조용히 적군의 목을 칼로 그었다. "지금 폭파하세요. 빨리!" 바이는 뒤도 돌아보지 않고서 작은 소리로 말했다.

바깥 불빛에 익숙해져 있던 바이는 땅굴 안에서는 눈뜬장님과 다름없었을 것이다.

또 다른 적군이 입구 밖에서 소리를 질렀다. 12호 입구가 적들에게 발각되는 순간이었다. 이제 우리는 이 구역을 버려야 한다. 적군이 곧 이곳을 파괴할 테니까. 몇 주 동안 정성 들여 파 놓은 내 비밀 방! 하지만 이건 이기적인 생각이었다. 나는 실망감을 억눌렀다.

사령관님이 격발기를 누르는 순간, 바이는 다시 입구로 기어 올라갔다. 폭탄이 터지면서 땅굴이 흔들리고 천장에서 흙이 후두두 떨어졌다. 적군의 시체가 거꾸로 처박혀서 상반신만 입구 안쪽에 매달려 있었다. 헬기가 폭발하는 데 정신이 팔린 사이에 바이가 처치한 모양이다. 이놈은 아까 죽은 놈보다 더 덩치가 크고 뚱뚱했다. 구멍에 끼어서 입구를 막고 있었다. 이놈을 빼내지 않으면 바이가 땅굴 속으로 들어오지 못해 적군에게 잡히게 뻔했다. 누구도 말이 없었지만 다들 어떻게 해야 하는지 알고 있었다. 우리는 적군의 팔을 잡아당기기 시작했다. 놈은 정말 꽉 끼어 있었다.

그러다 흙이 비 오듯 쏟아져 내리면서 적군이 먼저 죽은 동료의 시체 위로 떨어졌다. 바이가 곧 뒤따라 내려왔다. 바이는 적군의 시체를 밟고 서서 12호 입구의 뚜껑을 닫았다.

바이는 비틀거리며 시체에서 내려와 벽에 몸을 기댔다. 그리고 숨을 헐떡이며 말했다.

"괜찮습니다. 우릴 본 건 저 두 놈밖에 없습니다. 나머진 우리가 어떻게 침입했는지 눈치 못 챘습니다."

"수고했네, 자네 조직은 실패하는 일이 없군."

사령관님이 이런 칭찬을 하는 경우는 아주 드물었다.

나는 아직 무기고로 옮기지 않은 M14 소총 몇 자루를 집으려고 다가갔다. 소총은 바이의 발 바로 옆에 쌓여 있었다. 나는 몸을 굽히면서 바이에게 속삭였다.

"바이, 선물을 준비했어요. 위조 통로로 오세요."

아무도 듣지 않았기를 빌며 나는 총을 집어 들고 서둘러 무기고로 향했다. 나는 복잡한 위조 통로를 지나 비밀 방으로 가서 기다렸다. 바이와 당과 쩐이 사령관님에게 적군의 배치를 설명하고 부관이 받아 적고 하려면 시간이 조금 걸릴 터였다.

바이와 당과 쩐 같은 특수 세포 조직에게는 아무나 누리지 못하는 특권이 하나 주어진다. 숙소를 따로 배정받는 것이다. 바로 이것이 바이가 당과 쩐을 부하로 뽑은 또 다른 이유다. 당과 쩐은 바이가 평생 알고 지낸 사람들이다. 그리고 여자여서 이런 일에 대해서는 남자보다 더 잘 이해해 준다. 바이가 아무 말 없이 숙소를 비우더라도 당과 쩐은 상부에 보고하지 않을 것이다. 심지어 다른 곳에서 자고 오더라도 말이다. 그리고 이제 우리에게 그런 다른 곳이 생긴 것이다.

귀에 익은 바이의 발걸음 소리가 들렸다. 나는 촛불을 켰다.

"바이, 여기예요!"

바이는 내가 우리 둘만의 방을 마련했다는 게 믿기지 않는다는 듯이 정말 깜짝 놀란 얼굴이었다. 하지만 바이는 역시 신중했다.

"아무도 모르는 거지?"

"네. 당이랑 쩐도 괜찮겠죠?"

"잠깐 어디 다녀온다고 말해 뒀어. 아무것도 묻지 않던데? 그리고…… 와, 이제 우리 같이 잠들 수 있다니!"

그러고는 바이가 울었다. 바이는 내 앞에서만 눈물을 보인다.

"너한테 돌아올 거란 희망이 없었다면 난 아무것도 못했을 거야."

우리는 서로를 품에 안고 밤을 보냈다. 바깥에 동이 트고, 머리 위로 뛰어다니는 미국 놈들의 발소리가 들릴 때까지.

윌리엄 슬리터 William Sleator

베트남 민중은 승리했습니다.

1992년 10월, 나는 관광객의 신분으로 베트남의 꾸찌 땅굴을 둘러본 적이 있습니다. 꾸찌 땅굴은 흔적이 그리 많이 남아 있진 않습니다. 많은 부분이 융단 폭격으로 파괴된 지 오래입니다. 하지만 아직 남아 있는 통로로 기어들어 가면 지하 회의실과 부엌, 해먹이 있는 숙소, 수술실을 볼 수 있습니다. (수술실에는 수술 도구 상자가 그대로 있었고, 톱도 있었습니다.) 내게는 매우 강렬하고 감동적인 경험이었습니다.

나는 미국으로 돌아와서 많은 조사를 했습니다. 톰 맨골드와 존 페니케이트가 함께 쓴 《꾸찌 땅굴The Tunnels of Cu Chi》도 읽었습니다. 두 사람은 청소년을 위해 사진을 많이 싣고 내용을 압축한 《땅굴 전투Tunnel Warfare》도 출간했습니다. 《땅굴 전투》는 《그림으로 본 베트남 전쟁사The Illustrated History of the Vietnam War》라는 시리즈의 한 부분입니다. 더 자세한 이야기를 알고 싶은 독자들은 이 시리즈를 읽어 보기 바랍니다.

내가 지금껏 받은 상 가운데 가장 소중하게 여기는 것은 《우주를 여행하는 돼지 Interstellar Pig》라는 작품으로 수상한 캘리포니아 어린이 독자 메달입니다. 이 상은 학생들의 투표로 수상자를 정합니다. 최근에는 내가 어렸을 때 경험한 기상천외한 이야기들을 모아 《괴짜들Oddballs》이라는 책을 썼습니다. 현재는 태국 방콕과 매사추세츠 보스턴을 오가며 생활하고 있습니다.

세상의 모든 양치기

제임스와 마소와 잭 와츠를 기리며

먼저 가장 궁금해할 만한 것부터 알려주고 시작하겠다. 맞다. 이 이야기에 나오는 두 소년은 결국에는 같이 잔다. 하지만 섹스까지는 아니다. 어쨌든 이 이야기를 쓰고 있는 지금까지는 그렇다. 하지만 마음대로 상상하시라. 좀약 냄새 풀풀 나는 오렌지색 모포를 덮고서 싱글 침대에 나란히 누운 두 십 대 소년을. 달아오르긴 했지만 겁먹은 듯한 두 녀석. 활기차지만 신중하다. 키득대거나 장난을 치기에는 서로가 너무 조심스럽고 낯설다. 둘 다 아름답다. 적어도 서로의 눈에는 그렇게 보인다. 영화사

캐스팅 담당자는 그렇게 생각하지 않을지도 모르지만.

섹스만큼 사람들의 관심을 쉽게 끌 수 있는 소재는 없다. 심지어 사람들이 용납하기 어려운 섹스조차도 그렇다. 그래서 이 이야기도 두 소년이 침대에 누워 있는 장면으로 시작한 것이다. 예전에는 이런 장면을 끝에 놓고 이야기를 풀어 가는 게 가능했다. 하지만 요즘 세상은 그런 느긋한 기승전결을 펼치기에는 시간이 부족하다. 뮤지컬 영화가 한물간 걸 보면 모르겠는가? 요즘은 3분짜리 뮤직비디오면 충분하다. 극장에서 보여 주는 예고편이 돈 내고 보는 98분짜리 영화보다 더 재미있지 않은가? 미래에는 영화는 없고 예고편만 있을 것이다. 연주회는 없고 광고 음악만 있을 것이다. 장편은 없고 단편만 있을 것이다. 어쩌면 엽서 한 장에 들어갈 정도의 짤막한 글이나 소품만 남을지도 모를 일이다.

카메라는 곧 이 첫 장면에서 벗어나 다시는 돌아오지 않을 예정이다. 그러니 볼 수 있을 때 실컷 보시라. 담요가 살짝 벗겨진다. 우리의 타고난 관음증을 만족시켜 줄, 조금은 속 보이는 순간. 하지만 전면 누드를 걱정하는 심의 위원들은 안심하시라. 두 소년 모두 엎드려 있으니까. 창살 사이로 들어와 사선으로 떨어지는 동틀 녘의 햇살이 발가벗은 두 소년의 다리와 엉덩이, 등의 움푹한 곳에 줄무늬를 만들어 놓는다. 목 위로는 푸른빛이 감도는 보랏빛 그림자가 드리워져 있다. 둘은 고개를 돌려 서로의 얼굴을 아주 가까이 들여다본다. 두 얼굴 사이의 거리가 줄어든다. 3인치, 2인치, 1인치.

여기서 화면 정지.

화상 색조 점검. 그림자는 코발트 퍼플, 담요는 오렌지색, 입술은 잿빛이 도는 장밋빛.

컷!

>+ >+ >+

둘 중 더 어린 소년이 리 로사리오 킨케이드다. 리의 집안은 푸에르토리코, 폴란드, 아일랜드 혈통이 섞여 있다. 너무 뻔한 인물 설정은 피하고 싶지만, 아무튼 머리가 좋은 쪽이 리다. 나이가 한 살 더 많은 피트 블레이크는 세상에 치여 두려움에 떠는 인물이다. 피트의 엄마는 중국인, 죽은 아빠는 흑인이다. 피트 아버지의 조상은 몇 세대 전에 미국으로 건너와 죽도록 고생했던 흑인들로, 고향이 아마 서아프리카 감비아쯤 되는 것 같다. 아무튼 두 소년의 유전자 풀은 네 대륙에 걸쳐 있다. 미국 사회가 아무리 인종과 문화의 도가니라고 해도 이건 좀 억지스럽다 싶겠지만, 엄연한 사실이다. 어쨌든 둘 다 혈기 왕성한 미국 소년이다. 실제로 이런 일이 없으란 법은 없지 않은가?

리 로사리오 킨케이드는 교복 스카프를 목에 두르고 겨드랑이까지 담요를 덮고 있다. 어깨는 도자기로 만든 구식 수도꼭지처럼 하얗다. 리가 피트에게 자신의 가족사를 설명해 준다.

전형적인 '아메리칸 스토리'라고 할 수 있지. 미합중국이라는 도가니 속에서 서로 다른 문화가 충돌하여 사랑에 빠지다! 말하자면 〈웨스트사이드 스토리*〉 2탄쯤 된다고나 할까? 뭐, 내 상상이긴 하지만 말이야.

때는 1959년. 우리 할머니 할아버지 세대야. 그 영화에 나오는 토니랑 마리아 생각나? 패싸움하다가 폴란드계 토니가 라틴계인 마리아의 오빠를 죽이잖아. 그래도 마리아는 토니에게 달려가. 그런데 토니가 총에 맞아 죽는 거야. 마리아는 쓰러지는 토니를 끌어안고……. 사랑은 증오보다 강하다. 진정한 사랑은 인종을 초월한다. 멋지지 않아?

학교에서 그 영화 틀어 줬을 때, 다 웃었다. 여자애들 빼고. (물론 여자애 몇 명은 남자애들보다도 더 크게 웃더라.) 다음 날 임대 아파트에

✱ 나탈리 우드, 리처드 베이머 주연의 1961년 뮤지컬 영화. 영화가 흥행하면서 〈손 맞잡고 하나 되어One Hand, One Heart〉, 〈우리를 위한 보금자리There's a Place for Us〉 등 두 주인공이 부른 듀엣곡을 비롯해 영화에 등장한 거의 모든 곡이 크게 인기를 얻었다.

사는 흑인 아이가 탈의실에서 칼에 찔렸어. 인종을 초월한 관용? 개뼈다귀 같은 소리지…….

아무튼 그다음 이야기는 이렇게 돼. 마리아가 토니랑 황홀한 첫날밤을 보내고 임신을 한 거야. 영화에서 〈손 맞잡고 하나 되어〉를 부른 게 뭘 의미했겠냐? 그땐 에이즈가 생기기 전이고, 주머니나 지갑에 콘돔 넣고 다니는 사람은 없었거든. 그래서 둘은 사랑을 나눠. 토니랑 마리아, 난 그 둘의 첫날밤이 근사했으리라 믿고 싶어. 토니한테는 처음이자 마지막이었으니까.

마리아의 식구들은 마리아를 푸에르토리코로 돌려보내. 아기 낳으라고 말이야. 리타 모레노도 보호자로 같이 가. 그런데 리타는 푸에르토리코에 있는 내내 지루해 죽으려고 하지. 타말레 요리를 만들다 말고 큼직한 이를 캐스터네츠처럼 딸그락거리면서 춤추던 거 기억나? 그런데 누가 임신 8개월째인 코끼리만 한 여자랑 춤추고 싶겠어? 스타일 구기게. 어쨌든 아기는 태어나. 이름을 안토네타라고 짓지. 그 아기가 우리 엄마야. 진짜로 폴란드랑 푸에르토리코 피가 반씩 섞인 거지. 이름도 스페인어랑 폴란드어를 적당히 얼버무린 안토네타잖아? 마리아는 새벽 3시에 깨어서 보채는 아기를 재우려고 〈우리를 위한 보금자리〉를 불러 줘.

얼마 후 마리아는 아기랑 뉴욕 웨스트사이드로 돌아가. 옛날에 살던 빈민가는 링컨 센터를 짓는다고 해서 벌써 다 사라져 버렸지.

안토네타는 폴란드 피가 섞였다는 이유로 사람들한테 구박받으면서 자라게 돼. 그래도 갈룹키 요리는 끝내주게 잘 만들지.

1975년, 열여섯 살이 된 안토네타는 아일랜드 카운티 코크에서 온 불법 체류자 브렌던 킨케이드를 만나. 맥주를 좀 과하게 마신 둘은 결국 사고를 치지. 안토네타 뱃속에 내가 생겨 버린 거야. 자기 엄마 사는 걸 보고도 배운 게 없었나 봐. 그런데 브렌던은 아일랜드 천주교 신자답게 당장 안토네타랑 결혼해. 1975년이니까 마리아는 이제 뚱뚱한 할머니가 됐는데도 숫처녀처럼 새하얀 드레스를 입고 링컨 센터를 배회하지. (재봉사 친구들한테 부탁해서 드레스를 세 번이나 늘렸대.) 마리아는 아직도 토니를 그리워하지만, 딸 안토네타가 자기랑 똑같은 실수를 했다고 욕지거리를 해대.

그런데 아주 놀랍게도 안토네타랑 브렌던은 결혼해서 행복하게 사는 거야. 마리아랑 토니보다는 훨씬 운이 좋았던 거지. 브렌던은 누구의 총에도 죽지 않아. 좋은 아버지 노릇도 하고, 포킵시로 이사해서 세 식구가 살 집도 장만하고, 지붕 시공업체를 차리지. 그런대로 행복한 인생이야.

그러던 어느 날, 그 행복이 무너지게 되지. 아직 그날이 온 건 아니지만 말이야. 하나밖에 없는 아들 리 로사리오 킨케이드가 게이라는 사실을 알게 되는 거야. 그렇게 되면 17년 전에 콘돔을 쓰지 않은 걸 후회할지도 모르지.

피트 블레이크는 이야기를 들으며 웃는다. 그렇지만 이야기의 숨은 뜻을 모두 이해하기에 웃음에는 쓸쓸함이 배어 있다. 이 가족사가 어디까지 사실인지는 잘 모르겠지만, 같은 침대에 누워 있는 리 로사리오 킨케이드의 표정은 윈스턴 처칠처럼 무서워 보인다. 리는 아일랜드 사람의 무 같은 이마와 폴란드 사람의 끓인 우유 같은 살결, 푸에르토리코 사람의 철 수세미 같은 검은 곱슬머리를 다 물려받았다. 리는 자신이 끔찍하게 못생겼다고 생각한다. 잘생긴 얼굴이 아닌 건 사실이다. 사랑하는 사람의 눈에 비쳤을 때 말고는. 하지만 쉽게 잊히지 않는 인상적인 얼굴임은 틀림없다.

⊱ ⊱ ⊱

본인은 잘 모르지만, 피트 블레이크는 굉장한 미남이다.

피트는 자기 이야기를 리처럼 그럴싸하게 하지는 못한다. 피트의 이야기는 뚝뚝 끊기거나 말꼬리가 흐려지거나 숨넘어가듯 머뭇거리며 더듬더듬 나온다. 그렇게 나온 파편들을 엮어서 리가 이해한 대로 전하자면 이렇다.

피트 블레이크의 엄마는 보스턴의 차이나타운에서 태어났다. 아빠는 같은 보스턴의 매타팬 출신이다. 매타팬은 한 번 들어가면 빠져나오기 힘든 열악한 빈민가다. 두 사람의 이야기에 종교가 낄 여지가 없다는 건 피트에게 듣지 않더라도 알 수 있다. 둘은 결혼을 했다. 피트의 아빠는 징집 대상이 아니라 원래 직업 군인이었다. 베트남 전쟁 때는 살아 돌아왔지만, 1979년에 필리핀에서 자동차 사고로 죽었다. 엄마는 피트를 데리고 미국으로 돌아와 친정 식구들과 함께 산다. 지금 사는 곳은? 다들 알아맞히겠지만, 차이나타운 중국 식당 위층.

그러니까 피트는 반은 흑인, 반은 중국인이다. 외가 친척들은 피트가 너무 깜둥이처럼 생겼다며 미워한다. 친가 친척들은 피트를 귀여워했다. 하지만 그건 옛날 일이다. 친척이 몇 없었고, 결국은 그마저도 대가 끊기고 말았다. 삼촌 한 명은 패싸움에 휘말려 총에 맞아 죽었다. 할머니는 슬픔, 또는 비만, 또는 둘 다 때문에 죽었다. 사촌 형 한 명은 프린스턴대학교로 장학금을 받고 떠나더니 다시는 돌아오지 않았다. 피트는 할머니가 살던 매타팬의 쓰레기 나뒹구는 골목들을 배회하며 할머니를 그리워하곤 했다. 피트는 엄마를 끔찍이 사랑했지만, 생강과 파를 다지느라 바빴던 엄마는 아들과 함께 있을 시간이 없었다. 엄마한테는 아들에게 필요한 것이 무엇인지를 고민하는 것보다 도마 위의 채소들을 어떻게 하면 더 빨리 썰 수 있을까 하는 문제가 더 중요했다.

사우스보스턴고등학교는 인종 갈등으로 분위기가 살벌했다. 탈출에 성공한 사촌 형한테 한 수 배운 피트는 진학 상담 교사에게 오랜만에 제대로 된 일거리를 주었다. 뉴욕 북부의 일류 사립 고등학교인 던스터에 입학 원서를 넣은 것이다. 그저 그곳이 기숙 학교라는 이유만으로. 그런데 입학 허가가 났다. 전액 장학금과 함께.

피트의 엄마는 화를 냈다. 하지만 피트의 중국인 친척들은 안도의 한숨을 쉬며 엄마 몰래 피트에게 차비를 쥐여 주었다. 꼭 떠나게 하려고. 그들에게 피트는 가문의 수치였다. 저 육감적인 흑인의 입술과 자동차 범퍼처럼 튀어나와 전혀 동양인답지 않은 엉덩이가 꼴도 보기 싫었던 것이다. 그리고 떡갈나무 낙엽처럼 짙은 저 갈색 피부도. 도저히 용납할 수 없는, 참을 수 없이 수치스러운.

피트 블레이크는 자신이 게이라는 사실을 그다지 괴로워하지 않는다. 아직은 그 사실을 완전히 깨닫지 못했기 때문이다. 지금 피트를 괴롭히는 것은 자신이 중국인도 흑인도 아니라는 점이다. 이 때문에 속이 꼬일 대로 꼬인 피트는, 그래서 자기가 얼마나 가슴 시리도록 아름다운지 미처 모른다.

아마 자신의 아름다움을 깨달았을 때는 이미 그 아름다움이 사라지기 시작했을지도 모른다. 슬픈, 아니 어쩌면 운 좋은 아이러니.

>→ >→ >→

이 이야기는 나름대로 줄거리가 있다. 대충 이렇다.

리와 피트는 이제 막 서로 알게 된 사이다. 둘은 졸업반 선택
과목인 영화학 수업에서 만난다. 수강생은 열네 명. 검은색 옷
만 입고 절대 웃지 않는 머리 좋은 여학생 몇 명. 보기만 해도
몸이 달아오른다며 피트 블레이크가 듣는 강의면 무조건 따라
다니는 여자애 서너 명. 영화학 강의가 쉬울 거라 착각하고 학
점 좀 올려 볼 심산으로 들어온 운동선수 두어 명. (이들의 잔머
리는 결국 수포로 돌아간다.) 늘 자신의 정체를 이해하는 데 도움
이 될 만한 이미지를 찾는 피트. 2학년이지만 좋은 성적 덕분에
졸업반 과목을 수강할 수 있는 특혜를 받은 리.

줄거리는 리와 피트가 어떻게 만나 어떻게 사랑에 빠지는지
에 관한 것이 전혀 아니다. 적어도 핵심은 아니다. 둘은 섹스에
관해서 아직 문외한이고, 성적 지향의 자유에 관한 이야기는 들
어서 알고 있지만, 자기도 해당한다고 생각해 본 적이 없다. 하
지만 교실에서 마주친 둘은 서로를 눈여겨본다. 그리고 둘 다
선생님을 눈여겨본다. 선생님은 캐비지 여사.* 신분을 보호하

거나 독자들을 웃기려고 지어낸 가명처럼 들리겠지만, 틀림없
는 실명이다. 바이올렛 캐비지. 날카로운 지성과 굵은 허리를
자랑하는 사십 대 중반이고, 항암 치료 때문에 가발을 쓰고 다
닌다. 가슴 근육이 수박만 하고, 자기를 공주처럼 떠받드는 데
니스라는 남편이 있다.

　캐비지 선생님은 첫 수업을 시작하면서 학생들에게 신화에
대해 생각해 보라고 한다. 그리고 신화를 이렇게 설명한다. 신
화는 문화의 하부 구조다. 우리가 지닌 모든 견해는 우리가 속
한 문화의 신화에 근거한다. 아무도 선생님의 말을 이해하지 못
한다. 선생님은 가발을 고쳐 쓰다 말고 아예 벗어 버린다. 가발
을 쓴다는 것을 숨기고 싶어 하는 성격이 아니다. 가발이 너구
리 털가죽처럼 선생님 손에 축 늘어져 있다. 선생님의 민둥민둥
한 머리에 학생들은 놀라기도 하고 무서워하기도 한다.

　선생님은 설명을 계속한다.

　"아름다움에 관한 신화에 따르면, 아름다운 외모란 내적 도덕
성의 외적 증거다. 그러니까 나를 예로 들자면, 나는 날이 갈수
록 덜 아름다워지면서 도덕성을 잃어버릴까 봐 걱정해야 하는
거지. 나에게 '아름답다, 고로 착하다'라는 등식을 가르쳐 준 신

─────────────────

✽ 일반 명사 '캐비지cabbage'는 양배추를 뜻한다.

화는 뭐가 있을까?"

이해력이 빠른 리가 손을 번쩍 든다.

"잠자는 숲속의 공주요."

"걘 착하지 않았어. 중립적이었지."

캐비지 선생님이 말한다. 리가 대꾸한다.

"못되지도 않았잖아요. 못되지 않은 건 착한 거나 마찬가지 아 닌가요? 만성 건망증의 나라, 무관심이 판치는 미합중국에서는."

"일리 있음. 건방은 떨지 마라. 다른 사람?"

모두 멍청한 눈으로 선생님만 멀뚱멀뚱 쳐다본다. 선생님이 말한다.

"기독교 미술. 못생긴 성모 마리아 봤어? 마리아는 흠이 없고 순결하므로 당연히 외모도 완벽해야 해. 황홀한 미모. 물론 착 하니까 자신의 아름다움을 전혀 의식하지 못하지. 허영의 죄도 없어야 하니까."

"백설공주요."

교실에서 유일한 흑인인 피트가 말한다. (엄밀히 말하면 황금빛 갈색이지만.)

"잠자는 숲속의 공주보단 낫네. 백설공주의 사심 없는 아름다 움이 여왕인 새엄마의 노여움을 샀던 거니까."

캐비지 선생님이 말한다. 또 다른 학생이 "미녀와 야수요"라고 말하자, 캐비지 여사는 영화 〈미녀와 야수〉에서 찻주전자 캐릭터의 목소리 연기를 했던 앤절라 랜즈버리의 걸걸한 목소리를 제법 비슷하게 흉내 낸다. 선생님은 앤절라 랜즈버리 주연의 텔레비전 연속극에 나오는 할머니 탐정 제시카 플레처가 되어 미모와 미덕의 상관관계라는 미스터리를 파헤치며 〈미녀와 야수〉 주제가를 부르기 시작한다.

"Tales as old as time……."

그러다가 노래를 멈추더니 엄숙한 표정으로 가사를 반복한다.

"세월만큼 오래된 이야기. 그게 바로 신화다. 자, 그럼 현대 버전으로 넘어가 볼까? 서유럽 문화의 아리따운 성모 마리아와 성녀들, 중세 유럽 미술 속 운명의 여신들과 비너스를 현대로 옮겨 놓으면? 아서 왕 영화에서 브리타니아 왕국의 절세미인 기네비어로 분한 배우들, 아름답고 낭만적인 자태로 이 땅 모든 법원을 굽어살피는 눈먼 정의의 여신상, 1920년대 영화의 여주인공들, 기타 등등. 족보가 나오지?"

"기네비어는 헤펐는데요."

리가 말한다. 이 정도면 객기에 가깝다. 2학년이라서 사실 이 강의를 들으면 안 되는 학년인 주제에 초반부터 선생님한테 도전하는 건 무모한 짓임을 리도 잘 안다. 하지만 2학년이기 때문에 수업을 못 따라간다는 인상을 주기 싫어서 일부러 센 척을 하는 것이다.

"미모의 나탈리 우드가 연기한 마리아는 〈웨스트사이드 스토리〉에서 토니랑 잤을걸요. 혼전 성관계. 둘 다 천주교 신자니까 지옥에 갈 죄를 지은 거죠."

캐비지 선생님이 받아친다.

"그래서 죗값을 치르잖아. 토니는 죽고, 마리아는 외롭게 혼자 남고. 둘은 고통을 겪고 죄 사함을 받지. 그래서 마리아는 엔딩 자막이 올라갈 때까지 여전히 아름답잖아?"

이야기가 약간 주제에서 벗어난 것을 알아차린 캐비지 선생님은 다시 학생들을 주목시킨다.

"10분 주겠다. 둘씩 짝을 지어서 자신의 자의식을 형성시킨 신화에 관해 토론한다. 자, 번호를 붙이자. 1번, 2번……."

학생들은 시킨 대로 번호를 붙인다. 리와 피트는 짝이 된다. (슬기로운 운명의 여신이여!) 둘은 서로 똑바로 바라보지도 못하고 쑥스러움에 인사를 얼버무린다.

➤· ➤· ➤·

이쯤에서 다음 장면으로 넘어가겠다. 별다른 이유는 없다. 요즘 독자들의 집중력은 두 페이지를 못 넘기니까. 기분 나쁘게 할 생각은 없다. 사람들 말대로 텔레비전이 우리를 다 버려 놨다고 생각하시길.

앞으로 빨리 감기. 토요일이다. 리는 피트를 만나러 하이드파크에 있는 집에서 버스를 타고 학교 정문으로 간다. 피트 손에는 캠코더가 들려 있다. 둘이 다시 짝이 되어 학기 중간에 제출할 영상물을 만들어야 하는데, 촬영에 앞서 학교에서 빌린 캠코더의 작동법을 익혀 두려는 것이다. 던스터고등학교는 다른 건 몰라도 시청각 교육 쪽으로는 최첨단을 달린다.

혹시라도 이 이야기의 판권을 사서 텔레비전용 청소년 드라마로 만들 생각이 있는 분들을 위해 밝혀 둔다. 이번 장면에 깔릴 배경 음악은 레가토보다는 스타카토에 가깝다. 현악기는 절대 사절. 하이해트나 심벌즈 정도? 안데스 파이프나 다중 화음의 아리아 같은 신비스러운 분위기도 좋겠다. 하지만 박자가 빨라야 한다. 통통 튀듯. 이건 풋사랑을 보여 주는 장면이 아니다. 두 소년은 악동이니까.

둘은 서로를 알아가는 중이다. 꾸준한 관찰 대신 카메라 렌즈를 통해서. 상대방을 바라보고, 또 상대방에게 자신을 보여 줌으로써. 피트는 평균대 위의 체조 선수처럼 공원 벤치 등받이 위를 걷는다. 리는 어깨높이로 카메라를 들고 선다. 자세 때문에 가랑이 사이의 불룩한 부위가 더 강조되어 보인다. 피트는 체조 동작을 하다가 발을 헛디디고 벤치에서 떨어진다. 리는 카메라를 내동댕이치고 피트에게 달려간다. 계속 녹화 중인 카메라는 리가 처음으로 피트를 만지는 장면이 아니라 낙엽과 길가에 주차된 승합차의 아래쪽만 보여 준다. 그러는 동안 리는 피트가 많이 다쳤을까 봐 걱정하며 피트의 몸에 손을 댄다. 피트는 사실 다치지도 않았는데 쓰러진 자리에 그대로 누워 있다. 자기가 괜히 숨 가쁜 척을 하고 있다는 사실도 의식하지 못한 채. 자기가 왜 그런 연기를 하고 있는지도 모른다. 리는 피트가 입고 있는 청재킷의 닳아빠진 깃에 손을 얹는다. 가볍게, 하지만 의미심장하게.

다시 말하지만, 현악기는 사절이다.

현악기는 심금을 울린다.

아직은 그럴 때가 아니다.

마침내 피트가 툴툴대며 일어나더니 절룩거리며 카메라를 줍는다. 이제 리가 카메라 앞에 설 차례다. 피트보다 운동 신경이 둔한 리는 몸을 움직이는 대신 말을 쏟아 낸다. 시를 읊기도 하고, 캐비지 선생님을 비롯한 학교 선생님들 흉내를 내기도 한다. 그다음에는 벳 미들러* 성대모사를 한다. (교태를 부린다. 교태가 뭔지도 모르면서, 왜 그러는지도 모르면서.) 그러고 나서는 너무나도 천연덕스럽게 피트 흉내를 낸다. 자기가 얼마나 아름다운지 모르는, 그래서 더 매력적인 피트의 무의식적인 습관을 그대로 흉내 내서 수줍게 속눈썹을 내리깐다. 숨을 들이마셔 배를 집어넣고는 댄서처럼 가볍고 우아한 피트의 걸음걸이도 흉내 낸다. 피트는 리의 소름 돋는 연기력이 경악스러울 따름이다. 그리고 리가 재연한 자신의 모습에 수치심을 느낀다. 리는 당연히 피트의 미모를 표현해 내지 못한다. 자기에게는 그 미모가 없으니까. 그래서 리의 성대모사에서 피트가 본 건 자아도취와 허영심밖에 없다. 그건 피트의 실제 감정과 정반대일 뿐 아니라, 조금 다르긴 해도 자기혐오와 똑같이 추하게 느껴진다.

"그만하자."

피트가 계속 촬영하면서 말한다.

"그만하지 말자."

리가 여전히 피트의 목소리를 흉내 내며 말한다.

"그만하지 말자, 리! 계속 날 찍어 줘. 널 향한 내 사랑을 세상 모든 사람에게 보여 주고 싶어! 참을 수 없는 내 사랑을! 히히히."

마지막 웃음은 피트의 목소리가 아니라 자기 목소리로 나온

───〰〰〰〰〰───

✷ 미국의 가수이자 배우 겸 코미디언. 1970년대에 데뷔하여 빼어난 가창력과 개성 넘치는 연기력으로 음반, 영화, 방송, 연극을 넘나들며 1980년대와 1990년대 내내 큰 인기를 누렸다.

다. 피트가 카메라를 내려놓고 리한테 달려들고 있기 때문이다. 피트는 단풍잎이 수북이 쌓인 땅바닥에 리를 넘어뜨린다. 둘은 고함을 지르고 악을 쓰면서 씨름을 한다. 내가 이야기 초반에 했던 당부를 무시하고 이 장면을 기어코 섹스의 전조로 해석하는 독자들을 말리지는 않겠다. 하지만 피트는 화가 난 상태다. 리에게 날리는 주먹이 장난이 아니다. 리는 혼란스럽다. 자기가 뭘 잘못한 건지 모른다.

>+ >+ >+

다음은 둘이 대화하는 장면으로 넘어가는 게 좋겠다. 고통스러운 대화다. 시점은 몇 주 후. 11월의 차가운 손길이 우리의 두 주인공을 감싼다. 주된 색조는 회색, 호박색, 밤색. 냄새는 커피 향과 낙엽 타는 냄새(불법이긴 하지만 아직도 낙엽을 태우는 사람이 많다), 봄에 싹틀 알뿌리를 심기 위해 갈아엎은 흙에서 나는 고약한 냄새. 배경 음악은 쇼스타코비치의 피아노 협주곡 제2번 아다지오. 사실 리나 피트나 클래식 음악에는 그다지 흥미가 없다. 하지만 둘은 깊어진 우정을 확인도 할 겸 유명한 피아니스트가 바서대학교에서 순회공연을 한다는 홍보 포스터를 보고 연주회에 찾아간다. 관객 중에서 둘이 가장 나이가 어리다. 리는 피트가 남녀 할 것 없이 모든 사람의 시선을 사로잡고 있다는 사실을 의식하기 시작한다. 그리고 처음으로 스스로에게 폭탄과도 같은 질문을 던진다. 그럼 나도 피트한테 끌리는 건가? 그렇다면 나는……?

우엑.

대화는 연주회가 끝난 뒤 시내의 한 그리스 식당에서 이루어진다. 그리스의 열쇠 무늬 테두리 안에 에게해를 닮은 파란 물감으로 아크로폴리스 광장이 그려진 종이컵에 커피가 담겨 나온다. 여기서 잠깐. 우리 편집장님 말씀이 원고가 절대 열다섯 쪽을 넘기면 안 된단다. 그래서 대화의 구체적인 내용은 건너뛰겠다.

대화는 사실 추한 거짓말들뿐이었다. 여자 몇 명을 꼬셨고, 몇 명이 넘어왔는지 등등. 피트와 리 둘 다 거짓말에 능숙한 성격은 아니다. 하지만 두려움이 둘을 부추긴다. 사실 이 대화는 남자든 여자든, 스트레이트든 게이든 별반 다르지 않을 것이다. 빈칸은 알아서 채워 넣으시길. 운이 좋은 애들은 곧 성숙해져서 이따위 거짓말이 필요 없어진다. 강인한 애들은 애당초 거짓말을 할 필요가 없다.

내가 개인적으로 믿는 통념이긴 하지만, 거짓말은 나약함의 증거다. 하지만 사람마다 복잡한 사정이 있다는 건 나도 인정한다. 결국 이상이란 추구하라고 있는 거니까.

물론 둘은 자신이 거짓말을 하고 있다는 사실을 뼈저리게 느낀다. 식당을 나서는 길에 피트가 계산하려고 손을 뻗는데 둘은 어깨부터 엉덩이까지 잠깐 스친다. 그 순간 둘은 열기에 옷이 녹아 버려 서로 맨살이 맞닿은 느낌을 받는다. 서로 거짓말을 늘어놓았다는 것을 알아차리는 순간이다. 하지만 그것은 친밀감을 높여 주기보다는 둘을 갈라놓는다. 둘은 애써 따분하고 무심한 표정을 지으며 헤어진다. 가식적인 자기 모습이 소름 끼치도록 싫어진다.

※ ※ ※

지금부터 이야기의 초점이 황당하게 바뀐다. 종교 얘기로 흘러갈 것이다. 내가 왜 이 두 소년이 침대에 발가벗고 누워 있는 장면으로 시작했는지 이제 이해하시겠는가? 내가 처음부터 종교 얘기를 꺼냈다면 여기까지 읽어 줄 사람이 과연 몇 명이나 있었겠는가?

리와 피트는 사랑에 빠진다. 하지만 둘만의 애칭과 탐색전과 알리바이는 둘만의 것으로 남겨 두자. 특히 에이즈에 대한 두려움은. 별일 없을 것이다. 둘 다 똑똑한 아이들이고, 학교는 일부

302

학부모의 거센 항의에도 꾸준히 에이즈 예방 홍보물을 나눠 주니까. 둘은 서로에게 전부가 된다. 한동안은. 무섭기도 하지만, 동시에 영감이 넘친다. 캐비지 선생님은 둘 사이를 눈치챈다. 하지만 솔직히 두 학생 말고도 신경 쓸 일이 한두 가지가 아니다. 당연히 가장 신경 쓰이는 것은 나빠지고 있는 자신의 건강 상태. 사실 캐비지 선생님은 둘을 축복해 주고 싶다. 물론 내색은 할 수 없지만. 그랬다가는 당장 해고될 테니까. 지금은 그 어느 때보다도 직장 의료 보험이 필요하다.

캐비지 선생님은 만만치 않은 기말 과제를 낸다. 둘씩 짝을 짓거나 혼자서 신화 하나를 재구성하여 영화로 만드는 것이다.

피트와 리는 당연히 같이하기로 한다. 둘은 피트의 기숙사 방에서 만난다. 번갈아서 서로의 무릎에 앉아 머리를 쓰다듬고 살며시 입을 맞춘다. 이따금 벌떡 일어나 문이 잠겼는지 확인한다. 문은 물론 늘 잠겨 있다. 그러다가 마침내 과제에 관심을 돌린다. 처음엔 리가 〈웨스트사이드 스토리〉를 리메이크하고 싶다고 한다. 임신한 마리아가 우지 기관단총을 들고 복수하러 빈민가로 돌아온다는 내용으로. 하지만 피트가 정확한 지적을 한다. 〈웨스트사이드 스토리〉 자체가 이미 오래된 신화를 재구성한 것이기 때문에 그보다 더 근원적인 신화를 찾아야 한다고.

둘은 서로에 대한 사랑의 힘으로 더 과감해지고 있다. (리는

서점에서 데이비드 호크니의 〈우리 두 소년, 서로를 붙잡고〉라는 그림
이 그려진 엽서를 발견하고는 빨개진 얼굴로 용기를 내서 두 장을 샀다.
현재 둘은 엽서를 책갈피로 사용하고 있다.) 피트는 이성애적 이미
지로만 세상을 그려 낸 신화를 재구성해서 그 안에 둘만의 공
간을 만들어 보자고 한다. 그러고는 리에게서 동의를 얻어 내려
고 〈우리를 위한 보금자리〉를 부른다.

물론 아주 과감한 발상이기는 하다. 하지만 캐비지 선생님이
죽어 가고 있다는 것을 알고 있는 둘은 선생님이 자신들의 인
생을 변화시키는 데 도움을 줬다는 사실을 어떻게든 표현하고
싶다. 학교에서 다른 애들한테 따돌림을 당하고 비웃음을 살지
도 모른다. 그럼 어때? 그건 그때 가서 생각하면 돼. 둘은 그렇
게 서로를 안심시킨다. 순진한 마음에 얼마나 상처를 받을지도
모른 채.

그렇다면 어떤 신화를 다시 쓴담? 우선 둘은 게이 남성에 대
한 고정관념을 떠올린다. 조각 같은 얼굴에 늘씬하고 힘이 넘
치며 돈 많은 백인 남자, 그는 사회와 가족과 과거에 초연한 채
섹스 외에는 그 어떤 것에도 집착하지 않는다. 하지만 중국인
과 흑인 가족 둘 다 갖고 싶은 욕구가 가슴에 사무친 피트도,
아들이 게이라는 말을 듣는 순간 구역질을 할 게 뻔한 아빠를
둔 리도, 이 현대적인 신화이자 고정관념이 너무 싫다. 피트가

말한다.

"난 혼자 살고 싶지 않아. 우선은 너랑 있고 싶어."

(정신없이 서로 쓰다듬느라 잠깐 타임아웃.)

"그다음엔 내 가족과 문화에 계속 속해 있고 싶어. 내가 왜 쫓겨나는 걸 받아들여야 하는데?"

리는 자기도 같은 생각을 하고 있었음을 이제야 깨닫는다. 리는 자기 몸에 흐르는 푸에르토리코와 폴란드와 아일랜드 피가 모두 다 자랑스럽다. 그리고 이 셋을 하나로 묶는 공통점이 바로 가톨릭임을 문득 깨닫고는 침을 꿀꺽 삼킨다. 미국 국적 외에 이 셋의 유일한 공통점은 가톨릭 신앙인 셈이다. 리의 몸에 있는 모든 유전자는 천 년 이상 가톨릭 신앙을 간직해 왔다.

"가톨릭 신자면서 게이일 순 없어."

피트가 자기도 잘 모르면서 말한다.

"아마 교황이 그렇게 말했을걸?"

리는 피트가 한 말을 그대로 인용한다.

"내가 왜 쫓겨나는 걸 받아들여야 하는데? 그리고 어차피 신앙에서는 쫓겨날 수 없어. 신앙은 마음에서 시작돼서 영원으로 이어지는 거야. 쫓겨난다고 해 봤자 건물에서 쫓겨나는 것밖에 더 되겠어? 건물은 신앙의 정류장쯤 되는 거 아냐? 그깟 건물이 뭔데?"

그렇게 해서 둘의 최종 작품이 탄생한다. 제목은 '세상의 모든 양치기'다. 반 학생들은 서로 촬영을 도와주기로 되어 있다. 그래서 피트와 리는 운동선수 한 명에게 요셉을, 매일 똑같은 검정 터틀넥 스웨터를 입고 다니는 여학생에게 마리아를 연기해 달라고 부탁한다. 마구간으로는 축구장 옆에 있는 공구실을 쓰고, 말구유에 누운 아기 예수는 건초를 덮은 조명 기구로 대신하기로 한다. 배경 음악은 쇼스타코비치의 피아노 협주곡 제2번이다. 약간 아방가르드한 선곡이긴 하지만, 피트와 리는 이곡을 자기들만의 주제가로 정했다. 그러니까 그냥 넘어가 주자.

아무튼 그렇게 해서 찍은 6분짜리 비디오의 내용은 이렇다.

밤하늘. 별. 양떼. (진짜 양이다. 포킵시에서 20킬로미터쯤 떨어진 곳에 목장이 있는데, 유난히 따뜻한 가을 날씨 때문에 운 좋게도 아직 우리에 가둬 놓지 않은 양 떼가 있었다.) 음악은 없다. 리와 피트는 촌극을 하는 유치원생들처럼 목욕 가운과 수건을 두르고 꺼져 가는 모닥불 옆에 쪼그려 앉아 있다. 바게트를 반으로 떼어서 나눠 먹는다. 영화는 처음부터 끝까지 대사가 없다. 아무도 그 시대의 아람어를 들어 본 적 없거니와, 베들레헴 근교에서 중국계와 흑인계 혼혈아가 양을 치는 모습만으로도 이미 그림이 이상하므로 더 우습게 만들지 싶지 않기 때문이다.

카메라가 서로 맞닿는 두 양치기의 손에 잠시 머문다. 스치는 손길에 따뜻함과 우정이 배어 있다. 저 멀리 언덕 위에 다른 양치기들도 있다. (몇 명은 같은 반 여학생인데, 이 부분은 리와 피트에게 중요한 의미가 있다. 하지만 완성된 작품에는 흐리게 나와 여자인지 남자인지 구분이 되지 않는다.) 들판 곳곳에서 여러 양치기가 서로를 쳐다보거나 손을 흔들면서 잠자리에 늘 순비를 한다. 리와 피트는 부들부들 떨며 서로 가까이 앉는다. 그러다가 체온을 나누려고 더 가까이 붙는다. 피트는 리를 감싸 안고, 리는 피트의 어깨에 머리를 기댄다. (가짜 수염을 붙일까 하다가 일찌감치 생각을 접었다.) 이것은 섹스에 관한 영화가 아니다. 사랑에 관한 영화다.

음악이 시작된다. 두 소년은 일어나 앉는다. 공포에 질려 처음에는 떨어졌다가 다시 서로를 끌어안고 사방을 둘러본다. 거울을 이용해 물에 반영된 빛을 촬영한 카메라 효과가 화려하다. (이건 피트가 책에서 읽은 기법이다.) 억지스럽고 아마추어 냄새가 나지만 무슨 의도인지 파악할 정도는 된다. 혜성이 찾아온 것 같다. 세상이 끝난 것 같다. 세상이 시작된 것 같다.

두 소년이 뛰기 시작한다. 넘어지고, 서로를 일으키고, 팔을 허우적댄다. 펄럭이는 옷자락 사이로 미끈한 다리가 보인다. 완성된 작품에 나온 피트의 모습은 본인조차 부인하지 못할 만큼 화면발이 끝내준다.

마구간 안으로 장면 전환.

여기서는 카메라가 오래 머물지 않는다. 전통적인 성탄절 장면이라는 것을 인식시키는 정도다. 이 장면은 전통적인 동시에 래디컬하다. '급진적'이 아니라 '근원적'이라는 뜻에서의 래디컬. 이 장면이 바로 기독교의 뿌리이자 기독교가 탄생하는 순간이다. 150와트짜리 전구로 그럴듯하게 표현된 아기 예수는 장성하여 사랑의 복음을 전하는 그리스도가 될 것이다. 그 후로 기독교가 어떻게 변화해 왔는지를 떠나서, 성탄 이야기가 이 정도쯤은 포용할 수 있지 않을까? 아기 예수를 경배하러 모인, 털이 덥수룩하고 세파에 찌든 양치기들 중에 서로를 사랑하는 젊은 남자 둘이 있었을지도 모른다는 상상 말이다. 그리고 뿌듯한 산모는 자기 아기를 누가 사랑하든 문제 삼지 않았을 것이다. 문제 삼을 게 뭐 있겠는가? 모든 아기는 사랑받기 위해 태어난 것을.

카메라가 얀센의 《예술의 역사》1985년판 553쪽에 나오는 15세기의 예수 탄생 그림을 천천히, 밀도 있게 훑으면서 영화는 끝난다. 황토색 그림은 네덜란드 화가 헤이르트헌의 작품으로 알려져 있다. 성모 마리아는 당연히 갓 나온 달걀처럼 청순하고 순결하다. 소는 온순해 보인다. 천사들은 마리아의 압도적인 아름다움에 비해 자그마한 난쟁이 같아 보인다. 배경에 있는 마구간 문 사이로 밤하늘이 내다보인다. 하늘에 보이는 하얗고 흐릿한 점이 기쁜 소식을 전한 천사다. 저 멀리 있는 양치기들은 언덕의 그늘이 드리워져 어두운 실루엣만 보인다. 한 명은 두려움에 무릎을 꿇고 있다. 두 명은 그늘 속에 서로 붙어 있다. 어깨를 맞댄 채, 마치 한 쌍의 연인처럼. 그보다 더 멀리 조그맣게 보이는 것은 여자 양치기들인지도 모른다. 또 언덕 저편에는 혼혈 양치기들이, 보이진 않지만 그 뒤에는 휠체어를 탄 장애인 양치기들이 있는지도 모른다. 그 밖에도 불교신자, 무신론자, 채식주의자 등등 우리가 생각해 낼 수 있는 모든 부류의 양치기가 있는지도 모른다.

캐비지 선생님은 이런 평을 남긴다.

"음…… 딱 한 가지만 지적하자면, 성탄 이야기는 본디 사람들을 갈라놓는 게 아니라 하나로 묶어 주기 위해 생겨났다는 점이다. 아주 훌륭해. 오래된 신화를 현실로 만들고 새 생명을 불어넣어라. 그것이 너희의 세상이다."

솔직히 말하자면 학예회 때 상영된 '세상의 모든 양치기'를 보고 의미를 이해한 학부모나 학생은 별로 없다. 다들 예의상 박수는 쳐 주었다. 하지만 리와 피트는 영화를 만들면서 무언가를 배웠다. 캐비지 선생님의 가르침을 제대로 소화한 셈이다.

신화는 내가 선택해야만 내 것이 된다.

그리고 신화는 신앙과 마찬가지로 넓고 수용적이며 본디 관
대하다.

　이 밖에도 캐비지 선생님은 많은 것을 가르쳐 줬지만, 말로
다 표현하기는 어렵다. 두 소년은 가끔 그 가르침을 입술에 묻
혀 서로에게 먹인다. 그렇게 캐비지 선생님이 세상을 떠난 후에
도 선생님을 추억한다.

그레고리 매과이어 Gregory Maguire

나는 뉴욕 올버니에서 태어나 그곳에서 고등학교와 대학교에 다녔습니다. 올버니에서 그리 멀지 않은 곳에 산맥이 많은데, 북쪽으로는 애디론댁산맥, 동쪽으로는 버크셔와 그린산맥, 남쪽으로는 헬더버그와 캐츠킬산맥이 있습니다. 현실뿐 아니라 꿈과 상상 속에서도 내 시야의 언저리에는 항상 산이 자리 잡고 있었습니다. 그래서 모험을 떠나는 동화 속 곰처럼 산 너머에 뭐가 있는지 보고 싶어서 여행을 참 많이 다녔습니다. 케임브리지와 보스턴에서도 몇 년을 살았고, 터프츠대학교에서 박사 과정을 밟았습니다. 지금 이 글을 쓰고 있는 곳은 런던입니다. 내 인생의 종착역은 아니지만(아니라고 믿지만), 런던은 제법 흥미로운 곳입니다. 아직 가 보지 못한 매혹적인 산들이 비행기로 하루면 닿는 거리에서 나를 기다리고 있습니다.

나는 어렸을 때부터 글을 쓰기 시작했습니다. 지금까지 펴낸 책으로는 나의 첫 '사실주의적' 작품이라고 할 수 있는 《행방불명이 된 자매 Missing Sister》와 전형적인 공포물을 패러디한 《베 짜는 일곱 거미 Seven Spiders Spinning》 등이 있습니다.

모든 이야기는 여행입니다. 내게 〈세상의 모든 양치기〉는 또 하나의 여행이자 꼭 하고 싶은 여행이었습니다. 나는 사랑하는 친구들이 에이즈로 죽어 가면서 직계 가족뿐 아니라 자신의 신앙과 민족과 문화를 형성하는 더 큰 의미의 가족에게서 위로를 받으려고 몸부림치는 것을 지켜보았습니다. 많은 경우 이들은 원하던 위로를 받았습니다. 〈세상의 모든 양치기〉는 에이즈 자체에 관한 이야기는 아니지만, 그와 연관된 어떤 확신을 바탕으로 쓴 이야기입니다. 그 확신은 모든 개인이 자신의 근본에서 벗어날 힘을 지녔듯이, 자신을 지탱하는 연결 고리들을 유지하고 강화할 힘 또한 지니고 있다는 것입니다.

책을 다시 옮기며

《앰 아이 블루?》는 미국에서 출판된 지 11년이 지나 한국에서 번역본이 출간되었다가 또 16년이 흐른 뒤 복간된 보기 드문 책입니다. 2005년 한국어 초판에 번역자로 참여했고 이번에는 그때 누락되었던 단편 두 편을 추가로 번역하고 초판 번역을 다듬는 작업을 한 저로서는, 정말 진부한 표현이지만 격세지감을 느낍니다.

한국어 초판 이후 강산이 한 번 반 변하는 동안, '다이내믹 코리아'는 성 소수자와 관련한 크고 작은 일들을 겪었습니다. 해마다 열리는 퀴어 퍼레이드를 둘러싼 논란은 말할 것도 없고, 혐오 정치와 마녀사냥 속에서 '종북 게이'라는 희한한 합성어가 생겼고, 한국 최초의 공개 동성 결혼식이 치러졌고, 트랜스젠더 여성이 국회의원 비례 대표 명단에 올랐고, '띵동'이라는 청소년성소수자위기지원센터가 출범했고, 변희수 하사가 군 당국의 요지부동에 절망하여 세상을 등졌고, 코로나19로 인한 패닉

이 게이 포비아로 번질 뻔했고, 이 글을 쓰고 있는 지금은 다시 발의된 차별금지법안이 또 성 소수자 반대 세력의 방해를 받고 있습니다.

낭보와 비보가 어지럽게 얽힌 가운데, 가장 격세지감을 느끼는 지점은 한국어 초판 출간 당시에 비해 훨씬 넓고 다양해진 한국의 퀴어 스펙트럼입니다. 레즈비언, 게이, 바이섹슈얼, 트랜스젠더 중 하나로 분류되길 거부하며 자신을 논바이너리, 여자의 몸에 갇힌 남성 동성애자 등으로 규정하는 이들도 등장했습니다. 이런 현실에서 자라고 있는 한국 청소년에게 1990년대 미국에서 쓰인 책이 과연 얼마나 와닿을지 걱정되기도 했습니다. 하지만 초판 번역 윤문을 위해 더 꼼꼼히 책을 살피면서 그 걱정은 이내 사라졌습니다.

이 책의 모든 이야기는 주인공의 성별과 인종은 물론 처한 현실이나 사는 시대마저 다양하지만, 몇 가지 공통점이 있습니다. 그리고 그 공통점이 저의 걱정을 희망으로 바꿔 주었습니다. 일단 등장인물의 내면으로 독자를 빨아들이는 흡입력입니다. 다양한 배경이나 상황은 등장인물에게 감정 이입하게 하는 도움닫기입니다. 이야기 속 연락 수단을 휴대폰 채팅으로, 취미를 온라인 게임으로, 대사를 요즘 청소년이 즐겨 쓰는 유행어로 바꿔도, 심지어 주인공의 커밍아웃 대사를 '나 트랜스젠더 같아' 또는 '나 여자 남자 둘 다 좋아'로 바꿔도, 전혀 어색하지 않았을 것입니다. 모든 서사를 주인공의 내면적 갈등에 초점을 맞추고 진정성 있게 그려 낸 덕분입니다.

나아가 모든 이야기는 시대가 변해도 결코 유행을 타지 않는 인류 보편적 문제, 즉 '자아 찾기'를 공통 주제로 다룹니다. 결국 이 책은 내가 누구인지 깊이 고민하고 내가 먼저 나를 받아들이고 나에게 솔직해지기 위해 용기를 내자는, 모든 청소년이 들어야 할 응원가입니다. 다만 자신의 성 정체성이 남들과 다름을 깨달아 가는 청소년은 더 많은 용기와 응원이 필요하겠지요. 그런 청소년에게 "너는 혼자가 아니야"라고 말해 주는 책이기에, 이 책은 세대를 뛰어넘어 사랑받는 고전 동화처럼 고전 청소년 도서로 길이 남으리라 믿습니다. 미국에서는 이미 각종 문학상을 휩쓸며 고전으로 자리 잡았고, 한국에서도 그리되면 참 좋겠습니다.

개인적인 이야기지만 저는 한국어 초판 이후 결혼, 출산, 육아를 거쳐 한 청소년의 엄마가 되었습니다. 요즘 저희 집은 아들의 사춘기와 엄마의 갱년기가 아슬아슬하게 공존하는 비무장 지대 같습니다. 그 와중에 이 책으로 뜻밖의 위로를 받았습니다. 초판 번역 때는 하나같이 낯설던 참여 작가 중 몇몇 이름이 이번에는 낯익어 검색해 보니, 아이가 어릴 적 제가 밤마다 읽어 주던 동화책의 저자였습니다. 얼마나 반가웠는지 모릅니다. 그 멋지고 고마운 작가들이 만든 동화책을 아기 때 읽던 제 아이의 마음 밭에도 자양분이 생겨 지금의 잠복기를 끝내고 언젠가는 공감 능력이라는 꽃이 피어나기를, 오늘도 저는 비무장지대에서 기도합니다.

공감 능력이야말로 요즘같이 불안한 시대에 특히 더 절실한 가치라 믿습니다. 불안과 공포를 잠재우려고 공감이 아닌 분노와 혐오의 먹잇감만 찾으려는 사회는 미래가 없습니다. 약자와 소수자는 갈수록 살아남기 힘들어집니다. 소수자가 소외와 핍박 때문이 아니라 소수자로서의 정체성 덕분에 더 깊은 성찰로 성숙해지고, 더불어 꽃피운 공감 능력으로 행복한 미래를 열어나가길 빕니다. 그 소망을 담아 제 아이를 비롯한 이 땅의 모든 청소년에게, 그리고 이들을 아무 조건 없이 사랑하시는 하나님께 한국어판을 바칩니다.

앰 아이 블루?

1판 1쇄 발행일 2021년 11월 29일
1판 2쇄 발행일 2022년 5월 23일

지은이 매리언 데인 바우어 외 14인
옮긴이 조응주

발행인 김학원
발행처 (주)휴머니스트출판그룹
출판등록 제313-2007-000007호(2007년 1월 5일)
주소 (03991) 서울시 마포구 동교로23길 76(연남동)
전화 02-335-4422 **팩스** 02-334-3427
저자·독자 서비스 humanist@humanistbooks.com
홈페이지 www.humanistbooks.com
유튜브 youtube.com/user/humanistma **포스트** post.naver.com/hmcv
페이스북 facebook.com/hmcv2001 **인스타그램** @humanist_insta

편집주간 황서현 **편집** 김나윤 김선경 **디자인** 유주현
용지 화인페이퍼 **인쇄·제본** 정민문화사
ISBN 979-11-6080-750-9 43840